THE MISSING

ARCHIVES

兰台遗卷

李 彦 著

作家出版社

作者简介

李彦，北京人。1987 年毕业于中国社会科学院新闻系，同年赴加拿大留学。1997 年起在滑铁卢大学执教，现任文化及语言研究系中文教研室主任、副教授。2007 年起兼任滑铁卢孔子学院院长，长期致力于促进中外文化交流。现为北京市侨联海外委员。

1985 年起从事中英文双语创作、翻译。曾获中外多个文学奖项，主要作品包括英文长篇小说《红浮萍》《雪百合》；中文长篇小说《海底》《嫁得西风》；自译中文小说《红浮萍》；纪实文学《兰台遗卷》《不远万里》；作品集《尺素天涯》《吕梁箫声》《羊群》；译作《1937，延安对话》《白宫生活》；合著中英文双语对照《中国文学选读》、英语文集《沿着丝绸之路》《重读白求恩》等。

内容简介

一切都从文笛校长交由作者翻译的那封匿名揭发信开始。这封信针对被该校尊为楷模的史上首位受封的圣公会女牧师李添媛，由她牵扯出二十世纪三四十年代香港主教何明华，而围绕这位主教的则是抗战前后一众活跃于中国乃至国际舞台上的风云人物和一系列扑朔迷离、险象环生的重大历史事件。

作者被这封匿名信牵引着，像一位敏感机警的侦探，追根溯源，搜集海量琐碎资料，遍访国内外相关人士，开启了一场长达六七年的探秘与写作之旅，最终揭示了一段血雨腥风、惊天动地却又不为人知的历史，发现了一场看不见但感觉得到的国际运动。

作品将目光投向神秘历史的同时也聚焦繁杂的当下，不乏对人性、理想与信仰的审视，对中西方文化意识差异、人类与自然共存共荣等现象与问题的思考，让人掩卷不胜唏嘘，又遐想无限。

目录

了解历史，认识英雄

黄友义

一个偶然的机会，我读到了加拿大华人学者、作家李彦的新作《兰台遗卷》。

我与作者素昧平生，拿到书稿时，也根本不知道书中的主题。然而，当我一开始阅读起来，就再也无法停下了。跟着作者穿越时空，跨过大洋，深入肃静的乡村，进入喧嚣的城市。有些章节令人心跳加速，有些章节又把人带入惆怅和深思。一口气读完全书，就像经历了一场激烈的战斗，读罢掩卷，一片寂静中，酣畅阅读时沸腾的热血、澎湃的激情都化作无限的遐想。

这不是一本虚构的文学著作，但是作者的笔墨，却呈现给读者一个现实中难以遇到和想象的人间故事，胜似虚构。这不是一本侦探小说，但是随着故事情节环环相扣地展开，作者如同现代福尔摩斯，抽丝剥茧，牵着读者的心弦，让人大气不敢出，眼睛不敢眨，穿梭在破案的过程中。这不是一本描绘战争与革命的史录，然而作者让读者见证了在中国、在加拿大曾经轰轰烈烈的流血牺牲。我实在不知道该如何描述这本著作的特点，只是感到思绪万千，一定要马上写下自己的阅读感受。

一切都从作者任教的大学的校长给了她一封来自中国的信件，让她翻译成英文开始。这是一封针对被学校尊为一代楷模的一位宗教人士的揭发信。这位生在香港、后来移居加拿大的女性，在学校图书馆里专门享有一个角落，那里有以其名字命名的读书角。

我本以为，这封信指涉的只是中国历次政治运动中司空见惯的派系斗争和个人恩仇的事件，只不过这个事件延伸到了加拿大。也许其他人翻译这封信后，也会产生这样一个看似合理的印象，从而就此交差了事。

我记得多年前陪同王蒙去欧洲开会，后来发现路上经历的一些琐事都成了他一本文学著作的故事情节。我好奇地问他，都是一些平常生活琐事，我几乎没有留下任何值得回味的印象，怎么在他那里就妙笔生花，成了文学作品的素材。他说，一切观察、一切经历、一切思考，无论多么平淡无奇，在作家手里都自然成为故事来源，这就是作家观察事物时与众不同之处。

无疑，李彦就具备这种发现素材和挖掘信息于平淡琐碎之中的素质。从几页纸开始，她追根溯源，不放过任何一个线索，遍访相关人士，不仅从东到西横跨加拿大，还在北美和北京之间往返飞行，面见一切可以联系上的线索人员，查证所有可能有所启发的资料，最终揭示了一段波澜壮阔、惊天动地又不为人知的历史，发现了一段看不见但感觉得到的国际运动。

她不仅破解案件，更在破解人生。她为读者描绘了栩栩如生的人物群体，回顾了那个令人噤若寒蝉的白色恐怖时代，结识了故事人物的亲朋和背后的战友，从不同的角度，再现了太行山区抗日的艰苦卓绝、边远小城的寂寞、伦敦教堂深处的决定、看得见的战场硝烟和看不见的车祸谋杀，以及感觉得到却看不到的隐蔽战线的腥风血雨。看似是一部侦探小说，却给读者以启迪：今天我们享有的幸福繁荣，多么值得珍惜。再联想到正在刮起的反华寒风，这种得来不易的世界和平，又有多么脆弱。

作者原来生活在北京，三十多年前到加拿大学习工作，从此穿梭于中国和加拿大之间。作者对两个不同社会、两种不同文化、两个不同族群的差别，有着更加清晰的观察和解读。作者沿着创作的主线深入浅出，再现历史，还夹叙夹议揭示人生，描绘社会众生，对比中西文化。

她笔法细腻，把多彩的人物、欢快的动物、山野森林、湖光山色都出神入化地展现给读者，不仅让读者感到赏心悦目，更让没有作者那种在加拿大长期生活经历的读者，身临其境般地认识那里的人物和环境。作者对自己和故事人物心理活动的描写，更让读者时常产生联想，几乎在故事中能够看到自己。她有着浓厚的爱祖国、爱和平的情怀，同时又用引人入胜的语言，展示了大自然的规律及其与人类社会的影响与互动。作者在不同文化冲突之中的经历，也让中国读者对西方社会有了更深刻的认识。

在故事中，围绕一封来信，我们看到了过去不了解的白求恩大夫，感受到了他那个时代的社会激荡和人间冷暖，认识了他及其战友们可歌可泣的崇高事业，也第一次知道了与众不同、一言难尽的香港主教何明华，以及很多很多。

顺便说一句，作者的丈夫老王是一个令我特别喜欢的人物。老王并不是故事的主角，所以着笔墨不多，其语言亦不多，更像是电影里的旁白，总能在关键时刻言简意赅，起到画龙点睛的作用。读完全书，老王似乎已经成为我的知心朋友，在他身上，我似乎看到了自己下乡、回城、上学、工作的人生经历。

作者凭借自己的学识能力和写作功底，在中西文化和汉英双语言之间游刃有余，既把读者带回了一百年前的世界，又让读者体会到今天的冷暖，给读者提供了一个思考未来的机会。

2021 年 1 月 8 日

黄友义（中国翻译协会常务副会长、

中国外文局原副局长兼总编辑）

第一章　匿名信风波

1

那是一个初秋的傍晚，兰草凋零，枫叶泛黄。一封匿名信，从天而降。

晚餐后，洗净锅碗，泡壶绿茶，端入卧室，我开启了电脑。邮箱里蹦出来的，是校长文笛的信。

"晚上好，彦！紧急求援。今收悉多伦多红衣主教转来的一封密函。此事关乎李添媛牧师的声誉，异常棘手，甚至可能导致学校陷于尴尬困境！请阅读一下附件中的英文信并尽快将那份中文资料翻译成英文。知你本已超负荷工作，为此我深感不安。谨表谢忱。"

文笛校长是位白人女性，履任仅短短数月，我甚少与之交谈。见她虽寥寥数语，口气却异常紧迫，我便匆匆打开了附件。

跃入眼帘的，竟是一封用英文撰写的匿名举报信。长长的大标题，颇为骇人：

李添媛的真实面目是什么——圣徒还是撒旦？抑或

犹大转世？此女实乃披着羊皮的恶魔，公众却受其蒙骗，将她奉为圣徒，顶礼膜拜！

李添嫒？我脑中浮现出一幅油画肖像来。

学校图书馆的大厅宽敞明亮。在东北角那扇直通天花板的落地窗下，专门辟出了小小一隅，命名为"李添嫒牧师阅读角"。豆绿色的细碎格子布面沙发，配上淡黄的实木茶几，清清爽爽，赏心悦目，实乃静坐读书的好地方。

两面墙壁上，高高低低地悬挂了十多幅国画，山水花鸟，风采各异，中华格调浓郁。唯有一幅油画，却是人物肖像，一位已到暮年的华裔女性。她双颊的肌肉略显松弛，唇角含了一丝浅笑，近视镜片后的目光沉静安详，凝视着沐浴在阳光下的阅读角。

盯着荧光屏上那唬人的标题，我的思绪回溯到了多年前。

那时，学校突然间收到了一批画作，说是多伦多某位老华侨捐赠的。谁呢？直到那年秋天的校庆日，我才有幸一睹捐赠者的庐山真容。

一辆轿车停到教学楼的门口，众人搀扶着一位身量瘦小、着黑色衣裤的老太太下了车。只见迎接的人都毕恭毕敬，亲切地唤她为"季琼夫人"。

老太太拄一柄手杖，嘀嘀嘀敲着地面，步入了大厅，在众人簇拥下，她笑容满面，一一回应。我站在走廊里，也与她握了手。见我是华裔，她立即改用广东话和普通话，轮番寒暄。那种与其外表不相吻合的敏捷，在我脑中留下了深刻印象。

为了感谢季琼夫人的慷慨馈赠，校领导宣布，将为其过世的亡姊创建一个"李添嫒牧师阅读角"，以纪念这位全世界第一个被任命为英国国教圣公会女牧师的老人。

掌声中，在前排就座的季琼夫人伸出干枯的手掌，颤抖着，从怀中掏出一方素白绸绢，摘下眼镜，轻轻擦拭着布满皱纹的眼角。

季琼夫人离去后，学校公关处求我帮忙，把她所捐赠的这批国画上的中文全部翻译成英文，以备存档。

那时，我虽然讲授中国文化课已十多年了，却堪称画盲，仅仅耳闻过齐白石、徐悲鸿等几个丹青大师的名字而已。不消说，当我的目光扫过那一幅幅镜框，看到阮性山的干枝蜡梅、汪亚尘的彩墨池鱼、叶醉白的骏马奔腾、高逸鸿的雄鸡欢唱、屠古虹的巫山云雨时，便只是觉得赏心悦目罢了，却不懂妙在哪里，更不知画家们为何方神圣。

看着看着，眼前却豁然一亮。手下闪出来一幅画，上面的落款是"张大千"。这个名字，可算是耳熟能详了。

定睛细瞧，画面上倒没有据说是价值连城的墨荷，仅有一位孤零零的老者，鹤发童颜，皂靴僧袍，伫立山巅。心下便琢磨，这是原作真迹，还是复制品呢？若是真迹，季琼夫人是何身份背景？怎舍得把如此名贵的藏品捐献出来呢？

接着翻看，竟然还有一幅，也是标着"张大千"，且都题了款，落了章。

暂且不论真伪，我将疑问列入备注，向公关处汇报之后，这两幅二尺大小、色彩黯淡、毫不起眼的"张大千"便被挑拣出来，郑重其事地悬挂在校长会议室里了。

接下来的岁月里，人事变更频繁，校长们已经走马灯似的换过四茬了，可我发现，每当同事们聚在校长会议室里开会时，除了自己之外，竟再无其他人朝墙上那两幅画多瞥上一眼。

不由得就想，简单地归结为"对牛弹琴""有眼不识泰山"，似乎有欠公允。一旦失去了吹喇叭抬轿子、哄抬炒作的商业环境，那么无论是文学作品，还是艺术品，便只能返璞归真，依赖人们对"美"的真实感受了。无人稀罕，也不奇怪。

一晃，八年光阴便流逝了。

在看到这封标题耸人听闻的匿名信之前，我在图书馆内查找资料时，曾多次从那幅油画肖像前走过，却甚少驻足，仔细端详一下这位华裔女性。并非她衰老的容颜不再吸引目光，只因我是个大陆来的新移民，对英国的国教"圣公会"知之甚少，更是从未听说过"李添媛"的大名。

她究竟做了什么，竟被人描绘成"披着羊皮的恶魔"？我被强烈的好奇心驱使着，匆匆阅读了这封英文匿名信。

　　李添媛何许人也？她绝非美国和加拿大的教会人士所吹捧出来的那个令人敬仰的女牧师。

　　何为真相？她是一个丧尽天良的女人，是一条冻僵的蛇，被救活后，却反咬了那只给她喂食的手掌。

　　请阁下细读所附的中文资料，便知端倪，看清李添媛是如何背叛了她的信仰、她的同仁，以及那个亲自授予她牧师头衔的何明华主教的。一句话，她背弃了天下所有人！

　　本人初抵北美，便惊愕地发现，美国和加拿大的基督教系统竟然赋予了李添媛如此殊荣，把她拔高到圣徒的地位，甚至以她来命名花卉、教堂、图书馆，外加多如牛毛的基金会！

　　那些人从未在中国见到过李添媛，却煞费苦心地吹捧她，天晓得是出于何种动机？我所看到的种种迹象，都令我们这些了解她底细的人备感恶心！

李添嫒留下的那些文字中的口气，不仅卑鄙无耻，还亵渎神明。忠于信仰的人们义愤填膺，期盼着终有大白于天下的那个时刻，要在全世界基督教会组织面前，纠正这一罄竹难书的巨大毁坏。

简言之，李添嫒这篇关于华南基督教会的文章，是为某情报机构搜集英、美帝国主义乃至台湾反革命政权的资料时所提供的。

换种说法，她把基督教会描绘成了破坏中国共产主义事业的间谍机构。何明华主教则被她描绘成双面间谍，故意与共产党友好交往，以便搜集情报。而教会帮助贫困人民改善生活所建立的各种扶贫项目，也统统都被她贴上了暗藏间谍组织的标签！

直到这些资料曝光之前，无人知晓她是一个如此恶毒的妇人。她背叛了自己的导师、信仰、教会以及朋友。

当绝大多数教会同仁在"文革"中遭受残酷折磨时，她却通过向红卫兵们通风报信，换取自身的安然无恙。

贵校的华裔人士可将李添嫒这篇文章译成英文，以供英文读者阅览。我已把该文复印后寄给了多位华裔牧师和基督徒，并将寄给美国和英国的教会组织。

这篇文史资料并非秘密文件，而是被收入了一本公开出版发行的书中，并保存在广州市图书馆内。该当如何，请阁下自行判断！

一口气读完，心头被惊诧笼罩着，恨不能立刻揭开谜底，一窥究竟。想到老王还在电视机前等我，便匆忙起身，朝楼下喊了一声，嘱他不要再等了，随即反身回到卧室，关紧了房门。

案头的绿茶，已经变凉。捧起茶杯，我倚在窗台上，让头脑冷静片刻，再投入紧张的工作。

西边天际，橘红色的晚霞已经消退，残留着水墨画般的铅灰色条纹。

蓦地，一头小鹿从枫林后闪出。接着，一，二，三，四，五……，一头接一头，紧随其后，踩着轻盈的步点，从湖畔的杂草丛中穿行而过，继而隐没在远方。

还是十几年前，一个盛夏的傍晚，我偶然间发现了一头身姿玲珑的小鹿，驻足湖旁，望着落满野蔷薇花瓣的水面，顾影自怜。老王悄悄拿起相机，留下了那个瞬间。

此后，年复一年，每当草木返青，小鹿的倩影便会重新出现。其队伍却在逐年壮大，由形单影只，变成结伴成双；由一家三口，到三五成群；直到眼下，竟已是大大小小八口之众，早已无法辨认出，谁是当初那头临流照影的小鹿了。

奇怪的是，无论鹿群多少次列队出行，它们经过我的窗前时，或悠闲漫步，或飞跃奔腾，却从来都是寂静无声，不闻其鸣。只是在我不经意间回眸一顾时，才会捕捉到它们的身影。

暮色渐浓，视野里，仅余下一片朦胧的树丛，遥远的天幕上，闪烁着几颗星星。

有小鹿相伴的夜晚，温馨恬静。笔走龙蛇，乐在其中。

2

咽下最后一口冷茶，我重新坐回电脑前，打开了匿名信后面的那份中文附件。

这一摞影印资料，近二十页之多，歪歪斜斜的，显然是从一本厚厚的书上摘选的章节，在复印机上匆匆拷贝的。

首页上标明，此为某出版社的"华侨宗教卷"。前言中提到，"本书文稿是1959年至1966年和20世纪80年代征集的。是经历者、亲见者和亲闻者对历史事件和社会各方面的回忆记述"。"填补了在战乱时期无系统或无文字记述的空白，披露了许多鲜为人知的、富有历史价值的史实。"

在这篇《何明华主教》的文章标题下，作者署名是"李添媛"，写于1964年盛夏。

想到文笛校长正在急迫地等候结果，我一面阅读，一面就敲打着键盘，开始了翻译。

何明华？他是谁？这个名字十分陌生，此前从未听说过。看了李添媛写的介绍，方知他是位英国人，本名罗纳德·欧文·霍尔（Ronald Owen Hall）。

他是香港圣公会教区第七任主教。他前任的六个主教，均出身于英国封建贵族阶级；但何是工党成员，能登上这个主教宝座，是与时代背景有密切关系的。

1925—1927年是我国大革命时代，香港大罢工蓬勃发展。反帝国主义的怒潮汹涌……何明华在教会指使之下，大肆吹嘘"同情中国"、"同情劳工"、"与中国共产党有好感"，热衷于搞什么"劳工服务"、"社会服务"等等。……尽管何穿着华丽的外衣，可他的真面目是始终无法掩盖的。……

久违了，文中出现的一些词语，恍如隔世。

继续往下翻译，便看到了李添嫒罗列出来的几桩何明华的"罪行"。排在最前面的小标题是："一手勾结国民党，一手接近共产党"。

当中国共产党奠定革命根据地延安之初，何明华假装进步，派遣一批外国籍的医生和护士以"为人民服务"为名，深入革命圣地。延安发出的谢函，是由列浦祐（当时教区书记）代何致复的。

我一愣，停下了敲击键盘的手指。

这批被派遣到延安的外国籍医生和护士，指的是谁呢？

众所周知，在抗日战争初期，与白求恩大夫前后脚抵达陕北的外籍医生，除了马海德、柯棣华医生之外，还有几个曾与白求恩一起并肩战斗在五台山上的外国人。他们本都是来华传教士，却顶风冒险，救治八路军伤病员、运输医药设备、培训医护人员，为中国革命做出了巨大贡献。

从我所掌握的资料来看，那个站在这些传教士身后、积极支持他们的人，应该属于基督教会系统。

李添嫒在此"揭发"的"一批外国籍的医生和护士"，难道是指这几位西方传教士吗？难道说，他们是由香港主教何明华派遣到革命圣地延安的吗？

逻辑上应该不错。否则延安为什么要向他发出谢函呢？假如李添嫒所言不虚，这封谢函，又是出自哪位中国共产党领袖之手呢？是毛泽东、朱德，还是周恩来？

且先按下疑问，接着看。

1946年，曾生同志领导的东江纵队，正处在危险时期。蒋介石曾梦想消灭这支人民部队，对这支部队进行残酷的进攻。

何明华曾拍急电给蒋介石，说这是中国爱国青年的一支部队，叫蒋切勿消灭他们。

咦？火中取栗，雪中送炭，拯救爱国青年，难道不是这位主教大人为中国革命立下的汗马功劳吗？怎能被列为"罪状"呢？越看越糊涂了。

何明华在与人交谈时，每每以认识周恩来总理为自豪。因何明华首次来中国在首都时及后来在重庆时，与周总理曾有往来。

1956年，何明华应邀访华，我国政府特邀他参加了全国人民代表大会，周总理曾设宴款待他。他曾祷告谢饭，以后他常对人谈及此事，作为炫耀，自诩进步……访华后，何明华经广州回去时，圣公会华南教会在爱群大厦举行的宴会，我曾参加。当时何明华蒙周总理尊重的喜悦感和心满意足的神气，令我记忆犹新。

何明华返港后，为了躲避记者围绕追问，潜居于沙田的别墅——灵隐台，多日不出。当时，香港的某某曾恶毒地说："何明华被周总理的酒灌醉了。"

我停下翻译，陷入了困惑。

新中国成立后应邀来华、受到国家领导人款待的外籍友人，如雷贯耳者，也不算少。我青年时代常在报纸上看到一些人的照片，大名鼎鼎的有埃德加·斯诺、安娜·路易斯·斯特朗、韩素音、谢伟思等，但何明华这位同样曾受到周恩来总理盛情款待的人物，我竟从未听说过。

是自己孤陋寡闻呢，还是出于某种原因，这个名字，从我们的视野中神秘地消失了？

　　抗日战争中，香港沦陷前，何明华返回英国，给我放了短假，让我到他的别墅小住。通过别墅中的工友得知，何明华曾热情接待了随从八路军到过陕北、皖南，过着士兵一样生活的美国名记者史沫特莱。

　　她也曾住过何明华的别墅，备受何明华的招待，在那里完成了 *The Eighth Route Army*（是否翻译为《中国红军在前进》？）的名著。

好似剥洋葱。一层层剥开的东西，逐步印证了我的猜测。

直觉告诉我，围绕着这位何明华主教，似乎形成了一张巨大的网络。除了史沫特莱，恐怕还有更多的国际友人，在峥嵘岁月里，与他环环相扣，交织合作。

看来，李添媛并不十分了解史沫特莱这位颇具传奇色彩的美国左翼女作家，也不确定其在何明华家究竟创作了哪部作品。

史沫特莱那部讴歌八路军的著名作品《中国红军在前进》，实际上出版于 1934 年。几年之后，她抵达了延安，停留期间，恰逢"卢沟桥事变"爆发，她立即与毛泽东联名写信，向美国共产党和加拿大共产党请求，派遣医疗队支援八路军。

而白求恩正是在 1937 年夏天读到了史沫特莱的《中国红军在前进》这部书后深受感动而请缨赴华的。

1938 年 2 月，史沫特莱在汉口接待了白求恩率领的医疗队，把他们介绍给周恩来，并很快安排了医疗队北上延安。

那么，史沫特莱究竟是何时抵达香港，住在何明华主教家中，撰写了哪部作品呢？

梳理她的足迹，可见史沫特莱离开武汉后，曾在华南一带考察，并于 1940 年 9 月抵达香港，在那里停留了大半年，一面养病，一面撰写新作，介绍她在八路军、新四军中的见闻。

那就对了。不难推算出来，正是在香港停留期间，这位视钱财如粪土、家无隔夜粮的女革命家，应该是居住在何明华主教的家中，受到他热情款待，完成了写作计划。

鉴于史沫特莱与白求恩大夫之间人所共知的密切来往，再考虑到李添媛文章中提及的何明华曾收到过中共领导人的感谢信等信息，我不禁生出了好奇心：当白求恩率领医疗队踏上中国大地之后，他是否也曾与香港主教何明华有过交往？

难道说，李添媛文中提及的"派遣外国籍的医生和护士""深入革命圣地"，实际上指的就是白求恩医疗队一行人？

可是，在我所接触到的白求恩研究资料中，"何明华"这个名字，似乎从来没有出现过。是我疏忽了他的存在呢，还是他与白求恩医疗队并无关联？

即便加拿大警方围绕着白求恩早已布下了天罗地网，针对白求恩所建立的秘密档案可谓事无巨细，滴水不漏，似乎也从未注意到过这位香港主教的身影。

3

早在 1935 年夏，白求恩尚未加入共产党组织时，他就已经上了黑名单。

说来令人悲哀。一个蒙特利尔一流大医院里赫赫有名的胸外科专家，只因与一批医护人员热心倡导、呼吁全民医疗健康的保障，彻底改变"富人患病得到治疗、穷人患病只能等死"的不公现象，就被视为危险分子，遭到警方的秘密监控。

到了1990年，白求恩逝世五十年之后，警方的秘密档案终于解禁了。从中可以窥见，从1935年夏到1938年年初，加拿大情报机构对白求恩的一言一行，均留下了详尽的记录。其中包括他所参加的各类群众组织、他曾与哪些人见过面、在哪个人家中留宿过夜、在西班牙战场上的活动、在北美各地募捐讲演时的言论、打算前往中国支援共产党等，林林总总，多达八十五份情报。

不过1938年元旦后，白求恩率领"美加医疗队"远渡重洋，他就像一只断了线的风筝，在警方的视野中骤然失踪了。

显然，警方失去了有效的监控渠道，而只能根据零零散散的媒体消息捕风捉影了。

而1938年3月，在警方密档里，竟然连篇累牍地出现了多份情报，通过以讹传讹的小道消息，记录了"白求恩在中国北方战区失踪""白求恩在攻占山西临汾的日军炮火下丧生"等一系列虚假信息。

关于白求恩在香港的活动，我们今天能看到的多来自他亲笔留下的书信与文章，仅仅简洁地提到过，医疗队乘坐远洋轮船从温哥华出发，途经日本、上海，最终抵达了香港。根据他勤于笔耕的习惯，我相信，白求恩当然留下了更多的详细记录，却均已在戎马倥偬的岁月中丢失了，至今未被找到。

根据其他人的回忆，在香港停留的那几天里，医疗队确曾遇到过不小的麻烦。来自美国的那个酒鬼医生，是美国共产党在情急之下临时找到的替补队员，酒瘾太大，酿成的后果太严重。他把大家辛苦筹措来的旅费在轮船上买醉销魂，挥霍一空，造成了医疗队无处下榻的困境。但是，白求恩却未留下只言片语，谈及他们是否曾与何明华主教有过接触。

然而，没有文字记载，不等于就没有发生。而有文字记载的，却也许根本就没有发生过。

正如我在《何处不青山》中所阐述的，加拿大医生麦克卢尔（Robert McClure，中文名罗光普）在抗战期间担任了"国际红十字会华北救济总署"的负责人，当年曾与白求恩在黄河畔的小镇潼关邂逅，二人经过一番激烈争辩，不欢而散。

此后不久，麦克卢尔医生便陪同布朗医生（Richard Brown）一同抵达延安，不但再次与白求恩会面，还受到了毛泽东的接见。这些资料，均在麦克卢尔的传记中有翔实的记录。

有趣的是，在白求恩留下的大量文字中，他频繁地提到布朗医生，对其赞不绝口，却因为与麦克卢尔政见不合而只字未提麦克卢尔，仿佛他从未在自己生活中出现过一样。

尽管他们三人都是加拿大同胞，都是多伦多大学医学院毕业的校友，且同为中国抗日战争做出过杰出贡献，但由于个人好恶，历史在读者眼前呈现时，竟像月偏食一样，被遮蔽了其实并未缺少的一个角落。

鉴于此，当我读到某些传记文学作品，绘声绘色地描述白求恩医疗队在香港停留的那几日里，宋庆龄女士如何亲自出面，宴请他们一行，并鼓动他们前往陕北，为共产党八路军提供医疗服务时，便禁不住满腹疑问。

为什么，在白求恩和医疗队护士珍妮·尤恩（Jean Ewen）所留下的大量文字中，连他们在香港时与美国酒鬼医生的吵闹都详细地描述了一番，却从未提及他们曾受到过宋庆龄女士的宴请款待？须知她可是大名鼎鼎的孙中山夫人啊！

带着疑问和朋友们探讨时，大家众说纷纭。

有人推测说，宋庆龄当时的身份，是"共产国际"的秘密代表，她与美国和加拿大共产党之间的联络，应当都是在暗中进行的。因此，假如她亲自出面宴请过白求恩，身为共产党员的白求恩，当然也懂得保密的组织纪律，所以也不可能在他的书信中透露出来。

我却觉得，这种猜测难以令人信服。白求恩的率性与坦荡，连他自己的党员身份都不肯按照加拿大共产党组织的要求保密，又怎么会保得住宋庆龄女士曾宴请过他这种秘密？

进一步联想，那个身居香港要位的何明华主教，是否也有某种身份需要保密呢？假如他"派遣外国籍的医生和护士""深入革命圣地延安"实有其事，那么，他所派遣的人，若不是白求恩，又会是哪些人？我们的革命历史记忆中，是否漏掉了哪些不该被磨灭、不该被遗忘的人物？

或者说，一切都只是子虚乌有的杜撰？一切纯系李添嫒捕风捉影的妄言？

历史的森林中，布满了谜团。

4

我一面翻译，一面疑窦丛生。

怎么回事？李添嫒罗列出来的这桩桩件件，哪里是"罪行"，分明是"功绩"啊！

我悄悄告诫自己，先沉住气，且看看这位何明华主教是如何

"热衷于勾结国民党"的，再下结论不迟。

　　何明华曾被行政院长孔祥熙聘为顾问，又担任宋子文的私人顾问，为国民党政府举办的"工合"卖力地做计划、提供人才。

　　由于为蒋介石政权效劳有功，抗战胜利后，曾获蒋介石所赠社会服务奖状和蓝宝石勋章。

这种指责，有失公允了。

那个大名鼎鼎的"工合"，全称"工业合作社"，是在抗日战争中，国共统一战线时期所建立的机构。其主力，不仅有国共双方的高层人士，也有一批国际友人，例如路易·艾黎、埃德加·斯诺夫妇，以及在中国山东出生长大的蒲爱德（Ida Pruitt）女士等。坎坷岁月里，他们哪个不是曾为中国共产党拔刀相助的铮铮挚友呢！

既然如此，何明华主教何罪有之？

　　1944 年年初，何明华在肇庆招待记者，我充当翻译。会上记者们积极探讨何明华对香港归返中国人民的看法。

　　何明华强调，百年前香港是土匪巢窟，是渔民晒网的荒岛。它能有今天的繁荣，与英商长期苦心经营分不开。何明华又补充说，日后若有明智的华人出来协商，这问题可以深入考虑。

嗯，在我看来，这位主教倒是不乏先见之明，早已预见到了，半个世纪后，香港将在"明智"的华人手中，重归祖国怀抱。

解放初期，我曾函商于何明华，让我到北京燕京宗教学院深造一年。在他给我的复信中，他引用他人的话说，"我们必须从内心的深处热爱共产党"，又说，"一年后，世界形势会有很大的变幻"。

第一点，何明华在表面上鼓励我热爱共产党。但在第二点，他便转过来动摇我对中国共产党领导新中国从一个胜利接着一个胜利的信心。

接着，便看到了李添嫒罗列出来的何明华的具体"罪行"。譬如：

创办了香港大埔孤儿院，收容战争期间的孤儿；

在九龙建立了四所劳工子弟学校，解决贫困儿童受教育难的问题；

在中山县建立了难民营，为来自各地的逃难者提供落脚之地；

在增城创办了桑蚕农场和养兔场，培养民众的谋生技能；

在广州购置了一批三轮车，廉价租给穷人载客维生；

在广州创办了工艺学校，帮助失业青年学习修理和驾驶汽车、收发无线电报技术，组织女青年学习缝纫、编织等技能；

······

读着读着，我的心头竟生出几分敬意来。

然而，对于这位洋主教的一系列"扶贫"措施，李添嫒却再次下了一个苍白的论断："事实上，何明华是别有用心的。"

文中充斥着不少指控字眼，显得空洞、牵强。它们果真出自李添嫒笔端吗？还是经过了编辑的加工润色？

听话听声，锣鼓听音。假如滤掉这些字眼，读者看到的，将会是一个什么样的人物呢？

"曲笔"。这个词语在我脑中悄然滑过。

接下来，在小标题"领导教会走向何处去"中，看到了这样的段落：

> 本来，天主教和基督教一向水火不相容，何明华为了与共产党争夺青年，竟然不顾及两教在历史上深刻的对立成见，大力促使两教合流……
>
> 抗战胜利后，何明华深刻体会到中国共产党在人民心中逐渐取得更大的信任，因此便深入考虑如何向青年散发思想毒素。他曾对某某说，共产党和基督教是左右手。
>
> 何明华的言外之意，深深意味着共产党是靠基督教的，热爱基督教便是热爱共产党……

读到此，我忍不住拍案叫绝。

八十年代中期，我告别京城，来加拿大留学，研习北美历史。出于好奇，我曾涉足五花八门、山头林立的基督教各种派别，以门外汉的姿态，探索西方文化的精髓。

经过长期观察，我创作的中篇小说《羊群》2001年在北美《世界日报》副刊上连载发表了。不少学者称赞那篇小说目光犀利、新颖深刻，在揭露基督教会内部错综复杂的明争暗斗之外，也剖析了华裔移民来到海外后摇身一变成为基督徒之谜。

我曾为自己的顿悟而兴奋不已，每每讲给别人听，指出西方世界对共产主义理念的污名化，根本经不起一驳。看到对方哑口无言时，我还颇为自鸣得意呢，焉知何明华这位洋主教，早在大半个世纪前，就对二者之间的关系做过精辟分析了。我的见解，竟然丝毫不新鲜。

在高度紧张的翻译中，几个小时飞逝而去，终于看到了结束语：

> 作为反帝爱国的教牧人员的我，为了大力贯彻三自爱国精神，加强自我改造，因此大胆直书，草成这篇拙稿。
>
> 希望抛砖引玉，激发社会人士，对何明华的帝国主义面目，认识更深透的，加以补充，甚幸！

一口气译完，英文竟达五千字之多。基于此事的敏感性，我采取了百分之百忠实于原文、一丝不苟的翻译手法。然而我却十分清楚，某些带有浓厚中国特色的语言，一旦以英文呈现出来，必将会在那些头脑里对中华历史一片空白的西方读者中，掀起惊涛骇浪。

明天一早，文笛校长看到后，会不会大惊失色呢？

天啊，学校的图书馆里，竟然供奉了一个"披着羊皮的恶魔"！

5

把译文传入文笛的邮箱后，已是凌晨两点了。

关闭电脑，我轻轻拉开了房门。隔壁的卧室里，传出了熟悉的鼾声。

分房而睡，互不干扰。真好。弗吉尼亚·伍尔夫曾感叹"女人要当作家，必须要有属于自己的房间"，实乃至理名言。

想起老王坐在电视机前默默等候我的身影，我的心头泛起一丝怜悯。

十几年前，一家名为《女友》的国内杂志记者来多伦多采风时，顺道采访了我。看到对方的提问中有一条"如何保持女人的魅力、使婚姻保鲜？"，我当场就忍不住笑了。

"本人从未思考过这类问题。"我说。

对方又问："你对幸福和享受的理解是什么？"

夏日静谧的午后，与三两好友临湖凭栏，品茗闲聊。冬日飘雪的夜晚，与家人围炉火而坐，嗑瓜子看电视剧。在灯下搂着孩子给他剪指甲，剪完了，再在他红润的腮上亲一口。这些，不都是幸福吗？

享受，是能够在后院开辟一方菜地，在春阳下种瓜点豆、栽葱割韭。周末，能沿着小溪，踩着松软的落叶在林中散步。夜晚，能在柔和的床头灯下阅读着文学书籍入梦。

人生最可贵的，便是这相依相守、平凡朴素的亲情。可叹生活中这唾手可得的享受，也随时随地会被我剥夺殆尽。

方才，老王看着我，那一声无奈的"好"，蕴含了多少包容。

家有女作家，实乃人生之大不幸。我暗暗告诫自己，将来儿子结婚，可千万不能让他娶个女作家、女诗人之类的进门。

大脑皮层过于兴奋，无法入眠。我关掉台灯，推开玻璃窗，对着夜空，深深地吸了几口潮润的空气。

月色清亮。湖水透过枫树枝丫，斑斑点点，闪着微光。鹿们，不知躲到哪里去了，也许早已进入了甜美的梦乡。

多年前一个深秋，我和老王驱车外出，途经这条僻静的街道，偶然间侧头，朝车窗外瞥了一眼，便看到了这片湖水，倒映着白云蓝天。我们二话没说，当下便拐到开发商那里签了约，在湖边盖起了这座小房。

国内朋友曾建议，让我朝水里扔上一把红莲子，不出几年，就能将这一洼平淡无奇的池水打造成古色古香、风姿绰约的荷塘。

主意很妙，令人向往。但我深知自然保护区的严格规定，岂敢以身试法？久而久之，便淡了那"变他乡为故乡"的奢望。

屈指一算，站在这扇窗前观望、遐想，竟已整整十五个寒暑了。

春夏秋冬，日月天光，无需人工染指，大自然依着千古不变的韵律，从容不迫地运转，装点着一草一木，红了又绿，绿了又黄；孕育着飞禽走兽，水阔天高，你来他往。

看得愈久，我便愈发肯定：世间万物，皆有灵有序，有法有章。唯有人心，最是诡异多端，奸诈难防。

6

第二天上午，在学校走廊里，我迎头碰上了文笛校长。她正在和梅莨牧师说话。见到我，文笛便说，匆匆看过了我翻译成英文的材料后，深感震惊，此刻正在与梅莨牧师进行沟通。

"难道说，李添媛竟是个双面间谍？"文笛脱口而出，目光中闪烁着犹疑惊慌。

果然。那种语言风格，洋人何曾见识过！

梅莨到底是学校的专职牧师，长期从事学生的思想辅导工作，久经风浪，处事不惊。她先是诚恳地感谢了我不辞辛苦、熬夜赶工，接着便征询我对匿名信的看法。她眉峰微皱，神情严肃，脑中显然也缠着疙瘩。

"唉，这桩公案如此棘手，校方该如何处理李添媛牧师的事件呢？"梅莨叹气。

接着，她告诉我，李添嫒不仅是全世界第一个被基督教圣公会封立的女牧师，而且因为上世纪四十年代那次破天荒的任命，还曾在英国教会高层掀起了一场轩然大波，几乎连累了何明华主教，断送掉他的辉煌前程。本来，在李添嫒晚年，英国教会已经郑重其事地纠正了当年的错误，并于八十年代中期就对李添嫒予以平反昭雪、恢复名誉了，可谁也没料到，尘埃落定，时过境迁，各方皆大欢喜之时，却有人在这位女牧师死去十几年之后，再次搅浑水，挑起了这桩公案。

"如果那篇文章真是李添嫒写的，"文笛校长说，"她的品德就确实成问题了！"

我虽然不了解，围绕着这位女性，历史上究竟发生过哪些风波，但我坦率地把自己的想法一口气倾吐了出来：

"谈到揭发者对李添嫒的那些指控，本人不敢苟同。原因何在？虽然那封匿名信是用英文撰写的，但文中充斥着缺乏理性的谩骂。那种语言和表达方式，反映出这个匿名揭发者本人，也深受口诛笔伐大批判的极端思维影响，缺乏客观冷静的态度。因此，对匿名者所反映的问题，我们应当谨慎对待。"

见文笛与梅茛二人都睁大了眼睛，专注地聆听，我便接着说："你们熟悉中国社会过去一个世纪的动荡吗？匿名信认为，李添嫒写这篇文章的时间是 1964 年，因此，她应当是在没有受到任何压力的情况下，写出了这种攻击污蔑性的揭发文章的，因此她罪大恶极，不可饶恕。但实际上，很难排除她当时没有受到过压力。熟悉这种文风的人，像我，早已具备了免疫力，阅读时根本不会受其影响，反而能在字里行间寻找和辨别真实可信的内容。我感到，李添嫒这篇文章，应该是在某种压力下，言不由衷、用心良苦的产物。"

文笛和梅茛，毕竟都是洋人，不熟悉中国历史。假若她们读过骆宾王的《讨武曌檄》，恐怕就不会这么大惊小怪了。

海内外的中国研究，恰如徐志摩在《偶然》那首小诗里形容的状况："你我相逢在黑夜的海上，你有你的，我有我的，方向。"

每每回国参加中国文化研讨会，总是看到国内学者个个都像烹调满汉全席的大厨，不厌其烦，挖空心思地描述贾府名菜"茄鲞"的每一道制作工序。有谁知道，我们在海外扮演的角色，顶多算得上小吃部里的"帮厨"，"扫盲班"里的辅导员罢了。同事们整天琢磨的，是如何使陌生人去除掉脑中先入为主的毒素，斗胆品尝"驴打滚""豌豆黄""艾窝窝"，并能成为回头客。

我收回思绪，耐下心来，先给面前的两位洋同事作了一些简要的扫盲辅导，然后才给出了我的判断：

"李添嫒那篇长文中，出现了不少侮辱何明华主教的字眼。首先，我无法断定，它们究竟是出自李添嫒之笔，还是编辑大人的'妙笔生花'？但无论如何，这些字眼在我脑中都丝毫不起作用。如果滤掉那些虚浮空洞的谩骂，那么我所读到的何明华的所谓'罪行'，条条款款，恰似在我眼前勾勒出一幅已经褪色、斑驳陆离的古画，使我了解到一个陌生的西方人与中华近现代史可能存在的千丝万缕的联系，并激起我想要了解这位洋主教的好奇心来，而绝非厌恶。此种结果，恐怕就是匿名揭发者始料未及的了！"

听我如此解读，文笛和梅茛二人的脸上皆露出欣悦的笑容来，纷纷说："啊，真没想到，你的解读，竟然与匿名信所持观点截然相反啊！"

"当然。"我肯定地点点头，"李添嫒这篇所谓的揭发文章，焉知不是她处心积虑、绞尽脑汁，以曲笔的手法，为历史和后辈留下见证，凝着她的一番苦心呢？"

我边说边想，若非偶然机遇接触到这篇奇文，我甚至无从知晓，曾有这样一位外国人，不但在战火纷飞的岁月里，伸出援手，组织派遣医疗队奔赴陕北、支援共产党八路军领导下的抗战，还曾在自己家中收留过史沫特莱女士，使她能够完成讴歌中国革命的雄文巨著，更不知道，他曾不遗余力地营救过被国民党迫害的爱国青年，并曾在建国初期受到过周恩来总理的盛情款待。这，完全是一个不该被历史掩埋的英雄啊！

当然，这些思绪，是无法与面前这两位分享的。

我身边的绝大多数加拿大同事，对中国历史都不甚了解，即便是文笛这位曾经在青年时代踏足过中国大地的北美历史学家，也仅仅是走马观花、浅尝辄止罢了。因此，我根本无法掰开揉碎地解释太多。

我压下心头涟漪，仅对二人表示道："假如可能的话，我将十分乐意与这位匿名信的作者会面，开诚布公地交流一下各自对历史人物的不同观点，以便澄清他／她对李添媛有可能产生的误解和冤枉。"

文笛长吁了一口气，如释重负，称赞我看问题的角度新颖，且言之有理。"这样吧，我们会在学校的董事会上讨论一下此事，再看看如何处理匿名信提出的指控吧。"

几天之后，文笛告诉我，董事会一致表决，对匿名信的指控不予理睬，"李添媛牧师阅读角"，将继续屹立在图书馆明亮的阳光下。

7

校方这一明智的决定，令我宽慰。也许，我的分析判断，避免了一个无辜的人在离开人世之后，仍要蒙受不白之冤。

然而，当晚在灯下再次仔细浏览那一摞揭发材料时，我却偶然间注意到，李添媛这篇长长的文章中，缺少了两页。

是啊，那天熬夜翻译时，我也似乎感到了上下文的不连贯，但当时急于完成任务，竟未仔细察看，此刻静下心来，才发现了页码的缺失。

匿名者如此义愤填膺，大动干戈，一心要坐实李添媛是个"假圣徒、真魔鬼"，可是，他/她所提供的证据为何会如此马虎，竟漏掉两页资料呢？

我立刻给不久前结识的一位国内学者写信求援。易淑琼博士在广州的暨南大学图书馆任职。该馆有个"世界华人文学资料中心"。抱着试试看的侥幸心理，我冒昧地请求她的帮助。

仅仅数天之后，邮箱里便传来了易淑琼博士的回函。她一刻都没耽搁，迅速帮我查找到了那两页缺失的内容。

一看之下，暗自吃惊。在"破例封立女牧师"的小标题下面，李添媛写道：

> 封立女牧师，是何明华打破常规的创举。
>
> 1944 年 1 月 25 日，在肇庆破例封立李添媛（本文笔者）为牧师。事实上，何明华的骨子里是另有企图的。
>
> 何借重提高妇女在教会地位，以为可得更多妇女取信于他是"中国妇女同情者"，进而争取占中国人口半数的妇女，以"中国真挚的国际友人"的目光来敬重他。
>
> 进一层来理解，何明华是深入考虑到，多得一张嘴宣传帝国主义，尤其是美国生活方式，更能广泛和深入地进行挖掉中国妇女的爱国良心。因此，何竟然破例执

行封立女牧师的创举。

在封立女牧师之前，何还特别强调，当牧师是终身的职守，结婚与不结婚，不过是人生的一种过程而已。

毫无疑问，何明华是有意识地深入影响笔者，毫无保留地一辈子献出宝贵的生命，为帝国主义效劳。何居心的狠毒，可不言而喻了。

哦，怪不得，那个匿名揭发者会如此痛恨李添嫒，把她形容为"一条冻僵的蛇，被救活后，却反咬了那只给她喂食的手掌"。

不知为何，抛开李添嫒对何明华那些有"忘恩负义"之嫌的上纲上线、乱扣帽子，她笔下的那几个字眼——"居心的狠毒"，却拨响了我脑中的一根琴弦。

李添嫒的指责，是出于何种心态呢？也许我是过于敏感了，但字里行间，我所感受到的，分明是一个女人笨拙的埋怨，试图掩盖她一生中最为刻骨铭心的爱恋。

这漏掉的两页，是匿名举报者疏忽所致呢，还是犹豫再三，故意撤下来的？如果是后者，匿名者又是出于何种动机，特意要漏掉这两页揭露李添嫒"魔鬼"嘴脸的重要证据呢？

第二天，我被脑中的疑云驱使着，不由自主地迈入了学校图书馆的大厅，站在那幅油画肖像前，再次端详。

此刻，我才注意到，在李添嫒的眼角眉梢处，似乎多了几抹暗影。她唇角的那丝微笑，似有似无，含蓄深沉。镜片后的目光，也愈显模棱两可，高深莫测。

恍惚中，高大的图书馆隐去了，我脑中浮现出一座古老幽深的教堂。

空旷无人的大厅里，越过一排排木头座椅，一个纤弱娇小的妙龄女郎，青丝高绾，白袍曳地，跪拜在巨大的十字架下，敛目垂首，喃喃自语。

她似乎竭力压抑着胸腔内剧烈的跳荡，躲避着头顶洒下的那缕强光——那对凝视着自己的、深似海洋的蓝眼睛。

……

基督教与天主教的一个显著差别，在于神职人员可以恋爱结婚、生儿育女、领取工资、拥有财产，与俗人无异。

既然神职人员的婚恋不受任何限制，那么，青年时代的李添媛，是否也曾蹚过爱河呢？究竟是什么因素导致她独身一世，失去了为人妻、人母的资格，以至她会留下深深的哀怨："何居心的狠毒，可不言而喻了。"

与其他那些攻击谩骂的陈词滥调不同，我感到，这几个字眼，恰恰是她发自肺腑的真实心声，而非出自他人笔下。

1992 年年初，当这位八十五岁高龄，远离家乡、独居于多伦多幽暗小巷里的女性于睡梦中悄然辞世时，她可曾带走难以明言的遗憾？

在李添媛的内心深处，这位何明华主教究竟是人、是鬼，还是圣贤？

也许，她在揭发文章里指控何明华的那些过激字眼，并非冤枉？

也许，匿名信里辱骂李添媛的那句"披着羊皮的恶魔"的帽子，恰恰应该扣在这个洋大人的头上？

否则，这位曾被周恩来总理奉为座上宾款待有加的外国人，为什么在中国现代史的读物中，竟像阳光下蒸发掉的水滴一样，消逝得杳无痕迹？这个名字，为何如秋风扫过神州大地，未留下半片残叶？

白云苍狗，星月匆匆，当事人皆已作古，似乎已无从打捞真相了。

我叹了口气，转过身，悄然离去。

可当我眼角的余光扫过壁上那一幅幅精美的山水花鸟时，心头却突然一动。

对啊，李添媛是不在了，可还有她的妹妹季琼夫人啊！八年过去了，她是否尚在人世？能否从她那里了解到更多的历史真相呢？

当然，还有她捐献的那两幅"张大千"，也可顺便核实一下真伪，以免谬误流传。

第二章　女牧师传奇

8

星期六上午，秋阳明丽，蓝天如洗。通往多伦多的高速公路上，汽车寥寥无几。

老王手握方向盘，如驾轻舟，顺流而下，一个多小时后，便顺利进入了大都市的繁华城区，在狭窄拥挤的棋盘式街道间钻来钻去，最终抵达了一座高层大厦外面。

楼门口的阴影里，竖着一块低矮的金属铭牌："四棵榆养老院"。环顾周遭，除了花坛中那几簇无精打采的灌木丛外，竟未见到一棵榆树的影子。它们昔日的风采，早已被都市里迅速膨胀的钢筋水泥森林所取代了。

大厅里寂静无声。玻璃窗外无遮无拦，强烈的阳光直泻而下，亮得人睁不开眼。柜台前的白人妇女拨通了电话。我们静静地坐在会客区的沙发里，耐心等候。

少顷，听到电梯门开启的声音。一个瘦小的身影，远远地出现在走廊尽头。

季琼夫人扶着一个金属滑轮支架，稳步行来。一别经年，她腰不弯，腿不颤，依旧硬朗康健。

"上个月，养老院刚刚为我举办了百岁生日庆典。做了很漂亮的蛋糕，还送了鲜花呢！我们这幢楼里，今年有好几个满百岁的啦！但就我一个是华人。唉，兄弟姐妹一共八个，如今只剩下我自己还活在世上了。"

季琼夫人的语速流畅，普通话也近乎标准。我暗自欣喜。征询了老人意见后，大家便驱车离开了养老院。绕道半小时，来到一家她所喜爱的粤式餐馆，并依着她心意，一口气点了七八碟早茶。

那些虾饺、烧卖、肠粉、牛仔骨、叉烧饭，皆为油腻菜品，我吃了几口，便放下了筷子。老王虽也吃不惯这种饭食，但还是礼貌地陪着老人下箸。

季琼夫人年届百龄，胃口却奇佳，一边大快朵颐，享受家乡风味，一边不忘忙里偷闲，抽空回答我的提问。看来，"四棵榆"的洋大厨定是不谙中华料理，平日对老人家的食欲多有怠慢。

季琼夫人算是地道的广东人。鸦片战争后，英国人占领了香港，她的祖父离开了乡下，到香港去寻找饭碗。凭着机敏勤快，祖父很快就在新建的港督府里当上了帮厨，几年后又提升为大厨。

"我爷爷负责官厨，专门打理面点，一干就是二十多年。"季琼夫人的神情中，露出难掩的自豪，"我父亲从小在港督府里长大，受环境影响，自幼便学习英文。那时候，因为鸦片战争，大家对外国人都很仇视。所以，广东的乡下人都不让孩子学英文。我父亲反而鹤立鸡群了。后来，正是因为他的英语流利，才考上了英国人在香港开办的高校，在医学院里就读。"

"我们小的时候，父亲经常很自豪地告诉我们说，孙中山先生是他的同学，大家住在同一间宿舍里面，前前后后好几年呢！"

季琼夫人朝我眨眨眼。看我面露惊讶，她才得意地一笑。

"孙中山曾经多次游说我父亲，动员他一起参加革命，推翻清王朝。但都遭到了我父亲的拒绝。在我父亲看来，革命嘛，肯定是要流血牺牲的，他可没那个勇气喔！"季琼夫人像洋人那样，耸了下肩，"当然喽，家族中只有我父亲这么一个男丁，我爷爷还要靠他传递香火呢。你们也知道，那些跟着孙中山闹革命的，很多都掉脑袋了！"

白头宫女在，闲坐说玄宗。

不久前翻阅过一本八十年代出版的小册子，里面也提及"国父"年轻时的窘况，颇为生动。一个九十多岁的老年妇女回忆说："孙文这人很累事。他那时搅革命，要起事。很多人家都被查抄了。先母在船上骂孙文。孙文笑着说：'别骂我，骂我老婆好了。她要做娘娘，才要丈夫起事的！'"

革命家的历史，在民间的解读中，别有一番风韵。

季琼夫人似乎觉察到了我在走神，于是直盯盯看着我，反问道："你要明白，我父亲虽然没有献身革命的雄心壮志，但他却很重视对儿女的教育。他决心把八个子女都培养成有用之人，能对社会做出贡献。这难道不也是爱国行为吗？"

我点头称是。

她思路敏捷，谈吐清晰，哪里像是百岁老人啊！但她和蔼的声音中，又隐约透露出某种不同凡俗的威严。

季琼夫人把裹在荷叶中的最后一粒叉烧饭都吃净了，才心满意足地放下了筷子。

我端起茶壶，再次朝她的小瓷杯里斟上了茉莉香茶。

"你为什么对我家的故事这么感兴趣呢？"她咽下一口茶，突然间看着我，抛出了这个问题。镜片后的目光，尽管不再清亮了，却依旧是属于职业女性的，从容不迫，沉稳镇定。显然，她早已习惯了面对五花八门的采访者。

我抿嘴一笑，未马上回答。当然不能向她透露那封诡秘的"匿名信"了，虽然不排除，她已经风闻了此事。更不能不知深浅，将脑中疑问和盘托出：李添媛与何明华之间，究竟是何种关系？李添媛临终前是否留下过遗言？还有，何明华主教究竟是人是鬼？

只能避重就轻，迂回试探。

"学校的图书馆里，悬挂着您多年前捐赠的一批珍贵国画，也有以您姐姐名字命名的阅读角。我相信，你们姐妹俩，肯定都有过不同凡响的人生阅历，所以对你们的家庭背景和成长道路很感兴趣。可是拖了这么久，今天才找到空闲，与您聊聊。请介绍一下您的个人经历，好吗？"

季琼夫人的目光投向餐馆墙上那幅大红大绿、浓烈娇艳的牡丹，凝神思索了好几秒钟，似乎在穿越滚滚硝烟，过滤前尘往事。

"抗战期间，我从岭南大学毕业，立即投入了难民救济工作，在广东韶关那里。国共内战开始后，北方到处都在打仗，南方也人心惶惶。幸好，我拿到了一笔奖学金，去英国利物浦大学读硕士，于是就离开了香港。"

简洁，严谨，丝毫不拖泥带水。

"两年之后，我毕业了。学校安排我去日内瓦实习，于是就到了联合国下属的一个机构，在那里实习了六个月。期满之后，本来打算离开欧洲，返回香港，与家人团圆的。可是，一个偶然的机遇，却改变了我的一生。那天，我在电梯中碰到了一个副局长。他是个南美洲人，在电梯里和我聊了聊，就请我到他的办公室去工作了。就这么简单。"

屈指一算，季琼拿到硕士学位时，应该已是三十好几的大龄女青年了。也许由于战乱和求学，耽误了她的婚恋。好在这个工作机会的出现，使她从此留在了日内瓦，并在那里遇见了她的丈夫。

"您先生是哪国人？"

"华人。"

"广东人吗？"

"安徽人。"

"他在那里做什么？"

"国民政府驻联合国机构的全权代表。"

我未动声色。滑过我脸上的目光，是谨慎、敏感的，夹杂着戒备、防范。

我明白，自己身为中国大陆人，无党无派，也非基督徒，却忽然间对她姐姐李添嫒充满兴趣，她若是心生疑窦，也不为怪。

以老夫人的阅历，显然猜测得出，我想要挖掘出更多的秘密。出于礼貌与尊重，我的确不应该盯紧了她继续打探。但我仅仅犹豫了一秒钟，还是硬着头皮，追问了下去。

"敢问您丈夫尊姓大名？……哦，哪几个字？"

老夫人接过我递给她的笔，在小本子上写下了三个字：李晏平。

看到这个名字，我恍然大悟。

校长会议室墙上挂着的那两幅"张大千"，其中一幅上，画着古装长袍的两人，背景是山石古松，题字依稀可辨："季琼大嫂法家教正……嘉禾月大千弟张爰。"

另一幅二尺见方的大千自画像，上面的题字却是"晏平兄法家正之"，下款一大堆字。我仅能辨认出其中一些字眼，"丙申夏……巴黎……旅……大千画……黄山之松如龙腾，黄山之云如釜蒸。攀萝附葛不到处，与人长啸……"

听我提起那两幅国画，季琼夫人立即说道："张大千和我先夫很熟悉。五十年代和六十年代，他几次来欧洲旅游时，都曾住在我家，所以他先后几次专门作画，送给我们夫妇留念。"

那两幅画作，无疑都是真迹了。心中的诸多谜团，解开了一个。

"您为什么要离开日内瓦呢？"

"八十年代，我丈夫去世后，我就离开欧洲，搬到多伦多来了。我姐姐、弟弟那时候已经都到了多伦多，大家团聚一处，可以互相陪伴嘛。"

季琼夫人说完，端起杯中残茶，一饮而尽，拿起纸巾，沾了沾唇角。

"李教授，你还有什么想了解的吗？"

"张大千的画作很珍贵，您怎么想到要捐给我们学校呢？"

季琼夫人虽然无儿无女，但她有那么多亲属都住在多伦多呢，难道他们不期望得到这些价值不菲的遗产吗？

老夫人定定地望着我，口中吐出了几个字："我们不贪。"声音平静，神色凛然。

饭后，我们送季琼夫人回到了"四棵榆"。临别之际，她从一直拎在手中的塑料袋里掏出来一本薄薄的小书，郑重地递到了我手中，言明此乃她身旁仅存的孤本，借给我阅读，日后须当奉还。

定睛细看，封面上那个女人的眉眼，是我早已熟悉的。《生命的雨点——李添嫒牧师回忆录》。看来，午餐一席交谈，自己算是通过了季琼夫人的法眼。

"你不是想了解我姐姐的生平事迹吗？一切，都在里面了。"

说完之后，她推着滑轮支架，缓缓离去。

望着她的背影，一个念头突然在我脑中闪过：老人家一定已经知道了，有封神龙见首不见尾的匿名信，正扇动着黑幽幽的翅膀，在苍穹下漫天飞翔。

9

回程中，凝望着蜿蜒曲折的公路，我久久地沉默不语。萦绕在脑际，挥之不去的，是季琼夫人临别时的目光，还有那句简单而笃定的话："我们不贪。"

"这一带的风光，和内蒙古草原的丘陵地带很相似。"老王的声音打断了我的沉思。他手握方向盘，直视着前方。空旷的原野，在斜阳映照下，金光点点，层林尽染，勾起了他思古之幽情。

"那时只有十八岁，整天琢磨的，就是想方设法回城去，与父母团聚，只觉得身处的环境异常艰苦，度日如年，根本无心感受大自然的风光。可是离开多年之后，回想起当初，才感到逝去的一切，都充满了魅力。"

车窗外，起伏不平的田野上，仿佛有个年轻矫健的身影，伏于马背上，在蓝天下驰骋……我转过脸来，悄悄打量身旁的轮廓。

林花谢了春红。太匆匆。

昨天在晚餐桌上，我和老王商量今天要来多伦多采访，请他帮忙开车。

他叹了口气，落在我脸上的目光中，含了几分忧郁。"唉，你这永无休止的追求，什么时候才是个尽头啊？要懂得适可而止啊！"

人，莫不若此，永远难以克服内心的诱惑，总在期待着奇迹的发生。时光的车轮，便在这焦虑不安的期待中，逐年加速，驰往终点。

我，是否也落入了"贪婪"的陷阱？

"不贪"，看似简单，却蕴含了深刻的哲理。任何人，若能牢牢地把握住这一底线，也许就可免除一生的麻烦与灾难了。这，才是"一句顶一万句"啊！可惜说来容易做来难。"贪婪"，恰恰是人性中最难克服的弱点。

人们喜欢用"禽兽不如"来骂人，孰知禽兽远胜于人之处，恰在"不贪"。不是吗，几时见过小鸟多吃，小鹿多占，大雁淫乱？

每年三月，天气刚有转暖的迹象，湖面上的冰尚未全部消融时，大雁就已成群结队归来了。密密麻麻，多达数百只，一动不动，静静地卧在冰面上。

再暖和些，便见沿湖的草丛里东一个，西一个，筑起了一窝窝巢穴。后院那棵枫树下，也出现了一窝。母雁端端地、静静地趴在巢里。公雁则高昂着长长的颈项，在四周踱步。见有人靠近，公雁便会鼓起双翅，发出声声警告。

一个月过去，便可见到大雁夫妇在春阳下训练儿女游泳、觅食的场面了。

刚孵出的小雁们巴掌大小，毛色淡黄，茸茸一团，蹒跚学步，煞是可爱。初次下水，总会兴奋地吱哇乱叫，颇有不知所措之憨态。

不知是否当父亲的，一头扎入水中，扬起头，抖落水滴，再次扎入，再次扬起，似乎在耐心地示范，如何完成潜水动作。

另一只，大概是母亲吧，连声叫唤着，前后张罗，鼓励胆怯不前的，指责调皮捣蛋的，忙得不亦乐乎。

雁们自然不懂人的规矩。外出途中，曾数次遇到前面的车辆紧急刹车，为横穿马路的雁们让道。有次我正好停在前面，得以仔细观察了全家出行的阵容，从此便开始怀疑，人类是否低估了不会说话的动物的智商。

那次，只见母雁打头，率领着六个稚龄儿女，排成笔直的一行，一扭一扭穿越街道。公雁则昂起小脑袋，雄赳赳立于路中央，显然在防备着身后那些庞大的铁家伙贸然间转动轮子，横生不测。

就这样，一分一秒，耐心地等待着，直到最后一只小毛团跌跌撞撞地攀爬上马路牙子了，公雁才结束了自己的使命，大步流星，追赶上队伍，压阵而去。

几番喧闹，几番嬉戏。眨眼间，小雁们便绒毛褪尽，出落成青涩的半大姑娘和小子了。秋风四起时，高空中常掠过一队队雁阵，朝南天长啸而去，留下余音袅袅。

早就听闻过大雁伉俪忠贞不渝的美好传说。羽翼丰满，情窦初开，便认定所爱，从此不离不弃。一只死去，另一只会守候其旁哀嚎，直至气绝身亡，堪称货真价实的"从一而终"，徒令得陇望蜀、朝秦暮楚的人类羞惭。

看到这一幕幕景象，我每每纳罕，雁们生得一模一样，美丑不分，雌雄难辨，且思维简单，这春来秋往、年复一年的，它们是如何辨识孰为缱绻挚爱、孰为不可染指的友邻，从而做到不越雷池一步、恪守一方圣土的呢？

难道说，上帝攒土造物时，刻意为鸟兽们设置了秘密信息，却偏偏忘记了将这块芯片植入人类脑中，因此才造成了难以治愈的"贪婪"？

人类自谓智慧超群，主宰着宇宙，焉知大自然中万物有灵，孰能分清尊卑高下？

10

胡思乱想着，便对老王感叹。

"总说咱们的文化博大精深，可从小听到的，都是什么《三十六计》《二十四孝》《烈女传》《刺客传》之类的，怎么就没有一个戒贪的故事呢？神笔马良，凿壁偷光，无非鼓励了奋斗成功；孔融让梨，芦花记，只是强调了谦让的美德；却没有一个简单生动的故事，来警戒人的贪欲。"

"《渔夫和金鱼》，难道不算？"老王眯起眼，迎着落日的金色光芒，简短地回答。

"那个故事是俄国的，舶来品，不算数。"我辩解道，"因为总要在课堂上给学生介绍中国文化的美德，所以才觉得遗憾。"

"谁说没有？"老王反驳道，"我们的小学课本里就有《太阳山》，到现在我还记得呢。只是你孤陋寡闻罢了。"

"《太阳山》？我的小学课本里，不记得有这么一篇故事啊。"

"哦？那不知从什么时候开始，语文教材就把那篇取消了吧？所以等你六十年代上学时，已经看不到了。"

"说不定是你记错了。你大概是从小人书里读到的吧？"我质疑道。

老王犹豫了一会儿，喃喃道："也许吧，人老了，有些事真的记不清了。"接着，他一面开车，一面断断续续地把记忆中的故事讲给我听。

　　从前有兄弟俩。老大奸诈，好吃懒做，老二却勤劳能干，以打柴为生。

　　有一天，老二正在山上打柴，忽然飞来一只大鸟，落在树上，对他说："你这样起早贪黑地砍柴，实在太辛苦了，我带你到太阳山上去吧，那里有很多金子，你可以随便拿，你愿意去吗？"

第二天，老二如约来了。大鸟让他骑在自己背上，飞了起来。

大鸟嘱咐他："到了那里，千万不要贪多，听天鸡一叫，咱们就必须马上飞回，不然，太阳一出来，就会被晒死。"

大鸟驮着老二，翻山越岭，来到了太阳山。山上到处都是金子。老二高兴极了，拎着口袋就捡起来，捡了半口袋，便要回去。大鸟劝他再多捡一些，他不同意。没等天鸡叫唤，就离开了太阳山。

老二发了财。老大知道了，也上山去砍柴，让大鸟把他驮到了太阳山上。可是，看到满山的金子，老大装满了一袋，又装一袋。

大鸟催促道："快走吧！天鸡要叫了。"老大却置若罔闻，继续装金子。天鸡叫第二遍了，他还在装。大鸟说："鸡叫三遍，太阳就要出来了。"

老大仍不肯停手。天鸡第三次发出了一声长鸣，大鸟腾地飞走了。

火红的太阳，顷刻间照亮了太阳山，像燃起了火焰。贪婪的老大，就这样被烤死在太阳山上了。

老王的话音落了，我却半信半疑。故事中包含的某些元素，令我觉得，这似乎不像中国原产。源自何方，可暂且不究。但奇怪的是，这么好的故事，为什么不能保留在小学教材里呢？

"倘若一直保留着，今天社会的贪腐现象，是否会少一些？"我感叹说。

"不见得。"老王不以为然，"当年在中学里，我们是男校，大家朝夕相处，接受的教育都是一样的。可为什么'打砸抢'一开始，有的人就能狠着心，朝自己的老师下毒手，鞭子、皮带，什么都上，把老师打得头破血流呢？怎么能指望通过阅读几篇好课文，就能改变人的禀性！"

"道德教育就没用了吗？"我不甘。

"唉，"老王叹了口气，说，"道德教育，只能是约束人的一种美好愿望罢了。只有通过严格的法律，才能抑制人的罪恶。哪个社会都一样。不是说，人一出生，就携带着罪恶嘛！"

"嗨，"我乐了，"你不是一直坚持无神论嘛，怎么今天也引用起《圣经》的说教了？"

"你整天装神弄鬼的，连我也被潜移默化了呗！"老王调侃道。

11

从"四棵榆"回来之后，我便向文笛校长汇报，那两幅"张大千"，可以断定是真迹了，应该价值不菲，须妥善保管。

她听了，双手合十祈祷，开心地笑了。"哇，那可太好了！今后如果能卖掉，所得的钱款，可以设立一个奖学金，鼓励学生们参加国际交流，扩展视野！你觉得这个主意怎么样？"

接下来的岁月里，那两幅画作依然挂在校长会议室的墙上，而没有被摘下来，锁到库房中藏起来。在那里开会时，洋人同事们一如既往，无人多朝它们瞥上一眼。只是从国内来访的同胞们，尤其是精通书画的文人墨客们，每每听我提及那两幅"养在深闺人未识"的"张大千"时，会眸子一亮，特意拐到校长会议室去，伸长脖颈，观赏一番。

说来惭愧，身为华人，我对那两幅画，也没有兴趣。我的注意力，继续围绕着匿名信所引发的那些历史谜团打转转。

李添嫒被封立为牧师，实属开天辟地第一回的创举。在中外近代史上，此事件究竟掀起过什么样的轩然大波？为何竟会导致目空一切的英国教会高层在几十年过去之后，仍要煞有介事地举办隆重仪式，为她平反昭雪？

何明华在李添嫒的心目中，究竟是何种形象？她对这位赏识提拔她的恩人的怨恨，由何而来呢？

四处散发匿名信的那个神秘的揭发者，又是因何缘由，不肯放过这位早已长眠于天国的女牧师？是同行相轻？还是大义凛然？

交织着这些疑问，季琼夫人那冷峻的目光，也时时在我脑中浮现。

这些年，她不仅将一批贵重字画捐献给我们学校，还把夫妇二人的终生积蓄也陆续捐出，在北美和欧洲不同的城市里设立了以"李添嫒牧师"命名的各种纪念。

这样做，只是因为她脑中萦绕着"不贪"的信念吗？还是说，她想替姐姐达成某种心愿，实现她活着时未能达成的隐秘的心愿？

心头缠绕着这些疑问，我翻开了《生命的雨点》，试图从中寻找到答案。

这本薄薄的小书，是在李添嫒离世翌年，在季琼夫人亲自操作下得以出版的。它像一只手，轻轻拉开了尘封的舞台上厚重的帷幕，把一片生疏隔膜的南国世界，呈现在我的眼前。

南楼是我少女时代，先父分配给我们三姊妹活动的闺阁。我的兴趣是用色彩缤纷的翎毛绣线刺绣花朵、蝴蝶及飞鸟。

由于我的女红较农村女孩更精巧，所以吸引了不少女孩拜我为师，甚至香港元朗也有十几家裁缝店让我加工活计。有几位深交的富家小姐，她们出阁时的鸳鸯枕，也是我义务替她们精心刺绣的。

书中所附的几十帧照片，质量极差。且无论是黑白的，还是彩色的，几乎均为李添媛步入暮年之后接受"平反昭雪"时期的留影。

那个躲在竹影婆娑的南楼上描花绣朵的李添媛，曾经拥有怎样的风采？

凭照片中模糊不清的面部轮廓，还有图书馆里那幅油画肖像，可以猜测得到，青年时代的李添媛，是端庄清秀、朴实无华的，就像我家门前阶下那丛兰草一样，默默无闻地发芽、抽条、绽放、凋谢，而非校园里那株牡丹，在春日里以其绚丽的色彩，艳惊四野。

这个平民家庭出身的少女，是如何摇身一变，成为基督教圣公会的第一个女牧师，震撼了世界舞台的呢？

匆匆翻阅，通过她平铺直叙、波澜不惊的叙述，我终于看到了那关键的一幕。

那次事件，始于1943年的冬天。

年底时，正在澳门教会里忙得手脚不停的李添媛，忽然接到了一封函件。那封信，是何明华主教从遥远的山城重庆发来的。

他宣布说，将于 1944 年 1 月 25 日那天，为李添嫒举行封立为"牧师"的典礼。

这个从天而降的喜讯，是何明华心血来潮的冲动吗？似乎不是。李添嫒的命运轨道，一钉一铆，皆为她自己亲手铺就。

12

我上小学时，便从一部电影《羊城暗哨》中，得知了广州那个奇特的别称。

近年来，也曾因出席会议，在羊城短暂逗留过。那里没有点缀了京城与长安街巷的红墙黄瓦，也没有勾勒了沪上和津门天空的西式楼阁，因此未给我留下任何特殊印象。

但在李添嫒笔下，她人生中最美好的年华，恰是在"仙境般优美"的广州神学院里度过的。

三十年代的神学院，位于白鹤洞山顶，居高临海，草木繁盛。李添嫒尚在校园里潜心研读《圣经》时，"卢沟桥事变"就爆发了。战火烧到羊城之后，仙境沦为了地狱。

> 有一天，日机作地毯式轰炸。扫射过后，灾区惨绝人寰，到处都是触目惊心的场面。我脚上的皮鞋被三寸深的血浆粘住。篱笆上挂着一副内脏，小脚女人坐在藤椅上，下半身没了。巨大的钢筋水泥板下，伸出女孩的五个手指颤动，听得见呻吟声，却抬不起石板，大家只好被迫放弃。

在灾难中从神学院匆匆毕业的李添嫒，被分配到香港九龙，在一所教堂中服务。两年之后，1940年夏天，她又临危受命，被何明华主教派遣到澳门，去接替一位白人牧师丢下的烂摊子。

因葡萄牙在战争期间持中立态度，许多中国人从四面八方逃往澳门，躲避战火。这个本来就充斥着赌博、酗酒、吸毒、卖淫的邪恶殖民地，又遭逢奸商趁战乱大发国难财，变成了尸横遍野、臭气熏天的地狱。

那位年轻的洋牧师，来自加拿大。自从他丢盔弃甲，逃之夭夭后，澳门的基督教会里就群羊无首了，竟然找不到一位能替补他的男性，在做礼拜时为教徒们分发象征着耶稣血肉的红酒和糕饼。

仓惶中，一个初出茅庐、羽翼未丰的华人女子尚未披挂停当，便被匆匆推到了阵前。

李添媛没有辜负何明华主教的信任。面对大批如蝗虫般涌入澳门的难民，她用孱弱的肩膀挑起了这副重担。除了在人满为患的澳门替大批无家可归者安排食宿、把病患送往医院治疗、承担亡者的丧葬祭奠之外，她还用浓郁饱满的墨汁，详细描绘了下面一桩逸闻。我感觉，她似乎想要特意说明点什么。

珍珠港事件后，日军以迅雷不及掩耳之势，于1941年年底圣诞节前夕攻占了香港，杀戮奸淫，无恶不作。

从香港逃到澳门的朋友找到了李添媛，敦促她尽快设法，把滞留在香港、贫病交加的老父亲接往澳门，躲避灾祸。

李添媛身无分文，难以支付趁火打劫、水涨船高的偷渡费。一筹莫展之际，幸好从熟人处借来了十元港币。她把钞票缝在衣领中，乔装成大户人家的女佣，与一群偷渡客悄悄登上了渔船，于薄暮中起航。

满船人都捏着一把汗，提心吊胆地朝海面上眺望。突然，一艘海盗船朝这边驶了过来。摆渡的渔民立即下令，让船上所有乘客都假装成船工，靠在船帮上，抛下渔网，摆出打鱼的姿势，以期蒙混过关。

千钧一发之际，偷渡客们不知怎的闻知，同船这个貌不惊人的中年女性，竟是教会的神职人员，于是便异口同声地乞求，请她为大家祈祷神明。

匆忙中，李添媛下到渔船的舱底，双膝跪下，祈祷上帝垂怜，保佑全船人平安。

她的祈祷，似乎灵验了。海盗船靠近后，见这条船上皆为穷苦渔民，无油水可榨，便放过他们，掉头离去了。

众人刚松了一口气，新的考验便接踵而至。

　　黑夜渐深，海面也一片阴沉。我们继续摇橹，向目的地新界屯门前进。想不到，忽地传来了机轮之声，由远而近，情况危急；原来是日军的巡逻小汽轮深夜出巡。乘客们惊惶胆颤，被迫纷纷跳下水中，向岸边游去。

　　我虽不习水性，但为了逃命，也置生死于度外；正打算随伙伴们投身入海之际，在紧急关头，忽然风浪大作，滂沱大雨倾盆而下，漆黑的乌云掩盖了日本汽轮的视野，渔船迅速躲入了毗邻的小湾。

也许，李添媛担心读者不能明白她详细描写这段逸闻的寓意何在。接下来，她又通过他人之口，进一步渲染了此事的后续效应。

先父、三妹和我在香港中区购物时，遇上与我同船的两位乘客，他们兴致勃勃地对我说："李姑，你的神是真的，它垂听了你的祷告。"

他们说，当日同一时间出海的，还有两艘渔船，船上所有人都遭日军屠杀了，海水为之染红。

这次空前的惊险，相仿于摩西带领以色列人出埃及、过红海。耶和华把水分开了，让以色列人安然渡过。

李添媛坚信，她所扮演的，是摩西的角色。

这次苦海余生，无论究竟是与民间传说中巫婆神汉呼风唤雨的巧合，还是基督徒们深信不疑的上帝显灵，有关李添媛的神奇魔力，从此便长了翅膀，广为传颂，吸引了大批难民，加入神的队伍中来。澳门的基督教会人数，在短短几年之内，便连番飙升，蔚然可观。

李添媛在她揭发何明华的那篇文章中，曾经坦承："天主教和基督教一向水火不相容。"

的确，澳门是葡萄牙的殖民地，在这块天主教称王称霸的地盘上，基督教若想与之"抢羊"，决一雌雄，谈何容易？

而这个温婉沉静、临危不惧的弱女子，却以她出色的表现，赢得了民心，也证实了何明华主教过人的眼力。

尽管如此，教会传统上规定，严禁女性出任牧师，扮演给教徒们分发圣餐的高大上角色。鉴于此，每个礼拜日，不得不从香港派遣一位华人男牧师渡海到澳门，从女执事李添媛的手中接过红酒和糕饼，再一一递给教徒。若是赶上轰炸或海路遭日军封锁，男牧师无法赶来，这圣餐就只好取消了。

郑人买履。我不禁想起了那个古老的传说。

于是，便有了那个郑重的期许和约定。

13

那次延续了七天七夜的长途跋涉，似漫漫长夜里的北斗七星，引领着李添嫒，一步一步，登上了她生命中辉煌的顶峰。

从她留下来的简洁、克制的描述中，不难看出，无论是沧海横流，还是地老天荒，那段既短暂又绵长的时光，都永远鲜活地刻印在她的记忆中了，没有一天被遗忘。

接到何明华主教的通知后，李添嫒收拾好简单的行囊，藏起兴奋和喜悦，从澳门出发了。

她先是乘坐海轮，抵达了羊城，然后转乘渡船，到了江门，再由江门骑着脚踏车，一路风尘仆仆，来到大山脚下的一个小村庄，在村公所里，借宿了一晚。

简陋潮湿的茅屋，油腻发黑的被褥，均未影响她在甜美的心境中入梦。晨光初露，李添嫒便坐上了轻巧的竹椅，由两名轿夫抬了，沿着山腰间的羊肠小径，继续赶路。

兵荒马乱的年月里，李添嫒难得地享受了短暂的宁静，轻松自如地欣赏着沿途风光。这山高林密、日寇铁蹄鞭长莫及的青山绿水，荡涤了她数年来积累的疲惫。

暮色苍茫时，她穿越一片青青的竹林，来到了新兴县城。李添嫒还没下轿呢，便远远地看到了夕阳下那个颀长的身影。

何明华从重庆出发，经过连续多日跋山涉水，也刚刚抵达了二人相约的这个会合点。此刻，他正站在落日余晖笼罩的教堂房檐下，双手叉腰，眺望着远方。

尽管早已约定了碰面的时间，可是二人相隔数千里之遥，分头出发，若是没有冥冥之中的因素，又岂能在兵荒马乱的岁月里，按时抵达约会地点？

穿越时空的阻隔，我仿佛看到了夕阳映照下的两个身影。她抿紧双唇，竭力压下胸口翻腾的波涛，克制住几乎要冲口而出的呼唤。

主教，我来啦！

接下来的旅程，便是相伴而行了。他们同乘一艘轻舟，沿着西江清澈的支流，一路北上，前往风景宜人的小城肇庆。

西江的碧波，倒映着两岸翠绿的山峦。潺潺流水，可曾见证过四目相对时无言的心声？

数日之后，在七星岩下草墙街的教堂圣殿里，举行了有几十位教徒参加的封立仪式。

多年后，李添嫒已经回想不起来，何明华主教那朗朗的声音，究竟宣读了哪些繁文缛节。唯记得那只温暖的大手抚在她头顶时，自己浑身上下止不住地颤抖。

她匍匐在他的脚下，听得见心房里剧烈的跳动。她暗暗地吸了口气，压住悸动，竭力用镇定的嗓音，回应了那神圣的召唤。

"是的，我的主，我必如此遵行！"

从那天起，李添嫒的头顶，就多了一道神圣的光环，被尊称为"李添嫒牧师"了。一袭雪白宽松的长袍，罩住了她苗条的腰身，端庄中，平添了几分潇洒，几分灵动。纤细的脖颈上，垂下来一条大红色丝质饰带，在烛光下，反射着华贵与雍容。

垂暮之年，在李添嫒的笔下，仍能触摸到凝固在她心头的那个美好的瞬间："肇庆的山，可同桂林竞秀；肇庆的水，敢与西湖媲美，实属被人间冷落的天堂。"

读到此，我却生出一个疑问来，为什么何明华不嫌路途遥远，费尽周折，特意选择了那样一个偏僻的地方，翻山越岭，跨江渡河，来操办这场册封典礼呢？

难道说，在何明华的心目中，只有那片远离尘世喧嚣、超凡脱俗的净土，才配得上这位志向高远、洁身自好的女神？

14

遗憾的是，上帝罩到李添媛头上的这道光环，如梦境般奇妙，不可思议，也如梦境般短暂，稍纵即逝。

多年的抗战结束，庆祝胜利的鞭炮声，终于送走了瘟神。正在澳门忙于战后重建的李添媛，忽然接到了一封来信，约她火速返回香港，有要事面商。

匆匆渡海赶去，在华南圣公会浓荫遮天的院子里，她见到了总部的秘书，获知了一个沉重的消息。

原来，香港主教何明华在战争期间打破英国教会的规定，擅自做主，封立一位女性担任牧师，此事传出后，遭到了教会高层的严厉批评和激烈反对。

何明华不屈不挠，此刻仍在奔波抗争，试图力挽狂澜。

然而，摆在他面前的选择，异常严峻：要么，他必须放弃香港大主教的宝座；要么，李添媛必须辞去牧师的头衔。二者择一。

李添媛沉默了，脑中一片空白。

那年，她已三十九岁了。兰草的花瓣，正在悄悄地凋谢。献身神明的道路上，她已挣扎了多少年？这条路，难道终将因世俗对女子的偏见，而就此中断吗？

十四岁那年，刚刚拿到小学毕业的文凭，品学兼优的她，便被迫停学，闲居家中。只因父亲儿女成行，薪水有限，无法负担八个儿女同时接受高等教育，李添嫒身为长女，便理所当然地成了牺牲品，以保证哥哥弟弟们的辉煌前程。

长达六年的时间里，李添嫒每天躲在南楼上，看着日出日落，春去秋来，屏声敛息，描花绣朵。她为女友们绣制了一对又一对精美的枕套、床帐，目送着她们一个接一个登上了花轿，在鼓乐声中消失在远方，自己却固执地缄默着，不肯谈婚论嫁。

那个曾经与孙中山同室而居的父亲，毕竟是喝过洋墨水的，对女儿心中的委屈，岂能装聋作哑？省港大罢工胜利后，他得到了一笔补发的薪水，便毫不犹豫，立即把闲居家中六年之久的李添嫒送回了学堂，弥补内心的歉疚。

几番蹉跎，一路苦读，到了终于迈入白鹤洞山顶那所神学院的大门时，李添嫒已是年近而立的老姑娘了。

也许，她本可像目不识丁但贤惠善良的母亲一样，嫁作人妇、相夫教子，从此度过衣食不愁的一生。但冥冥中鼓励她走上为神服务之路的，恰恰是那个有重男轻女之嫌的父亲。

这个在香港总督府里长大的男人，与他那个来自广东乡下的厨师父亲截然不同，从小便在环境熏陶下，信了耶稣。

他曾寄予厚望的五个儿子，均已完成学业，谋事有成了。他满心希望，其中一个儿子若是能够当上教会里的牧师，出出进进，受人尊敬，才可光耀门庭。可惜，儿子们也许都遗传了大厨的务实基因，热衷于世俗经济，毫无兴趣做神的仆人。反倒是这个无心插柳的大女儿，阴差阳错，最终踏上了这条"非常路"。

在逆境中成长起来的李添嫒，珍惜出现在她脚下的每一条小径。

1934年年初，李添嫒高中毕业后，应聘来到了香港仔鸭脷洲，在一所渔民子弟小学里，担任了教务主任。这个位置空闲了许久，却无人应聘，只因那一带位于贫民窟，道路崎岖，环境肮脏，孩子们又粗野顽皮。

每日清晨，李添嫒顶着星星起身，从遥远的筲箕湾海陆兼程，长途跋涉，赶往这家偏僻的乡间小学。也许是舍不得放弃这个来之不易的就业机会，也许是天真无邪的儿童唤起了她压抑良久、无处施展的母性，她没有像此前的男教师们那样，被吓得落荒而逃。

这样的日子，她咬着牙，坚持了一个寒暑。

那年中秋节，李添嫒从香港到广州度假游览，顺便参观了位于白鹤洞山顶的那所美丽幽静的神学院。

院长是个白人老头。他来华传教多年，阅人无数，火眼金睛。交谈之中，他敏锐地观察到，面前这位温婉含蓄的女子，实属不可多得的好苗子，于是竭力鼓动她入神学院就读。至于四年的学费，也不必担忧。何明华主教所掌管的香港教会，一贯慷慨解囊，为有志为神服务的青年，赞助优厚的奖学金。

站在生命的十字路口时，李添嫒犹豫过吗？也许。但老父亲殷切的目光，最终送她的背影，迈入了白鹤洞山顶那扇敞开的大门洞。

……

1944 年年初，李添嫒从七星岩下载誉归来时，在澳门翘首迎接她的老父亲迫不及待地捧出了他的诗作。

品味着那龙飞凤舞、欣慰之情跃然笔端的一笔一画，李添嫒脑中可曾回想起狭窄的南楼里，那一针针刺入绣品中的泪水，那日复一日、年复一年的煎熬？

年近不惑，却仍茕茕孑立。悠悠岁月中，她所企盼的，难道不是父亲为女儿感到的骄傲？

几十年前，父亲为襁褓中的长女所起的名字"添媛"，隐含了"上天所爱"之意。可知世间一切，皆由天定。

然而，无论李添媛牺牲了什么，才换来这一惊世骇俗的荣耀，它都像天际的流星，还来不及展示其光彩，便仓促地毁灭了。

她似乎永远只能在男性的身后，等待"补缺"，抑或，接受"牺牲"。

也许她心不甘、情不愿。但当她站在地狱的入口时，却选择了跳下去，把生的希望，留给了他人，正像她在豆蔻年华时，把锦绣前程，让给了兄弟们一样。

"我算什么？"李添媛为自己找到了摆脱痛苦的最佳答案，"我，不过是一条虫。"

围绕着李添媛封立牧师的风波，通过她简明扼要的陈述，我算是明白了梗概。但事件中的男主人公何明华，那个谜一样的人物，却依旧模糊不清。

在那场风波中，何明华都遇到了哪些不可承受之重，导致他不得不在上帝面前反悔、食言，把郑重的任命当作儿戏？

身为匿名揭发者笔下"德高望重"的香港主教，怎能心安理得地接受一个处于弱势地位的华人女子为他遮风挡雨，因他的轻率而被献上祭坛，成为替罪羔羊？

要想获得这些疑问的答案，得见岁月人事的真容，恐怕需要像挖掘骊山脚下的兵马俑一样，挥动小铲子、小扫帚，耐心地拨开千年积尘，耗费无数个不眠的夜晚。

在紧锣密鼓的工作压力下，除了日常的授课任务外，还要策划一年一度的国际研讨会，实在是分心无术。无奈之下，我只能将这种曲径寻幽的闲情逸致，暂时甩在了脑后。

然而，混沌中似乎有一只看不见的大手，不肯让我就此离去，默默地牵引着我，一步一步，接近那被岁月尘封的无数个谜团。

阅读李添嫒检举何明华主教的那篇文章时，曾留下了一些悬念，引发我思考，何明华主教与白求恩医生二人之间，究竟是否曾有交集？

在不经意间，一条条线索，又重新涌入了我的视线。

第三章　白求恩秘档

15

卷帘西风，像一支大号画笔，呼啦呼啦，转瞬间，便把房前屋后的树丛都涂抹上了浓重的色彩，从粉红、大红、紫红，到淡黄、金黄、橘黄，与湛蓝的天空，交相辉映。

中国作家代表团，踩着悠然自得的鼓点，踏入了风景如画的小城，出席一年一度的中加国际研讨会。

今年的主题，定为"文学与自然"。几天下来，除了在校园里开会讨论，来宾们也在参观中，领略了大自然的神奇。

早年间，滑铁卢一带绵延不绝的原始森林，密布泓河（Grand River）两岸。这条湍急的大河蜿蜒数百里，注入美加边境的伊利湖，最终奔向气势磅礴的尼亚加拉大瀑布，在轰鸣声中，化成水雾，升入云端涅槃。

一百五十多年前，英国殖民者与印第安酋长们签订了条约，将泓河两岸方圆数百英里的范围，划为保留地，供这一带的六个部落定居。

谁知接下来的岁月里，不断发展的城镇、交通、学校、商业，一点一点，神不知鬼不觉地，蚕食掉了泓河两岸本属于印第安部落的领地。飞禽走兽生存繁衍的原始森林，也一片接一片，从日新月异的地图上被抹掉了。

近年来，媒体新闻热点显示，印第安原住民已经觉醒，开始发声，讨还公道了。然而，尽管他们在北美洲大地上生活了至少上万年，却连自己的文字都没有发展出来，讨还公道，谈何容易？

从滑铁卢开车，一路南下，半个钟头，便可抵达保留地之一的"六族镇"。

称为镇，实为村。粉黛不施，荆钗布裙，一草一木，皆融入自然，彰显出印第安人淳朴的生活理念。

街道上萧条冷落，偶尔遇到居民走过，也多为身材臃肿的亚健康状态，早已不复其祖先们骑马挎枪打天下的英姿了。听说不少人无所事事，沉湎于酗酒赌博，依赖政府的救济金，打发岁月。

小镇的历史博物馆里，展品堪称简陋，除了磨尖的小石块，就是一些兽骨和牙齿串成的粗糙的项链。对美的追求，很早就出现了。但能够转动的轮状物体，迟至几百年前仍未发明出来，没有车轮，也没有磨盘。女性需用双手滚动一块西瓜大小的石头，碾碎石板上面的玉米粒。类似半坡村的陶器，全无踪影，更未寻获一星半点殷墟甲骨之类的痕迹，供后人想象远古的传说。

看到一百五十年前印第安人与英国人签订的那些"条约"时，我的眼眶瞬间湿润了。

所谓的"条约"，上面竟然看不到任何文字，只是用河里的蚌壳打磨成的细小的珠子，钻了孔，一粒粒串起来，编织成图案，用蚌壳上不同的颜色，米白、灰黑、淡黄、浅紫，分别代表着河流、山川、人民、权益。

这一条条长短宽窄各异的"贝编条约",令我困惑。都是从远古洪荒、刀耕火种走过来的,怎么华夏祖先早在五千年前就发明创造了象形文字,北美的印第安人却一直停滞在旧石器时代?广袤的大地上,多达几千个部落呢,怎么竟没有一个仓颉出现?

在殖民者打造的法制社会里,凡事都需证据,口说无凭。眼前这一幅幅巴掌宽、二尺长的"贝编条约",如何能证明当初都签下了哪些具体条款?

在六族镇参观时,我特意聘请了一位"熊族"的老人,为大家担任导游。他年近七十,受过大专教育,算是镇上屈指可数的知识分子了。

即便属于精英阶层,也难以改变凄凉的命运。老导游嘶哑的声音中浸着悲伤,悄悄告诉我,女儿找不到任何工作,还染上了毒瘾,如今沦落为多伦多街头的妓女,他却只能望月哀叹。

"如今还活着的人们,都不会解读那些条约了。"老导游说。

博物馆墙角那张古董木桌上,摆着一幅镶嵌在镜框中的黑白照片。当年那几个参与了条约谈判的部落酋长,头上戴着插了野鸡翎的鹿皮帽,胸前垂着亮晶晶的熊牙,郑重其事地用双手捧着"贝编条约",目光严肃,直视前方。

酋长们均已作古了。是非曲直,谁人曾与评说?

"英国人最坏!"老导游压低了声音,却掩盖不住眼中燃着的火苗,"法国人?也不是好东西!"

我仿佛看到了挂在殖民者唇角的讪笑。

八十年代的旧事,恍惚浮上心头。那时我初抵加拿大,在温莎大学的历史课上,曾与白人教授据理争辩,提及中国教科书上有关欧洲白人殖民者对印第安人民残酷剥削掠夺的揭露。教授那张白脸顿时涨得通红。我是历史系招收的第一个来自中国大陆的研究生。此前，他恐怕还从未遇到过此种挑战吧？

"如果没有欧洲移民几代人的艰苦开拓和牺牲奉献，你们今天能享受到如此舒适的城市生活吗？难道你愿意人类停留在茹毛饮血、刀耕火种的群居岁月？"

教授的反驳，也曾令我语塞，陷入思索。

那是个纠缠不清的疑问。何谓落后？何谓文明？

16

陪同中国代表团，乘坐着老旧的火车，咣当咣当，一路东行，来到了蒙特利尔。冒着寒风中飘落的初雪，我们参观了白求恩大夫曾工作过的"圣心医院"。

陈列室的玻璃柜中，展示着白求恩三十年代发明的几种外科手术器械，墙上，挂着他的照片。

可是我知道，1937年春天，白求恩从西班牙战场回到祖国后，由于他暴露了共产党员的身份，便遭到了这家医院的解聘，这位全城首屈一指的胸外科专家，就此陷入了失业的窘况。

时过境迁。如今，这家医院展出了白求恩的遗物，是否在为当年的冷酷无情表达迟来的忏悔呢？

白求恩离开这个世界，已经七十多年了。他的身后，至今仍留有一堆未解的谜团。

根据加拿大老共产党员莱斯布里奇教授所述，警方有关白求恩的秘密档案，在依法解禁之后，曾有一位历史学教授于1991年前往查询读取过。

然而，十年之后的2001年，当莱斯布里奇教授本人亲自前往首都渥太华，在国家档案馆中查阅白求恩的警方记录时，却惊愕地发现，十年前的那批档案中，有不少内容遭到了删除，整段甚至整篇的信息，竟然都被遮盖起来，莫名其妙地"被失踪"了。

随着时代的前进，社会的发展，人们本应更加客观地对待历史。有什么值得害怕、见不得阳光的东西呢？

莱斯布里奇教授忍无可忍，公开呼吁："加拿大共产党和老百姓有权利了解自己国家的历史！"

他深为忧虑，随着时光的推移，更多真相将会遭到"砍头""截肢"的下场，历史的本来面目从而永久地被掩盖起来。于是，他抓紧时间，虎口夺粮，在2003年匆匆出版了残存下来的那些秘密档案。

我手捧这份残存的秘密档案，细细搜索着一个个或熟悉或生疏的字眼，试图通过蛛丝马迹，寻找到白求恩大夫与香港主教何明华之间，可能存在过的一切关联。

阅读之下，我虽然没有发现"何明华"的字眼，却注意到，被警方悄悄删除掉的那些东西所涉及的人，大致可列入两类。

一类可称为"黑名单"，包括三十年代社会各界的进步人士。他们被列为"激进分子"，曾与白求恩大夫有过来往。

另一类，则可称为"白名单"，多为警方的卧底、暗探。他们曾混入白求恩大夫出现的各类组织和场合中，秘密搜集情报。

1937年夏季，当白求恩根据加拿大共产党组织的安排，横跨北美大陆，为西班牙内战做募捐，进行频繁巡回讲演时，皇家骑警总部曾下达通知，勒令各地的警察分局，严密监视他的一举一动，一言一行。

为此，档案中留下了详细的记录，例如某月某日白求恩在某地讲演结束后，与当地的"共青团组织"中一大批"激进青年"聚会，深夜方散，当晚到谁家过的夜以及他说了哪些话，等等。

在巡回讲演的初期，白求恩按照加拿大共产党的要求，并未暴露自己的党员身份。但是，没过多久，就发生了一件蹊跷的事，打乱了党组织的周密安排。

下面这份警方情报，可一窥究竟。

1937 年 8 月 4 日　温哥华　加拿大共产党的活动

8 月 1 日星期天，白求恩在温哥华电影院的募捐讲演筹集到了 1200 元。然而当晚发生了一件事，报纸上却未提及。

加拿大共产党员 X 突然当众询问白求恩医生，他是否算作共产党。白求恩立即毫不犹豫地回答说，"我已被接纳为共产党员了，对此深感荣幸。"

X 原本还想接着追问，他是在何时何地加入共产党的，但坐在他身后的另一名共产党员，猛地扯了他一把，将他按到了椅子上。

第二天，X 受到了 Z 的严厉批评，因为他"在极不恰当的情况下暴露了党的秘密"，而且，他对白求恩所提出的那个问题，被形容为"挑衅"行为。作为惩戒，X 将在三个月内被剥夺在组织内的发言权和投票权。

几天之后，受白求恩讲演所感召的一批年轻的伐木工人纷纷报名，参加了加拿大支援西班牙的志愿军，被安排乘坐火车，开往加拿大东部。

受到纪律惩处的 X，也在其中。

档案中的某些人名，被涂抹上了墨迹，无法看到真实姓名。在这里，我只好用不同的字母来代表不同的人。

这个被警方刻意隐去了姓名的 X，最令我生疑。

这个加拿大共产党员，为何要当众发难，"揭穿"白求恩掩盖了将近两年的秘密身份？

警方又是如何得知，X "本来还想接着追问"的那些问题呢？更别提，X 在接下来所受到的那些党内处分，警方竟然也了如指掌。

这个 X，究竟是缺乏头脑的"共产党战友"，还是替警方卧底的间谍？

档案中，这种藏头盖脚之处，比比皆是。那些被刻意遮蔽的内容，究竟涉及了哪些秘密？为何白求恩的档案不能全部解禁，供研究者一窥历史全貌？

历史，假若以这副尊容呈现给人们，又与六族镇博物馆里那些天书般神秘的"贝编条约"，有何本质区别？

17

送走了中国作家，回到滑铁卢小城时，窗外那棵老枫树，已落光了最后一枚叶片，仅余下光秃秃的树枝，在寒风中抖颤。

天气骤然变冷时，后院的小湖中，突然出现了一位不速之客。毛皮黝黑，身段灵巧，隐没在水中，游动速度飞快，如利箭般，须臾便划过湖面，且几乎不留任何波痕。

起初，我没有十分在意那个家伙的出现。但星期六清晨，当我站在卧室窗口朝外眺望时，却偶然发现，右邻家的栅栏外面，那片白杨树林，竟突然间消失了，视野里，暴露出一片惨白的天光。

谁这么愚蠢，竟然砍伐了这片美丽的杨树林？

我匆匆下楼，隔着铁栅栏，定睛朝右细看。的确，湖边那片草坪上，多年来生长着一片丈余高的小白杨，秀丽的心形叶片，在盛夏时随风沙沙作响，遮蔽了烈日强光。如今，那里却光秃秃一片，仅余下齐刷刷一片树桩，离地面一尺多高，惨不忍睹。

我暗地里吃惊，眼皮子底下，竟会发生如此恐怖的砍伐事件。匆匆叫上老王，一同来到了湖边。数了数，那些留在地上的树桩，一共十三株。不祥的数字。砍下来的树干呢？去了何方？四下里张望，却不见痕迹。

谁呢？如此大胆！在这片自然保护区下手，实属犯罪行径啊！

仔细观察，才发现树桩断面上留下的痕迹，参差不齐，显然不是锯齿，也不是斧头。那一行行印痕，每行都有一英寸宽，难道是牙印吗？什么动物，生了如此锋利、宽大的牙齿？一株株小腿腕粗的树干，竟活生生被咬断了？且如此神速，在一夜之间便无声无息地完成了这浩繁的工程？

接下来几天，只见湖对岸有几棵大腿粗细的柳树、枫树、槭树，也一棵接一棵，从视野中消失了。

与此同时，斜对岸半岛的那个浅水湾里，却隆起了一片高出水面的木排。远远望去，似乎能看到小白杨们的躯干，横七竖八地，架在木排的顶端。

终于猜到了，是传说中的水獭，入侵了这片宁静的田园。

我心里纳闷，对老王说："糟蹋了这么多树木，邻居中怎么就无人报警呢？"

老王说："在人家的文化里，水獭勤奋勇敢、百折不挠，恰恰是值得尊敬的品性。你没看见，这家伙早就被封为国宝、英雄了，还制作成各种纪念品，在商店里售卖呢！"

从六族镇的老导游口中，我听说过早期白人殖民者玩弄的花招。他们用从欧洲带来的花花绿绿的彩色玻璃珠子，轻而易举地从印第安人的手中换取了大批珍贵的水獭皮，牟取暴利。

上网搜索，得知水獭属杂食类动物，喜啃嚼树皮，尤其是白杨树。怪不得呢！

又云，水獭生有锋利无比的门齿，方便用来做板斧，砍伐树木，在水中搭窝建巢，生儿育女。但在饥饿时，这家伙也会捕食鱼虾和禽类果腹。幸好，寒风四起时，雁们已携儿带女，飞往南方了。

秋去冬来，我对一封匿名举报信所引发的"李添嫒事件"的兴趣，本已渐趋淡漠，自动搁浅了。恰在此时，奇迹却出现了。

18

那是霜降前后，傍晚时分，后院池塘的上空，忽然出现了一只雪白的大鸟，长颈，黄嘴，疑似仙鹤，却又非国画中常见的仙鹤模样。

白天，大鸟展开双翅，静静地绕湖盘旋。夜幕降临时，它便悄悄落脚在对岸的林中停歇。

它所选择的那棵树，是一株早已枯萎的老松。远远望去，我可清晰地看到它细小的动作。除了偶尔优雅地垂首扭颈，用长嘴整理其雪白的羽翼，便翘首凝望着天际的霞光，良久不动。

数日之后，大鸟不见了。此时却飞来了另外一只白色的鸟，体形稍小，嘴却鲜红，且也像那只大鸟一样，绕着湖面，无声地盘旋。几天后，这只白鸟同样不知所终了。

我们在这座房子里居住十几年了，早已熟悉了雁们的身影，但这两只形貌独特、风姿绰约的大鸟，此前却从未出现过。

冥冥中，是谁将这两只超凡脱俗的大鸟召唤到这方小小的天地，让它们以洁白的羽毛、翩跹的舞姿，唤起我的注意呢？

对岸那片森林中，生长着各种杂乱的树木，包括在严冬也不会凋谢的常青松柏。这两只鸟儿，为何偏偏挑选了那株枯萎的老松落脚？难道说，它们是想用落日余晖映照下的一目了然，吸引我的目光？

老王听了我一番感慨，不屑道："鸟儿选择在枯树上的秃枝歇息，只是因为落脚和起飞时，翅膀可以不受牵扯，行动自如罢了。哪来你这么多神神道道的瞎琢磨！"

"你怎么知道的？"我反问道。

"当年在科尔沁草原上放牧，常常在野外见到这种情景。"

19

那天夜里，我做了一个梦。

后院的那片湖水不见了，视野里，出现了一座景色秀丽、坡度和缓的山峦。沿途点缀着青色的大石块、矮小的灌木丛。

山道上，斑斑点点，积存着一些温润晶莹的残雪，好似故国京城春日街头飘落的槐花。远处的山顶上，隐隐约约地，露出了一座红色的房顶，半遮半掩，藏在林中。

我被这温馨迷人的氛围吸引着，不由自主地飘出窗口，朝山坡上那座神秘的红房子走去。

……

清晨时醒来，脑中依旧残留着那幅画面，胸口荡漾着温柔。

我冲动地爬起身，扑到窗前，朝外望去，却见景色依旧，空旷的湖面上，飘着一层薄薄的霜雾。梦中那座美丽的山峦，丝毫不见踪影。

窗前那株紫丁香，落光了树叶的枝头上，飞来了一只小红鸟，朝着我，啾啾地鸣叫。

老王清楚，湖畔飞禽走兽众多，但我最偏爱的，其实既非小鹿，也非大雁，而是这只从头到脚鲜红一片、头顶美丽的凤冠、仅有巴掌大的小鸟。在英文词典里，它的名字，与"红衣主教"是同一个字眼，因此，这里的人们称之为"红衣主教鸟"。

鹿们、雁们、亮羽鸦们，无不成群结队，聚众而至，唯独这只红衣主教鸟，永远是形单影只，独来独往，远离热闹与喧嚣。

我甚至不知道，它究竟栖身在园中哪个角落。后园花草繁茂，但春夏秋冬，每当红衣主教鸟出现，却总是选择在窗前这株丁香树上驻足，对着朝东的窗扉，跳跃，鸣唱。

难道它没有配偶，也没有儿女吗？十几年来，我所见到的，是否为同一只鸟？

"鸟儿的寿命有多长呢？"我曾问老王。他摇摇头，也不知道。我伏在窗前，凝视着枝头的红衣主教鸟，沉浸在梦境带来的美好感觉中，怅然若失。

忽然，一句话幽幽地潜入了脑中，"位于白鹤洞山顶的神学院，居山临海，树木葱茏"。

那是李添嫒回忆录中的描述。

灵机一动，我转过身来，匆匆打开了电脑。

原来，所谓"白鹤洞"山，仅为一座丘陵罢了，不知从何年何月起，因一只白鹤化作少女、前来报恩的美丽传说而得名。

三十年代，白鹤洞所处的位置，属羊城近郊。如今，那里早已成为车马喧嚣的闹市一角了。所谓的"临海"，不过是面临"白鹅潭"罢了。也许，当年珠江涨潮时，白浪滔天，漫无边际，曾给年轻的李添嫒带来过东临沧海的错觉，亦未可知。

难道说，昨天傍晚，那两只顶着凛凛寒风、忽然降临小湖的不知名的大鸟，恰恰就是家在遥远南国的白鹤？

它们可是受了某个在天之灵所托，带来了神秘的启示，却苦于无法启口，对我言说？

早餐时，捧着热气氤氲的咖啡，我便把这美好的梦境与"白鹤洞"的遥想，与老王一一叙说了。

一如既往，这种自我陶醉似的遐想，再次换来了科学思维的不屑与宽容。

老王一笑。"你的梦境，并不能证明什么。不过，如果你那样想着，心里头觉得快活，那你就信呗！"

尽管如此，我却悄悄期待着，"好"的故事，也许即将发生。

我的直觉，向来准确。虽然在老王的影响下，也曾数度说服自己，不应依赖毫无科学道理的直觉行事。但不知多少回了，事情发展的结果，最终却总是证明，初始那一闪而过的直觉，往往惊人地准确。后来与同事们探讨，方知直觉并非空穴来风，而实乃丰富的人生阅历积累下的理性归纳。

那么，梦境与现实之间的关联，如果不仅仅是巧合，又会是什么呢？

接下来那个星期，学校图书馆一年一度的"旧书展售"开始了。这是老生常谈的节目。凡是积压过久、无人借阅的图书，均会遭到被淘汰的下场，以便节省有限的空间，收存源源不断涌入的新书。

图书馆就在"东亚研究中心"的斜对面。我不过是路过走廊，停住脚步，随手翻了几下，便在堆积如山的英文书里，一眼瞥到了那个鹤发童颜的头像。

鲜红似火的封面上，清清楚楚地印着葡萄粒大小的三个黑色汉字，"何明华"。

拿起那本书时，耳畔飘过了一首悠扬的太行山区民歌：

　　桃花花你就红哎，

　　杏花花你就白，

　　爬山越岭我寻你来……

第四章　粉红色主教

20

《香港主教何明华的生平与时代》是一部厚重的英文传记，长达三百多页。

作者的名字，我决定打破常规，翻译成有形有色的两个字，"佩灯"。他出生于英国的一个知识分子家庭，青年时代受何明华感召，来到中国服务，并与李添媛一样，在四十年代曾获得这位主教大人青睐，被封立为牧师。

坦率地讲，何明华这位得意门徒，并非当作家的材料，虽然他也许品德高尚、学富五车。

生活中不乏类似的例子。文思绮丽、字字珠玑的作家，往往笨嘴拙舌，上不得台面。而妙语连珠、侃侃而谈的说客，写出的东西却不尽如人意。

难道说，灵感一旦从舌尖溜走，便不易在脑际储存了？难怪古人说，沉默是金。

书的扉页上，留下了一行手写的小字，是何明华的幼子"何基道"的签名。这部造价不菲的精装书，八十年代中期出版，后来，由他亲自签名，赠送给了我校图书馆。

远在英国家乡的何基道，恐怕永远也不会料到，此书会遭遇当今学子的冷落，长期摆在书架上，乏人问津，最终竟以区区两元加币的白菜价，沦落到了我的案头。

我迫不及待地翻阅到那个最关键的章节，便终于从佩灯牧师那虽嫌枯燥艰涩，却堪称客观严谨的文字中，领略到何明华在那场风波中所经历的考验了。

茫茫人生大海上，何明华与李添嫒这两只小船，是何时交错，并互放出光亮的？

李添嫒在白鹤洞神学院读书期间，一直享受着香港教会颁发的奖学金。毕业时，她理所当然要做出回馈。于是，她来到香港九龙，在基督教会中担任了待遇微薄、没有薪酬的义工。

华南大地战火燃烧时，李添嫒被派往澳门，独挑大梁，不久后便被提拔为"女执事"。毋庸置疑，这种危难之际的遴选，是何明华主教慧眼识珠的举措。

接下来，那些有关她带领众人苦海逃生的神奇传说，经坊间渲染，一一传入了何明华耳中，加深了他对她的器重。

李添嫒在她1964年所撰写的那篇揭发文章中提到，抗战期间，她曾应何明华之邀，到他位于沙田的"灵隐台"家中度假休息。能享受到此种待遇，是何明华对优秀员工的一种奖励，足见她在他的天平上，分量之轻重。

她是否算得上主教大人的"心腹"？否则，她是从哪里得知了何明华的许多行迹，包括他与国共两党之间交往的秘密呢？

1943年夏天，正在重庆视察的何明华，给英国的红衣大主教坦普尔写了一封信，表达了他想封立李添嫒为牧师的迫切心情。他并没有在信中请求谁的批准。恐怕何明华自己也十分清楚，这一异想天开的建议，将会刺激多少人的神经。

果然，红衣大主教拖延了六个月之久，迟迟未予回复。何明华也许能够揣测到，红衣大主教的心中，一定也翻滚着矛盾的波涛，左右为难。

平心而论，红衣大主教坦普尔，属于英国社会的左翼精英，长期致力于推广基督教的社会主义理念，提倡平等公正，关心弱势底层。

坦普尔十分欣赏何明华这位青年才俊。二人之间的关系，不仅仅是上下级，还是志同道合的朋友。可惜，虽然坦普尔有幸攀上了掌管教会生杀大权的最高宝座，但包围着他的，却是由政坛和宗教界保守势力所铸成的铁壁铜墙。

根深蒂固的价值观，岂容轻易撼动？

果然，一直拖延到那年圣诞节时，红衣大主教坦普尔才终于提起笔来，委婉地表示：封立女牧师的做法，委实不妥。因为英国教会自上而下，尚未对此做好心理准备。

不巧的是，这封否决何明华建议的重要信函漂洋过海，终于抵达他手中时，已晚了一步。

21

前面提到过，何明华曾与李添嫒书信相约，叮嘱她1944年年初从澳门出发，而自己则从山城重庆动身，南北两路，于中途会合，再一同前往湖光山色的七星岩。

为何要做出此种颇费周折的安排呢？

数天数夜艰难的旅途，需跋山涉水，风餐露宿。他是否想在暗中考察这个女子的言行，以便给自己留下充足的时间，反复权衡，是否应将自己酝酿的那个史无前例的决定最终付诸行动？

或者，他只是想通过漫长的旅程，故意拖延时间，以便在焦急中，翘首期盼着远方来鸿，带给他红衣大主教坦普尔恩准的喜讯？

李添嫒所撰写的回忆录中，关于二人会合之后如何携手并肩，沿江北上，关于前往七星岩的那几日的行程，几乎未留下只言片语，更没有提及何明华与她会合之前的情景。我只能从佩灯牧师所提供的资料中，探索何明华内心世界的那架天平。

这部书中，录入了一位英国女传教士留下的回忆。

何明华独自一人，从重庆南下，前往新兴县与李添嫒会合时，曾途经粤北韶关的曲江小城。这位女传教士说，主教大人曾在曲江这所教堂中驻足逗留。

他嘱咐大家说，自己需要闭门思考一整天，以便酝酿一个重大决定，因此不允许任何人前来打扰他。

接下来的那一天一夜里，这位女传教士把早餐和晚餐准备好之后，便悄悄地放在门外的小桌上，甚至未敢推开门，偷偷地瞧上主教一眼。

在那扇紧紧关闭的门板后面，何明华都做了些什么？

也许，他曾匍匐在十字架前，虔诚地祈祷，让自己全身心地去感受来自神明的启示，哪怕是微乎其微的征兆。

神明的指点，将会以何种形式显现？是天花板上不易察觉的一声轻轻的响动？还是玻璃窗上瞬息即逝的一抹光影？或者，仅仅是一丝拂过他额角的柔和的风？

一个小时又一个小时过去了，他的苦思冥想，可曾如他所期待的那样，迎来圣洁的露滴、神奇的灵光？

也许，他其实什么都没做。他只不过把自己屏蔽在与世隔绝的黑暗中，躲避开外界的视线，于焦急中，企盼着那只迟迟不见踪影的飞鸿。

也许，在孤独中度过的那漫长的分分秒秒里，他也曾陷入过个人得失的忧患之中。

这个即将宣布的爆炸性决定，会使他遭受来自熟悉世界的疯狂进攻，会使他身败名裂、前功尽弃，断送掉辉煌的前程。他将失去晋升为光宗耀祖的红衣大主教的资格，永远无法跻身英国教会的最高层。

这种冒险，是否值得？

在那一天一夜里，他是如何战胜诱惑的呢？

他是否反复告诫过自己，只有把民众的迫切需求放在首位，才不愧是真正聆听了上帝的声音？

当何明华终于推开教堂那扇沉重的大门时，他神态从容，目光冷静，显然已寻找到了心灵的支撑。

也许，他已明白无误地预见到了，他，以及他所关爱的芸芸众生，将要付出何种代价。但哪怕脚下刀丛林立，火海沸腾，他也倔强地迈出了这历史性的一步。

封立李添嫒牧师的那一天，是《圣经》上记载的"圣徒保罗殉难日"。何明华可是经过深思熟虑后，刻意挑选了这个意味深长的日子？

没想到，就在封立仪式结束之后的第二天，何明华便收到了红衣大主教坦普尔的回信，明确否定了他的想法。

但此时木已成舟，生米煮成了熟饭。

是造化弄人呢？还是上帝之手的巧妙安排？前后就差了一天。

阅罢远方来函，何明华克制住冲动，奋笔疾书：打破传统，封立女牧师，不仅是基于李添嫒的个人魅力与才华，也是顺应时代的发展，满足人民的需求。

可惜，他还是低估了人性。

七星岩下的创举，在他的故乡英国，很快便掀起了一场飓风。

22

1944 年盛夏，英国的《教会时报》大动干戈，谴责何明华，将他斥责为"原始森林中的野蛮人"，"不懂得应该向比他高明智慧的人虚心求教"，并威胁远在东半球的"中华圣公会"，责令他们对何明华口诛笔伐、展开大批判。

那个时刻，二战炮火犹酣，生灵涂炭，可躲在金碧辉煌的教堂屋顶下的老爷们，竟有闲情逸致，对远东战火下的人民颐指气使，发号施令。

何明华收到了他的长子乔克从英国家乡传来的媒体报道。看完之后，他仅仅在回信中冷静地写道："人应当做正确的事情，而无须申辩。"

这句话也可以翻译为："走自己的路，让人们说去吧！"

在教会中一言九鼎的红衣大主教坦普尔，曾做出努力，试图缓和这种紧张局势。他给《教会时报》的主编写了封信，委婉地表达了对何明华的理解和支持。

这位堪称正派善良的教会领导人，也留下了一封写给何明华的信，清楚地阐明了自己的心声："教会高层人士曾宣称，女性没有能力承担圣职。这种说法源于长期以来形成的某些陈腐观念，但我的头脑确实无法欢迎那种观念。"

假如坦普尔活着，也许本来有机会亲自出马，平息各方的怒火，使危机出现圆满的结局。遗憾的是，这位六十出头、年富力强的红衣大主教，却在那年秋天，心脏病发作，突然离世了。

继他之后登上红衣大主教宝座的费舍尔，属于食古不化的铁杆保守派。他签发了本该由坦普尔签发的那封代表教会高层意见的公开信，固执地坚持着，要把这场战斗打下去，不给何明华留下任何转圜之机。

读到此，我怀疑，这位新上任的红衣大主教，是否暗中把何明华视作了潜在的竞争对手呢？

双方的拉锯战，持续了一年多。当何明华从中国来伦敦出差时，红衣大主教费舍尔曾约他长谈，要求他亲自宣布，取消李添嫒的牧师身份。

何明华一口拒绝了。"我宁可自己辞职，也不能做那种出尔反尔、背信弃义之事！"

面对西方人的傲慢与偏见，中国人也曾挺身而出。在一封集体签名信里，华南教会的中国信徒们替何明华辩解说，他们相信，封立李添嫒为牧师的举措，"乃上帝之手的运作，旨在启用中国社会长期以来对女性的尊崇，以及女性在管理和慰藉世人上所显露的才能，借以翻开教会历史的新篇章"。

对女性的尊崇？我先是有些困惑。吕雉、武则天、慈禧……哪个不是生前身后备受辱骂与苛责？

但转念一想，远有传说中捏土造人的女娲、掌管不死药的西王母、普度众生的观音娘娘、保佑出海平安的妈祖，后有领军出征的花木兰、梁红玉、杨门女将……中国的教徒们，倒也并非妄言。

尊崇女性的传统，在许多民族中都实际存在着。六族镇上的印第安老导游也曾说过，部落里酋长们的角色，虽然由男性扮演，但真正掌握权力的，其实是家中的老祖母。

一个酋长去世后，部落里的老祖母们就会聚到一处，商量哪个男孩子有出息、口碑好，就指定哪个男孩继任酋长。若是发现了哪个酋长自私自利、贪生怕死、处事不公，老祖母们也有权废黜他，另择贤良。

回过头来，反观那些标榜代表了人类先进文明的西方社会，却对封立女性为牧师一事表现出天塌地陷般的恐慌的洋大人们，他们是基于哪些理由呢？

因为耶稣是男性，所以牧师必须是男性。

因为耶稣从未指定过女性做他的门徒，所以女性永远不能担任牧师。

因为圣徒保罗对女性主持祭拜仪式有过限制，所以今天仍应遵守传统规则。

因为……

够了，实在懒得——罗列英国教会那些强词夺理的可笑逻辑了。

简单讲，尽管何明华单刀赴会，前往伦敦，向衣冠楚楚的红衣大主教们慷慨陈词，他为何要在战火纷飞的岁月里挑选一位中国女性担任牧师，但仅仅因为这一举措有悖于那一条条僵死的陈规陋习，他便遭遇了从上到下的一致谴责，甚至不得不承受挚爱亲朋的疏离、背叛。

从何明华写给朋友们的一封封信函中，可以看到，在那段日子里，他痛苦地不肯相信人类的迂腐，也勇敢地宣布，为了真理，他不惜抛弃富贵荣华。

尽管真理往往在少数人手中，但以卵击石，结果不言自明。

何明华十分清楚，为了自己这个大胆的创举，他已经彻底丧失了唾手而得的地位。他已永远不可能返回英国、登上红衣大主教的宝座了。如果他死不悔改、负隅顽抗，他甚至还将失去香港主教这把已经坐了十几年、早已坐热的交椅。

他能撂下挑子，一走了之吗？

何明华所管辖的华南教区，除了港澳地区，还包括两广、云贵，面积几乎与欧洲相等。时值战乱期间，他的突然离去，必将造成群羊无首的混乱局面。

那么，谁，将是那只被奉献到祭坛上的羔羊呢？

何明华出生在 1895 年 7 月，草木丰盛的羊年盛夏。也许，他命中早已注定了，要成为上帝的羔羊。

比他年轻一轮的李添嫒，很巧，也属羊。

二人的缘分，始于一个叫作"羊城"的地方。

在这僵持不下的危急关头，李添嫒坦然宣布，主动辞去"牧师"头衔，丢车保帅。

她的牺牲，挽救了全局。

成也萧何，败也萧何。李添嫒痛苦吗？

我觉得不。为所"爱"而牺牲，那痛苦中，分明蕴含着深深的幸福。

当然，李添嫒大概没料到，无论是当初从天而降的"荣耀"，还是她忍辱负重的"牺牲"，此后都将不断啃噬她的灵魂，纠缠她终生。

接下来的岁月里，李添嫒将不得不一次又一次面对泼到她身上的污水，反复辩解，竭力澄清：她与何明华之间，究竟是工作、友谊，还是男女私情。

也许，这种漫长的鞭挞心灵的过程，导致她落入了怀疑的陷阱，不但怀疑他人，也开始怀疑自己，包括信仰与初衷，并最终产生了那篇肇祸的文章——《何明华主教》。

而那篇文章，恐怕才是她此生追悔莫及的真正的"痛"。

23

夜阑人静。掩卷闭灯。黑暗里，大红色封面上的那张笑脸，依旧萦绕在脑中，鲜活生动。

屋外的院子里，传来了几声奇怪的响声。

我睡意全无，爬起身来，凑到窗前，朝外探看。

今日立冬，恰逢阴历十五，满月的清辉，映照着暗蓝色的苍穹。那片白杨树林被水獭消灭掉后，视野里空荡荡的，湖面上结了层薄冰，一览无余，不见白鹤的身影。

完成了神圣的使命，你们大概早已轻松地舞动着翅膀，返回温暖的南国，此时正在鸟语花香的阳光下缱绻、徜徉吧？

大地回春时，你们还会归来吗？

假如我心事满怀，无以解答，去哪里寻找你们落脚的地方？

正自沉浸在遐想中，耳畔却再次捕捉到奇怪的响动。目光越过低矮的篱笆，在右边邻居家的花园里，看到了一幕恐怖的场景。

溶溶月色下，几只黑乎乎的东西，正在撕咬、扭打，肥硕蠢笨的身躯滚作一团，碾压着花坛里枯萎的草木，窸窣作响。

近几年，生态平衡已逐渐遭到破坏，随着森林的消失，不断有野物入侵居民区，且迅速繁殖，逐年增多，打破了原有的宁静。

当初对这片土地一见钟情，皆因湖泊周遭数十里的原始森林，尚未来得及被开发商蚕食，依旧保持着大自然的朴素无华。

选中地皮，盖好房子后，与我们前后脚搬入隔壁新居的邻人，是一对中产阶层的白人夫妇。大家平日笑脸相迎，礼尚往来。你帮我锄草，我帮你铲雪。你送我一株玫瑰，我送你两棵秋菊。投桃报李，相处和睦。

但危难时刻，就暴露出人性的冷酷无情了。

国内闹"非典"那年，各路消息沸沸扬扬，很快便传到了加拿大。多伦多的医院里，死了一个华人，连累着二十几个医护人员，也奉献出了宝贵的生命。短短数月间，加拿大全境三百七十五人感染，死亡四十四人，病死率仅次于中国，高居全球亚军。

一时间，英文媒体做了铺天盖地的报道。街坊邻里，家喻户晓，病毒是一个华人老妇从香港归来时携带入境的。

于是，和谐与宁静，在瞬间被打破了。

那天晚上，我和老王正在二楼的起居室里看电视，忽然，"啪"的一声响，临街的那面窗户，飞来了一颗鸡蛋，狠狠地砸在玻璃上，汁液四溅。

惊悸中，我看到了两个身影，站在屋子前面的车道上。

老王匆匆下楼，来不及换鞋，便冲出门去。我紧随其后，拎起墙角那把太极剑，也冲到了屋外。

还是慢了一步。黑夜里，两条鬼影已经跑远，隐没在街头的树丛后面了。

想了想，决定还是忍辱负重。整条街上，仅有我们一户华人。与狭隘和偏见做斗争，除需要金钱之外，也要耗费不少时间。

隔邻那对白人夫妇，出现了微妙的变化。只要在后院见到我们的身影，他们便慌忙转身回屋，关紧门窗，躲避起来，竟连招呼都不敢打了。

当然，暗地里，他们关注着一切。

我去后院倒垃圾时，偶然抬头，便捕捉到了隔邻女人的白脸，正从她家二楼的窗口，偷偷朝下张望。也许，她是想判断一下，倒入垃圾桶中的，是否有传说中的可疑货色。

若是从我家房前便道上经过的话，还隔着十几米远呢，他们就会加快脚步，仓皇离去。同时却不忘斜起眼睛，朝我家门窗投来狐疑的目光，猜测里面的人是否安然无恙，抑或早已病入膏肓？

老王一如既往地麻木着，对邻居的变化，浑然不觉。但自从我捕捉到这对夫妇愚蠢的作态后，便把这家人瞧低了，直低到尘埃里。

半年后，雨过天晴，"非典"风波烟消云散。再碰到这对夫妇时，我昂头而过，眼珠子转都不转了。

这种鸡犬相闻、老死不相往来的日子，又延续了数年。有些别扭，有些难堪。

某日，隔邻的房子突然间挂牌出售了。打听之下，方知那对夫妇双双罹癌，男的不治先行，女的入了临终关怀医院。

闻之愕然。

与老王议论时，却怀念起初时那令人留恋的点点滴滴，望着篱笆下依旧茂盛的秋菊，从内心深处，生出了几分自责、几分悔意。

24

隔邻花园里的喧闹消停了。暗夜里的世界，重新恢复到表面上的宁静。

躺回床上，我仍在纳闷，那几只面目不清的野物，究竟是什么东西呢？

"中国人常吃的很多东西，是需要在夜晚去田野里捕捉的。"

脑中浮现出一行令人不快的句子来。偏见。根深蒂固的偏见。

这是著名的美国小说家斯坦贝克在他的作品《约翰熊》里描述上个世纪三四十年代华工的。尽管头上顶着诺贝尔文学奖的桂冠，可他轻蔑的口吻，若是放在当下，很容易招致"种族歧视"的批判。

时代在变迁，女性当牧师，在教会里挑大梁，如今已随处可见，早已不新鲜。但在四十年代，却曾使何明华引火烧身，险些身败名裂。

假如何明华狡猾一些，世故一点，像大多数人一样，采取随波逐流、明哲保身的生存策略，也许，他早已跻身于英国教会的最高层，坐在红衣大主教的宝座上，俯视众生，接受八方顶礼膜拜了。

但是，在奔赴七星岩的那些日夜里，何明华经过漫长痛苦的挣扎，最终选择了良知，舍弃了私欲。

圣徒与俗人的区别，在于面对诱惑时的取舍。

多年来，围绕着中国人民心目中的"圣徒"白求恩，中外研究者各执己见，甚至对其成为共产党人的初衷，也众说纷纭。

在加拿大警方的白求恩秘密档案中，有一份文件，是白求恩在蒙特利尔家中亲笔书写的一封信的草稿。

草稿长达四页纸，字迹潦草凌乱，显示出尚未加入共产党的白求恩，仍处在犹豫不决之中。因此他委婉地谢绝了朋友的邀请，不愿担任加拿大左翼团体"苏联友好协会"的主席。

迄今令人百思不得其解的是，警方是如何获得这份草稿的呢？

因为是草稿，那么肯定没有邮寄出去。它是被放在案头上呢，还是在抽屉里面？是警方像贼一样撬锁开门，溜入白求恩家中，偷偷拍摄下来的，还是通过乔装打扮、潜伏在白求恩身边的亲密"战友"，顺手牵羊盗窃的？他／她，会是谁呢？

这份草稿，是白求恩在 1935 年 10 月 20 日那天，写给加拿大"苏联友好协会"负责人的。其中透露出来的信息，耐人寻味。

尽管那个夏天，白求恩已经去过苏联，观察过社会主义制度下的生活状态，但他对于是否要加入共产党组织，成为其中一员，仍处于犹疑不决之中。

他的直率，他的坦荡，带有鲜明的个人主义色彩，用句曾经流行的话来说，就是尚未摆脱小资产阶级个人主义的烙印。

……基于两个原因，我觉得我不能接受这个职位。

其一，直到此刻，我仍然不能完全确认，共产主义是解决问题的方法。我向您保证，如果我能够确认这一点的话，那么我不仅会接受您的邀请，出任该组织的主席，我还会加入共产党，成为其中的一员。

是什么阻挡我接受它呢？是我强烈的个人主义倾向，以及我希望保持独立个性的权利。我不喜欢拉帮结伙，人云亦云，也不喜欢被严格的组织纪律所约束。

……情况就是如此。所以我必须勤读书，多思考这个问题。简言之，我尚未做好准备。

其二，鉴于目前这种形势，即便我仅仅与你们这种有共产主义倾向的社团有联系，都会危及到我目前仅有的经济收入和专业地位，那当然是不明智的。假如我对共产主义能够产生出强烈、真诚的感觉的话，那么，即便我的生计受到了威胁，我也会在所不辞。

但我脑中浮现出来的，却是一幅荒唐可笑的画面：一个将信将疑、心猿意马的信徒，被人们绑到战车上，为了他并不十分情愿的选择，而饱受折磨。

所以，一切症结都在于，我尚未做好与你们同舟共济的精神准备。

……

无疑，白求恩也曾面临过人生的严峻考验，在"理想"与"私利"之间挣扎徘徊。但奇怪的是，在白求恩写完这封信之后，还不到一个月的光景，他就悄悄地加入共产党组织，成为一名地下党员了。

这种迅疾如风的转变，是如何发生的呢？

我给远在加拿大西海岸的莱斯布里奇教授写信，向他核实，白求恩的入党时间，是否有误？

他回信说，白求恩在1935年11月秘密入党，时间确凿无疑。白求恩隶属的党小组，代号为"太阳人寿小组"，党史中均有记录。当时，蒙特利尔不少医生、教授都加入了共产党组织，但为了保护这些知识分子，他们的身份都没有对外公开，而只是在各自所属的小组里面，以研读马列著作的方式互相交流认识罢了。

针对我的疑问，他回答说，白求恩在思想上产生飞跃，丝毫不奇怪。因为他天生就不是那种优柔寡断、瞻前顾后的弱者。一旦他想通了、认准了，就会义无反顾、赴汤蹈火。

至于促成他这种转变的契机，莱斯布里奇说，是源于三十年代经济大萧条时期阶级矛盾的激化。

在蒙特利尔，白求恩目睹了穷人有病无钱治疗、只有等死的悲惨状况，也看到了大批失业的工人衣食无着、走上街头游行示威，却遭到警察残酷镇压的悲剧场面。

而当白求恩去苏联参加世界病理学大会时，他观察到了一个完全不同的制度。尽管社会主义制度并不完美，却为老弱病残提供了全民医疗健康服务，那正是白求恩孜孜以求的理念："不应该把'当医生'作为赚钱的手段。"这种强烈的对比，促使他毅然加入了共产党。

莱斯布里奇教授所提供的解释，看上去似乎合情合理，却经不住仔细推敲。因为档案中记录的那个日期，令我觉得无法说服自己。

白求恩去苏联，是那年 8 月间的事情。而那封犹豫不决、心猿意马的草稿，却写于 10 月下旬。

另一位白求恩研究专家、多伦多某中学的历史教师斯图尔特在他的书《不死鸟》中认为，"个人恋情的受挫……使他的人生走到了一个转折点。最后，可能还是感情因素，促使他采取了这个行动"。

斯图尔特所指的"恋情"，是白求恩在与妻子弗兰西丝离婚之后，与一位左翼女画家所陷入的一段柏拉图式的精神恋爱。

二人邂逅于白求恩前往苏联的轮船上，他们的密切交往，正值 10 月前后。鉴于双方均挣扎于痛苦之中，难以自拔，毅然选择一条投身于冒险犯难的生活之路，用心中燃起的新希望摆脱心理上的痛苦，对白求恩而言也不失为一种解决之道。

这种解释，似乎更合乎人性，也更经得起生活逻辑的推敲。

但我相信，即使没有那段痛苦的精神恋爱为契机，白求恩迟早也会选择走上这条道路。

万事皆有因果。偶然中，也蕴含着必然。

上帝之手，早为每一个灵魂铺设了必经之路。

第五章　同一片蓝天

25

熬过漫长的寒冬，春天再次降临了小城。

星期六清晨，我被一连串的噪声惊醒了。睡梦中，仿佛有人在争吵，且愈来愈凶。醒过神来，才分辨出，那声音来自大雁，一声接一声，急切紧迫，震动心弦。

匆匆起身，从窗口瞭望。果然，老枫树下，立着一只毛色浅黄的野兽，尖嘴利耳，吊梢斜眼，贼里贼气。

几对大雁夫妇刻不容缓，携带上毛茸茸的儿女，躲到湖心，高叫着，齐声拉响了警报。

隔壁卧室里传来动静，老王也醒了，匆匆披衣下楼，到后院查看。还没待他站稳脚跟，黄毛兽瞥见人影，嗖的一下，逃入密林中去了。

雁们的呼救声渐渐平息了。湖面重又恢复了宁静。

我下楼来，追问道："看清没有？是狐狸，还是郊狼？"

老王摇摇头，望着远处幽深的树林发呆。"奇怪，连这种东西也敢公开露面了！大概是周边的原始森林砍伐得太多，打乱了野兽的生存环境，到处乱窜开了。"

枫树下雁窝里那对夫妇，创下了历年来的生育高峰，孵育出九只巴掌大小的儿女，日日带着它们嬉戏水上。

我担忧，即便没有黄毛兽的进犯，小湖也已为水獭家族霸占了，难以保证小雁们的安全。

一个冬天未见，不知在冰封的湖面下，那只老水獭是如何哺育她的孩子们的。小水獭们长得飞快，也和老水獭一样，炫耀着浑身油光锃亮的皮毛，浪迹于江湖了。它们常会神出鬼没，突然袭击，恰如鬼子进村，防不胜防。

每每望见那几只鬼头鬼脑的小水獭在湖中穿梭游弋，且紧紧尾随在稚嫩的小雁们身旁，忽上忽下地挑衅，我就紧张得挥动手臂，希望引起大雁夫妇的警觉。

不出所料，几天之后，小雁就变成七只了。

今晨再点，竟只剩下了六只！天呐！

"算了，你也不要天天去点数了。"老王看我焦虑，便找话来宽慰，"干脆撒手闭眼，随那些水獭尝尝鲜、解解馋吧！好歹大家都是食物链中的一环，不论谁吃了谁，最终都是回归自然。"

他说得有道理，但我心中仍是别扭。

老王继续开导："大雁太多，已经酿成灾害了。电视上说，市政府出动人马，捉拿了好几百，塞入大卡车里，强行押送到几千公里外，在北边的原始森林里放生了。"

其实我也知道，近年来大雁空前大规模地繁殖，已成群结队入侵校园，在草坪上啃食刚刚发芽的嫩草，在人行便道上四处留遗，为清洁工作带来了不少麻烦。但市政府的做法，似乎也太过迂腐了。

"放生？雁们有翅膀，难道不会再飞回来？"我说，"这不是白白浪费人力、物力，燃烧汽油，还造成二次环境污染嘛！"

老王一笑："洋人的思路，跟咱们不一样。芝麻大的提案，都会成为党派之间争权夺利的借口，在国会里掐过来，掐过去，翻来覆去地折腾，浪费上好几年，也没个结论！要是换成中国人来治理，就很简单。把泛滥成灾的大雁们抓起来，送到天主教修女们开设的施粥棚里，清炖也行，红烧也罢，救济低收入的老弱病残、无家可归的难民、酗酒吸毒的懒汉，岂非一举两得？"

当然了，大雁是人家的国鸟，水獭是人家的国兽。此番疯话，也只能躲在家中，用中文过过嘴瘾罢了。幸好左邻右舍都听不懂。

26

几年前，右邻那对中年白人夫妇双双罹患不治之症、卖掉房屋后没过多久，一对年轻的白人夫妇，就带着小女儿，热热闹闹地迁入了隔壁。

美丽的洋太太不上班，在家做专职主妇。只见她在院子当中立了根旗杆，上面悬挂了一只喂鸟的玻璃瓶，装满五颜六色的杂粮，小米大麦苞谷粒，黄豆绿豆葵花子，比人吃得还讲究。寒冬腊月里，林木萧疏，湖面冰封，各路飞禽，从此不愁果腹之物。

原本我还欣赏洋太太的菩萨心肠，但不久后就发现，她是个货真价实的自然主义者，良莠不分，一视同仁，敞开园门，迎接獾鼠之辈，在她家安营扎寨、聚族而居。

除了森林的消失，环境的变化也和生物链被打乱有关。

原来那对中年白人夫妇住在隔壁时，家中养了两只卷毛狮子狗。虽然从隔邻发出的聒噪声不分昼夜，常常会扰乱我读书、打断我思路，但那时的后院，从未出现过野兽猖獗横行的恐怖景象。

随着狗吠声与它们的主人一同消失之后，开春时，便常有土拨鼠钻过篱笆缝隙，从隔壁跳入我家后院，旁若无人地大嚼大咽。花坛里，一株株含苞欲放的黄水仙、郁金香、风信子，才一露头，便齐齐遭"斩首"了。

我能接受童话里赞美的善类，多年与大雁、乌龟、松鼠、小鹿们友好相处，相安无事。多少回了，开春时种下的豌豆苗，一日盼三回地盼出了鲜嫩的芽尖，却立刻成为兔子们的美餐。我只是从此放弃了豌豆，改种不受待见的薄荷、韭菜罢了，而舍不得驱赶可怜兮兮的小灰兔。

但我无法容忍在右邻花园里安家落户的土拨鼠。看着那些眉眼狡黠的东西，我悄悄琢磨，这家伙，大概就是去冬暗夜里上演恐怖剧目的主角。若是能像少年闰土那样，在月下挥舞着锃亮的钢叉，撵得土拨鼠仓皇逃窜，该有多痛快！

说曹操，曹操就到。隔壁邻居家，传来一阵响声。吱呀一声，房屋的后门推开了，年轻的洋太太牵着女儿的小手，啪啪啪，拖鞋敲击着露台，来到了花坛前。

洋太太颇有主见。女儿年满五岁了，该上学前班。但孩子厌恶学校环境，不想受人管束，洋太太便把女儿留在家中，亲自讲授 ABC。

母女俩在花坛前站稳了脚。只见洋太太晃着满头金发，伸出纤细白皙的巴掌摇摆着，朝洞口探出来的棕色小脑袋，娇滴滴地打招呼：

"亲爱的，你好吗？我们全家都很欢迎你啊。今天天气很好，你想去哪里玩儿啊？这里是你自由的天堂。祝愿你天天享受快乐的时光……"

我心下明白，这是说给我听的。前几天，我曾委婉地向洋太太建议，能否驱除她家花坛里那窝土拨鼠。

都说指桑骂槐、含沙射影是中国人的文化特征。此刻看了洋太太拿腔作调的表演，我进一步肯定了，这个世界，充满了偏见。

看我这边不动声色，洋太太也许担心，这个中国女人脑筋迟钝，领会不了她那过于含蓄礼貌的暗示。于是，她干脆凑到篱笆边，绽开一口白牙，笑嘻嘻与我打招呼了。

"彦，你知道吗，这几只土拨鼠，是我女儿的宠物哇。那个母亲，开春时生下来两个小宝贝，已经活蹦乱跳，满院子跑了。我们真荣幸啊！原来住在多伦多时，可没有这种机会！彦，你大概没意识到吧，假如看到你讨厌它们，我女儿会伤心的……"

我点头，表示理解，但决定还是按照大多数西方人的习惯，实话实说。

"很抱歉，在我们中国文化里，人有善恶之分，动物也有。我真的很难理解你们家人对这类东西的宠爱。如果你们想把土拨鼠当成宠物养，当然没问题，但请你们堵住篱笆上的缝隙，别让它们钻到我家来，乱啃乱咬，好吗？"

洋太太耸耸肩，摊开手，一撇优雅的薄唇："堵上篱笆也没用啊！土拨鼠是打地洞的高手，它可以从篱笆底下打个洞，钻到你家院子里去，谁也拦不住啊。"

我反身回屋，闷闷不乐。

老王听了我抱怨，说："哪来那么多废话！下次见她家宠物钻过来，直接抄起铁锹打，吓唬上几回，就不敢过来了！"

我琢磨着，洋太太能爱上土拨鼠，当成宠物养，大概是闲得无聊所导致。一个英语专业的毕业生，脑筋灵活，口才出众，却从未正经工作过。不可惜吗？

灵机一动，我又来到后院，对洋太太说："这几年，国际留学生逐年增多，我们学校的英语培训项目不断扩大，经常招聘教师。你的条件这么好，天天待在家里可惜了。如果你愿意来我校应聘，做个兼职教师，也可丰富你的日常生活，对吧？"

"谢谢你，彦！"洋太太粲然一笑，"人各有志。我很幸运，真的！要知道，不是人人都能待在家中，享受全职主妇的快乐的。"

看着她一副悠然自得的神情，我一时语塞，竟无言以对。

我真傻，真的。怎么又忘了呢，自己盘中的美味，在人家眼里，也许是毒药。

27

不久前，在滑铁卢大学举办的"三八国际妇女节"庆典活动上，我被推选为主讲人，介绍一个移民女性的感受。

那晚到场的一百多名听众，多为校园内外女权主义的拥戴者。晚宴的组织者之一，是位人高马大的黑人女性。我十分清楚，她们希望听到的是什么，但我还是决定要直抒胸臆。

"年少时，我认为女性有很多优势，因为我们有很多选择：可以穿戴各种颜色的服饰，也可以梳理各种发型，而男性却不能。此外，我们还享有上帝赋予女性的唯一特权，能够体验神奇独特的生育过程，而男性却不能。"

刚一启口，便迎来了惊异的目光。习惯了"女性是受压迫者"传统思维模式的人们，突然要面对另一种不同角度了。

"然而，当我人过中年，并已体验过女性的一切功能之后，却从一个男性朋友那里，听到了关于女性比男性优越的截然不同的诠释。

"那位男士说，身为女性，假如你厌倦了做家庭主妇，你可以选择到职场上与男性一竞雌雄，显示你与我们一样，有能力达到人生辉煌的高峰。如果你成功了，你会受到周围人的尊敬，而当你的努力陷于失败时，你却有充足的理由，躲回家庭的小窝里，选择做一个温柔的妻子、慈爱的母亲，心安理得地依赖丈夫养活你一生。

"身为男性，我们却没有选择的余地。因为社会完全忽视了人与人之间的巨大差别，不允许我们失败，不允许我们不成功。所以，我嫉妒你们，恨不得下辈子转世，也托生为女性！"

全场发出一片唏嘘声。不知她们作何感想？无论是赞成，还是反对，但愿人们都将愿意换位思考，学会理解他人的苦衷。我接着往下讲。

"这位男性的话，令我惊讶，因为从幼年时起，母亲严峻的目光和叮嘱便已铭刻于我的心头，并指引着我，迈上了自强自立的征程：彦，你必须明白，这个世界上，除了你自己，无人能够帮助你。

"最初的日子里，与众多移民女性一样，我只能挣扎于社会底层，单枪匹马，奋斗求生。新旧两片土地上鲜明的对照，激发了我的创作热情。白天，我从事体力劳动，夜晚，则坐到电脑前，任思绪驰骋。

"无可否认，漫漫长夜里，也曾屡屡设问过写作的初衷。当然，不是为了钱，不是为了名。只是跟随了心灵的召唤，试图留下对生活的一片赤诚。在默默的忍耐与期盼中，我送走了一个又一个冰雪覆盖的寒冬，迎来了本该属于勤奋者的成功。

"在生活中，我也曾试图改变自己，以期在他人眼中，更符合一个女性的标准。但短短几年，我却发现，倘若失去了真实的自我，人生将毫无乐趣可言。也终于意识到，不同类型的女性，在家庭中扮演的角色，本应不尽相同。

"在工作中，我很少会想到自己是女性。我早已习惯了，把自己和别人，都只当作'人'，而非'女性'与'男性'。这样一来，对人对事的尺度，自然便会建立在平等公正的基础上，避免了偏颇与失衡。

"男人，其实和女人一样，因个人的素质和机遇不同，注定了有人会轰轰烈烈，心想事成，有人会默默无闻，淡泊一生。

"我尊敬所有的男性，不论他们是强是弱，正如我尊敬所有的女性一样，无论她们选择事业，抑或家庭。只要我们对自己和他人都保持了真诚，而不受世俗价值观摆布，落入限定的窠臼，我们就都能享受无愧无悔的人生。"

虽然掌声颇为热烈，但我注意到，台下有不少听众，包括那位黑人女性，在交头接耳，议论纷纷。

我这种论调，大概令主办者失望了，懊悔她们请错了人。

回到自己的座位上，看到餐桌对面的梅茛牧师朝我点头，投来赞许的目光，心中方释然。

梅茛是位白人女性，人过中年，慈眉善目。她在学校担任专职牧师，为学生们提供心理辅导，已经很多年了。她的"牧师办公室"，就在"东亚研究中心"旁边，与我是一墙之隔的近邻。遇到不解的事情，我常会找她咨询。

李添媛那桩"封立女牧师"的公案，已是七十年前的往事了。在西方女权运动过关斩将、所向披靡的今天，女性担任牧师的合法性，早已被全球基督教会普遍接受了，否则梅茛怎么会成为牧师呢？

我端起自己的酒杯，与人对换了座位，凑到梅茛的身旁，向她请教这段背景的历史知识。梅茛很高兴，一口气倾倒出来不少信息，为我扫盲。

由李添媛引发的导火索，虽然在二次大战结束后不久就被扑灭了，但到了六十年代，却再度燃起了青烟。

1966 年，英国教会高层成立了一个委员会，专门解决"女性能否担任牧师"这个棘手的历史遗留问题。只是由于来自各方的声音与干扰太多，障碍重重，结果，仅仅是翻来覆去的讨论过程，便如蜗牛翻山，漫长艰涩。

也许，当初华南教会的中国教徒们绞尽脑汁为何明华主教求情时所采用的那个理由，"女性的特点更适于为神服务"，还颇有几分道理。北美的一些基督教会，在男性牧师紧缺时，便自作主张，暗地里聘用了德高望重的女性，挑起了教会的大梁。反正天高皇帝远，鞭长莫及。

拖到七十年代末，分散在全球各地的基督教会，都已等得烦不胜烦了，却仍未收到英国教会的决定。于是，大家纷纷自行其是，封立了女牧师，一时间出现了星火燎原之势。采取这类违章行动的，除了美国，还有加拿大、新西兰、澳大利亚和非洲的多个国家，形成了先斩后奏、既成事实的局面。

"不过，在圣公会的老巢英国本土，情形却有天壤之别。顽固派们绝不肯松口！"梅茛耸肩，呵呵一笑，接着侃侃而谈，"一直拖到 1992 年，眼看着大势所趋，再也挡不住滔天洪水了，教会高层才最终通过投票表决，允许英国本土的女性担任牧师！"

听到这里我松了口气，梅茛却接着说："你知道吗，最可笑的是，这个决定一经宣布，立即便有四五百名英国的男性神职人员，大张旗鼓地宣布要脱离教会，用这种决绝的行为，表达他们对新规定的强烈抗议。"

我也笑了："这些花岗岩脑袋，足以证明他们根本不配担任神的使者！"

"但不管他们怎么想，这艰难的一步，却总算是迈出去了！"梅茛牧师感叹。她端起桌上的红酒，一饮而尽，苹果般的圆脸上，绽出笑靥。

唉，何明华主教，真可谓生不逢时。他那前瞻性的一步，比他古老的祖国，不幸提早迈出了半个世纪。

28

李添媛在《生命的雨点》里，用浓重的笔墨，详细描写了1984 年的盛况。那是她首次应邀前往英国伦敦，参加"平反昭雪"的系列活动。

在金碧辉煌的西敏寺教堂内，李添媛与来自世界各地的十五位破茧而出的女牧师，以及数百位女性神职人员，组成了庞大的巾帼阵仗。

她们身穿雪白的长袍，颈垂华丽的各色饰带，随着优美的音乐，鱼贯进入古老的圣殿，与上千名观众齐声高歌。歌声里，洋溢着胜利的喜悦，也透露出赢得鏖战的自豪。

紧接着，李添媛受到了时任英国红衣大主教的接见。也许，他从未卷入过当年那场围剿，他代表教会上层，高声宣读了一封信，称赞李添媛牧师四十年来不计名利、无怨无悔的高尚情操，并对教会当年的骄横无理，致以诚恳的道歉。

在铺天盖地的掌声中，年近八旬的李添媛浑身一颤，竭力站稳了脚跟，才没让自己被声浪的狂潮冲倒。

在那个时刻，她脑中闪过了什么呢？是那个遥远的"苦海余生"里神迹的显灵吗？还是华夏大地上流传了千古的"天人感应"？

芸芸众生中，上帝之手，早已拣选了我。虽然我，只是一条虫。

那次赴英之旅，李添嫒曾在妹妹季琼夫人的陪伴下，专程前往英伦岛北部，参加了何明华的幼子何基道牧师为她主持的招待活动。

置身那座大石块砌成的古老教堂内，在众星捧月的荣耀下，她观摩了一出精彩的话剧。剧情是熟悉得不能再熟悉的陈年往事。台上的演员用夸张的举止和声调，讽刺了教会老朽们反对封立女牧师的蠢行。

身旁传来了一阵阵爽朗的笑声。舞台上红红绿绿的彩灯，映照出何基道英俊的轮廓。

岁月如梭。当年那个在香港出生长大的白胖可爱的婴儿，已经继承了家族传统，在这家古老的教会里担任了德高望重的牧师，满足了父亲的心愿。

她缓缓伸出颤抖的手，捧起茶几上精巧的细瓷杯，小心翼翼递到唇边，轻嗅着冉冉飘散的红茶馨香。在老花镜片的遮掩下，她竭力聚焦早已昏花的眸子，不动声色地捕捉着那张脸上熟悉的线条，那温存的笑靥，灵动的眸子，俊秀的眉峰。

他，早已离开了人世多年，假如他在天国里看到人间这一幕幕喜剧，那迷人的唇角，可会绽出凄然一笑？

第六章　毛泽东致函

29

翻阅佩灯著《香港主教何明华的生平与时代》这本书时，看到插图中一幅又一幅黑白照片，无论是雄姿英发、朝气蓬勃的青春岁月，还是白发三千、垂垂老矣的耄耋之秋，那种温文尔雅、帅气潇洒、坦荡真诚，都颇让人感到熟悉，似曾相识。

谁呢？

而那个在李添嫒回忆录中被形容为"美貌贤淑"的主教太太，却令我惊讶，甚至不敢相信自己的眼睛。

经再三核实，才终于确认，没错，那个站在何明华身旁的女人，并非他的母亲，而是与他生儿育女、携手终老的太太娜拉。

其实我也未能免俗。对于表面上差距甚远的夫妻，难免会生出俗人常有的疑问，慨叹"好汉无好妻"。

不禁遥想当年，当李添嫒还是个秀外慧中的年轻女郎时，她的心灵深处，可曾有过苦恼、挣扎？她所面对的人，远胜如今荧屏上多少装腔作势、搔首弄姿的影星。

回过头来，重新琢磨李添嫒高度赞美何明华太太的那些字眼，就感到了她的言不由衷。也许不怨她。面对世道的浅薄、人性的阴暗，只有违心之言，才能避祸。

一瞬间，我忽然意识到那种似曾相识的感觉来自何方了。

是的，是他，那个离去时曾引来十里长街万人空巷、男女老幼挥泪相送的伟人。

1956年，百花齐放的盛夏里，何明华夫妇曾应中国政府之邀，与一群国际友人在大江南北参观。

抵达京城之后，在中南海怀仁堂里，周恩来总理突然出现在了众人的面前。

令何明华喜出望外的是，周总理竟然在人群中一眼便认出了他来，并单独邀请他们夫妇二人，前往西花厅的家中，共进晚宴，专享殊荣。

友谊和信任，是在烽火连天的岁月里凝结而成的。

抗日战争爆发后，日军在广州狂轰滥炸，血流成河。何明华曾数次赶往香港总督府，商谈援救对策。

当时的英国政府采取了坐山观虎斗的中立态度。在政教合一的制度下，英国教会也严禁其下属机构卷入中日纠纷。

何明华忍无可忍，接连不断地给英国教会总部发电报，急迫地征询其同意，希望能以华南主教的身份，亲自出面，抗议日军暴行。

身居香港，占据着有利地形，何明华竭尽全力，接待了涌入香港的二十五万难民，广建施粥棚、难民营，安排就业，举办抗议集会游行。

随着沿海地区被日军占领，中国工业几乎被彻底摧毁后，几个国际友人在路易·艾黎和埃德加·斯诺夫妇等人带领下，于1938年秋天成立了"中国工业合作社"，在大后方选址，建立了成千上万个小型工厂，生产战时急需的物资，包括手套鞋帽、棉衣棉裤、纱布绷带、简易帐篷，并积极在海外为中国抗战募捐筹款。

"工合"成立的初期，有国共双方高层人士的积极投入。宋美龄曾自告奋勇，负责分配捐款和物资。但这种安排，引发了抵触情绪。很多人对国民党官员的腐败极为不满，担心宋美龄会偏袒一方。

这种担忧，绝非空穴来风。据国际友人蒲爱德女士回忆，她在"工合"任职期间，亲耳听到路易·艾黎向她悄悄透露，一位国民党政府高层官员曾向"工合"索贿，数目高达五万美元之多，伺机中饱私囊，大肆敛财。

世上没有不透风的墙。一位银行家遇到埃德加·斯诺时，因不知其底细，竟将这位亲共的美国记者误以为是"自家人"了，于是泄露出了一些"令斯诺备感恶心的秘密"。

许多正直廉洁的国际友人，对国民党官员的严重贪腐行为，心里十分清楚，但为了不破坏国共统一战线的大局，却只能装聋作哑。

如何杜绝腐败泛滥呢？

大家商量后，于1939年年初在香港成立了一个"工合国际委员会"，由宋庆龄出面，担任名誉主席，而何明华主教则在各方的信任和推举下，出任了"主席"一职，亲自分配战时紧缺物资和捐款，以便尽最大的可能，确保公正，使共产党领导下的八路军，也能得到公平合理的供给。

有趣的是，尽管备受中国人的信任，何明华却坦率地声明："由一个外国人来处理这些事物，其实并不公正。中国人的事情，早晚应该掌握在中国人自己的手中。"

此种高尚情怀，在多事之秋的今天读来，尤为令人感慨。

不错，蒋介石的确曾授予何明华一枚蓝宝石勋章，表彰他对中国抗战的贡献。但据佩灯牧师在其书中所叙，"身在陕北的毛泽东，也曾致信何明华，感谢他的杰出贡献"。

李添媛在揭发何明华的那篇文章中说，"延安当时曾发出谢函给他"。难道说，她所指的写信人，就是毛泽东？

虽然佩灯没有提及毛泽东那封信中的内容，但在介绍蒲爱德女士生平的英文传记《中国的美国女儿蒲爱德》中，简短地引用了毛泽东信中的几句话：

> 倘若我们艰苦奋斗，倘若中国与其国际朋友共同合作，毫无疑问，我们是能够打败日本，取得最后胜利的。

如此看来，那位从延安给何明华写感谢信的中国共产党领袖，应该是毛泽东了。

为了进一步确认此事，一番搜索后，我终于在网络上刊登的《艾黎自传》中，看到了如下叙述：

> 1939年1月，中国工业合作社国际促进委员会在香港成立，由何明华主教任主席。
>
> 国际委员会的成立在获取资金和援助物资方面产生了积极成果。钱开始直接汇往最需要的地方，或者经上海一家银行，通过廖承志送往延安。
>
> 毛主席显然了解到国际委员会所起的作用，曾写信给何明华主教表示谢意。我见到了毛主席的这封亲笔信，信上的日期是1939年9月25日。

毛主席在信中写道:"我赞成以合作社的方式在中国组织建设许多小型工业。对于你在这一事业上的热心,以及你在帮助我们抗战上所取得的光辉成绩深表感佩。"

他接着说:"如能在华北游击区和西北接近战区的地方组织建立这种工业合作社,八路军和鄙人自己对此种援助将表示极大的赞赏和热情的欢迎。"

毛主席进一步强调,希望"工合"的计划能够实现,"因为对于我们的斗争贡献之大,将是不可估量的"。

他要求何明华主教把这种想法转告国外的"工合"促进委员会和华侨,特别是向在菲律宾的华人和那里的中国工业合作促进委员会表示感谢。"因为他们在支持我们的祖国和工合运动中尽了很大的力量。"

除了路易·艾黎的文章,我也在网络上寻找到了一篇暨南大学的学者吴青博士的论文,里面全文引用了毛泽东写给何明华的那封感谢信。

虽然在《毛泽东年谱》里,从未记载过有这样一封信,但有李添嫒、蒲爱德、路易·艾黎、吴青这四位中外学者郑重其事的分别引用,我对此深信不疑,他们都曾亲眼见到过这份保存在香港圣公会教堂档案室里的珍贵文件。

至此,最终证实了李添嫒所提及的"延安曾发出谢函"一事。确凿无疑了。

可是,我仍感到不满足。

在毛泽东这封信里,他仅仅提到了感谢何明华在"工合"上对共产党八路军的贡献,并未提及其他事情。而在李添嫒那篇文章里,却是这样描述的:

> 当中国共产党奠定革命根据地延安之初，何明华假
> 装进步，派遣一批外国籍的医生和护士以"为人民服务"
> 为名，深入革命圣地。延安发出的谢函，是由列浦祐（当
> 时教区书记）代何致复的。

那么，何明华究竟是否派遣过外国籍的医护人员深入革命圣地？派遣的是哪些人？假如派遣了，为什么毛泽东在他的感谢信里竟丝毫没有提及呢？

难道是李添媛的记忆出现了错误吗？此外，她又是如何知道是谁代替何明华给毛泽东复信的呢？为什么何明华不亲自给毛泽东回信，而要让别人代复？那个"列浦祐"，名字怪怪的，是华人呢，还是洋人？

暂时按下涌上心头的诸多疑问，我继续阅读路易·艾黎的回忆录。只见他用生动的实例，阐述了自己与何明华主教之间的友谊。

> 尽管何明华夹在国共两党之间，竭力保持着不偏不
> 倚的态度，但他越来越明显的"亲共"行为，终于招致
> 了右翼势力的非议。

众所周知，何明华曾被英国派驻香港的总督葛量洪爵士（Alexander Grantham）扣上了一顶充满讥讽意味的帽子："粉红色甚或大红色主教"。

一个出生于基督教牧师家族的白种人，是如何被涂上色彩，成为"粉红色甚或大红色主教"的？这种由"白"到"红"的羽化过程，是如何演变的呢？

30

也许，前世之说，并非空穴来风。

当何明华还在牛津大学读书时，华夏文化的魅力，便似一股涓涓清泉，滋润了他敏感丰富的心田。

1920 年，在英国举办的国际交流活动中，一位来自中国江南、身着一袭蓝布长衫、谦和有礼的年轻人，用竹笛吹奏了一曲《紫竹调》。那婉转悠扬的天籁之音，撞击在青年学子何明华的心头，激起了层层涟漪。

因了那余音袅袅、萦绕于梦的涟漪，何明华于 1922 年奔向东方的文明古国，参加了在北京举办的"世界大学生会议"。从南到北，他踏过了一座又一座古老的城垣，在中华文化悠久的历史面前，一次次战栗、惊叹。

回到英国家乡后，他仍旧念念不忘，祈祷着有朝一日，能重返那片迷人的大地。

上帝一定聆听了他的心声。机会终于来临了。

在 1925 年的五卅惨案、省港大罢工中，英国巡捕枪杀了近百名中国示威者，导致了全国性反帝运动风起云涌。

压力之下，中国的基督教青年会想起了魅力十足的何明华，便匆匆发出邀请，试图借助他的亲和力，调配一剂灵丹妙药，冲淡人们心头的对立情绪。

那时，何明华的长子乔克刚刚出生两天，他便告别妻儿，匆匆启程，来到上海，在位于复兴中路的基督教青年会里，工作了将近一年。

促成何明华心灵之旅的搭桥人，恰恰是当年在英伦大地上吹奏《紫竹调》的那位中国青年。竹笛一曲，如三生石上旧精魂，使素昧平生的两位异国青年结为知己，也让英国人罗纳德·欧文·霍尔，从此拥有了一个意味深长的中文名字：何明华。

在中国的那一年里，何明华曾专程奔赴沈阳北陵、山东曲阜，深入体验中国传统文化的精髓。

与他同行的，皆为高鼻深目的洋人。令他们惊讶的是，何明华这个基督徒，竟然会被孔庙的庄严肃穆所撼动，情不自禁地端立于祭坛前，对着雄伟的大殿，接连三次鞠躬致敬。

这绝非矫揉造作的表演。对何明华所流露出来的真情，我深有感触。

2007 年，我第一次参加"全球孔子学院大会"。会后，二百多位来自世界各地的孔子学院的外方院长们，曾一同前往曲阜朝圣。

双脚踏入大殿的瞬间，我和一位来自美国的台湾教授，竟同时像被雷电击中了般，不约而同，拜倒在地，长跪不起。

而同来的众多货真价实的"洋"院长们，则个个呆立一旁，漠然观望，朝我们投来诧异的目光。

二十年代的何明华，不仅被弥漫在孔庙内外的和谐美丽所深深吸引，更语出惊人，把孔子比作摩西，说他们都是制定了社会规范的圣人。

"难道不是吗？孔子提出了'三纲五常'。摩西则提出了'十诫'，各领风骚数千年。"何明华说。

我与何明华一样，喜欢在课堂上把中西文化进行类比，激发学生的兴趣。

《圣经》中记载了一则典故，在耶路撒冷犹太人为上帝所建造的圣殿里，耶稣看到了人们在那里做买卖、换银币。他愤怒地推翻了桌子说："我的圣殿，怎么成了你们的贼窝？"

这种对商贾买卖深入骨髓的轻蔑，是否与儒家思想重农轻商的传统，如出一辙？

若是把这种类比延续到几千年后的现代社会，我就想起了一封"公开信"。那封信，是我几年前收到的。写信人阿诺德·白求恩牧师，是白求恩家族如今的掌门人。

在毛泽东主席赞扬白求恩的那篇文章里，他曾发问，"一个外国人，毫不利己的动机，把中国人民的解放事业当作他自己的事业，这是什么精神？"

假如毛泽东真想得到上述问题的回答，其实他应该访问加拿大，了解一下白求恩的家庭背景和童年时代。

责任感、同情心、奉献精神，这些价值观并非与生俱来的。而是在我们童年时代，由家庭和社会环境所培养出来的。……

阿诺德在"公开信"中还提到，白求恩大夫1937年在加拿大巡回募捐时，媒体记者曾咄咄逼人，向他挑衅："你是否赤色分子？"

那时已秘密加入共产党的白求恩，抛出的回答，堪称机敏："如果基督徒算是赤色分子，那我就算吧！"

三十年代，远在英国的红衣大主教们，恐怕尚未听说过加拿大医生白求恩的名字，更不会了解他回答记者的那句耐人寻味的话。假若知道了，他们还会选择将何明华这位同样具备了"赤色"基因的潜在危险人物派往香港吗？

英国的红衣大主教们，虽有重男轻女的腐朽观念，却也不乏识珠的慧眼。1932年，当他们准备遴选一位香港主教弥补空缺，掌管整个华南地区时，目光聚焦到了闪亮的新星何明华身上。

有人担忧，何明华的直言不讳、坦荡真诚，也许会酿成潜在危险。此外，他单纯善良，易于轻信，难免会受到奸佞之徒的欺骗，导致对事物作出错误判断。

但是，争来争去，多数人最终仍然投了赞成票。

不是吗？何明华富有献身精神，拥有现代意识，思想活跃，更别说他那英俊潇洒、朝气蓬勃的外表了，真可谓人见人爱。

红衣大主教们满心期望着，这位出身平民家庭的青年能以他夺目的光彩，征服华夏大地的民心。

于是，1932年10月，伦敦的"圣保罗教堂"里钟鼓齐鸣，举行了隆重的加冕典礼。何明华匍匐在圣坛前，接受了宝座上红衣大主教的摩顶祝福，从此，他的肩头，也披上了一袭猩红的斗篷。

嗯，圣保罗教堂。十二年后，当何明华特意挑选了"圣徒保罗殉难日"作为封立李添嫒的日期时，他可是暗暗地希冀着，他的守护神"圣徒保罗"将从天上降下福祉，佑护人间？

31

人算不如天算。伦敦的红衣大主教们，还是看走了眼。

这位沙里淘金般筛选出来的精英，抵达香港不久，便开始在他所撰写的一系列文章中，认真探讨起共产主义学说了。

这种转变，是否有点出乎意料呢？

难道说，三十年代的大萧条，使何明华主教与白求恩大夫一样，面对贫富悬殊、社会不公，陷入了痛苦的思考？

假如说，在"爱情"上的痛苦挣扎，曾经促使白求恩毅然投身革命，那么又是什么因素，促成了何明华的幡然醒悟？

何明华在写给友人的信中说：

　　共产主义学说，为人们提供了一种崇高的梦想，能
够改善人的心灵世界。天堂，不是你死后要去的地方，
而是在你活着时便须建设的神圣社会！

他公开宣称，"上帝相信行动，而非语言"，那些转弯抹角、
故弄玄虚的理论，纯粹是耍嘴皮子罢了。

这种坦率真诚的求实态度，也与白求恩不谋而合。

白求恩从太行山上写信给加拿大共产党的战友时，不是曾带
着嘲讽的口吻这样说过吗？

　　我无比幸运，因为能够与那些真正把共产主义作为生
活准则，而不仅仅是奢谈和空想的人们为伍，并肩奋斗。

有趣的是，这两位外国人均在抵达中国大地之后，产生了心
灵上的碰撞与共鸣。难道说，是华夏文明深邃厚重的积淀，丰富
了他们的情感世界，激发起他们精神上的升华？

　　假如中国和英国发生了冲突，我会坚定不移地选择
站在中国人的一边！

何明华在1932年年尾抵达香港后不久，便在他的升座典礼演
说上，发出了振聋发聩的誓言。

此话若是传到英国伦敦，可会令满堂老朽捶胸顿足、悔不

当初？

今天的年轻读者，习惯了形形色色的作秀、哗众取宠，也许会怀疑何明华是言不由衷。我却相信，这是一位恪守"上帝面前人人平等"的真正基督徒所袒露的心声。

三十年代，在香港那块殖民地小岛上，洋人享有特权。高档酒店、游艇俱乐部、高尔夫球场、豪华码头，一律禁止华人涉足。

当何明华邀请一位中国朋友前往一家高级俱乐部吃晚餐时，没有料到，那里只接受洋人，竟将这位中国人拒之门外。

何明华一怒之下，当即退掉了自己的会员证，从此再未踏入那道门槛一步。

人们回忆说，主教大人的身上，丝毫没有那个年月里洋人的傲慢。他最喜欢在香港华人经营的街头小店里，随意坐在路旁的板凳上，点一碟小吃，与朋友们促膝交谈。

何明华抵港的第二年秋天，当妻子娜拉带着一双儿女来港，阖家团聚之时，他在沙田的山顶上，安下了自己的家，取名"灵隐台"。

那是一座在古佛寺旁年久失修的农舍，仅有数间小屋。何明华用分期贷款的方式买下它来，在那片生满杂草的山坡上，开垦荒地，种菜养花，饲猪喂羊，过起了男耕女织的田园生活。

他成为第一个在家里敞开大门、迎接华裔员工和信徒的香港主教，用自制的蛋糕、果酱款待来宾，临走还要送给每人一束沾满露珠的鲜花。

佩灯的书中，有一幅"灵隐台"的插图。那是一张年代久远的黑白照片。影影绰绰，可见云雾缭绕的山峦、林荫、茅庐。

看着看着，我脑中却浮现出那个难忘的梦境来。

依稀记得，去年霜降之日，白鹤翩翩飞到湖上的那天夜里，我在梦中体验到的那个"好的故事"。梦中那条山坡上的小径，蜿蜒曲折，缓缓攀升，通往山顶。隐藏在密林中的，是一座美丽的小屋，冠有红色房顶。

对照之下，"灵隐台"这张黑白照片上的竹篱茅舍，似乎过于暗淡了。

猛然间，"红色主教"的字眼像闪电般划过了脑际。我恍然大悟，似乎明白了梦中那座"红色房顶"的由来。

一切，早已在冥冥中，静静地等待着我的目光。

怪不得，何明华会被人讥刺为"粉红色主教"呢！他恰如封面上那张彩色照片所显示的，惯常穿一件淡蓝色棉布短袖衫，卡其布短裤上缀着补丁，脚上套着白色的棉线袜，平易近人，朴实无华，与道貌岸然的"主教"形象，有天壤之别。

内外皆美之人，何需乔装打扮？

曾有位阔绰的华人教徒，送给了何明华一件珍贵的貂皮大衣做礼物。他收下后，悄悄嘱咐员工卖掉，将所得的钱款捐给学校，改善孤儿院里孩子们的伙食。

新中国成立之初，一位年轻的英国外交官回忆说，当他赴京就职，途经香港时，曾应邀与何明华见面并共进午餐。

饭菜堪称惨不忍睹，难以下咽。面对着盘中那几颗烤得半生不熟的土豆，外交官禁不住回想起了前晚的盛宴。

在豪华的总督府里进餐时，雪白的桌布、银质的刀叉、精美的杯盘、考究的菜肴，与眼下的寒酸泾渭分明，形成鲜明对照。

他也忘不了总督葛量洪爵士唇角浮起的那抹轻蔑的讥笑，"怎么，明天你打算与那位粉红色主教共享午餐吗？"

不少人回忆，当何明华莅临各地的基督教会视察时，人们会倾心款待，精心准备。然而面对品类丰盛的菜单他却永远只要一杯咖啡、几块饼干、水煮萝卜青菜。

也许，这种崇尚节俭的生活态度，不仅来自基督教的原始理念，也与何明华幼年时清贫的家境留下的烙印息息相关。

他的父亲是乡间牧师，子女多达九个。父亲严于律己，品德高尚，主动选择去英国北部山区，为贫困地区的人民提供精神食粮，而谢绝了留在生活优越的都市里就业的机会。

何明华在高中读书时，富家子弟们个个装扮得体，而他却只能捡拾亲戚们的旧衣物，并常常为手头拮据而为难。

这与白求恩的童年境遇，再次高度相似。

白求恩的父亲，同样选择了去寒冷的安大略省北部林区担任牧师，为底层民众服务。由于他性格倔强、嫉恶如仇，因此不断受到排挤，失去工作，全家被迫四处搬迁。

白求恩自幼便品尝到了民生疾苦、世态炎凉，也锤炼出了绝地求生的各种技能。太行山的军民，至今难以忘怀他当年的名言："一个好医生，必须同时也是个木匠、铁匠、机械师……"

这两位年龄相近、家世相同的人，也都在青年时代中断了高等教育，参军入伍，经历了第一次世界大战炮火的洗礼。

二人同样被派遣到法国作战，同样被弹片击中，同样在腿部负伤，也同样在退伍后重返大学，在名校完成了被中断的学业。

巧合竟如此之多。难道说，是相同的成长环境、人生阅历，培养奠定了他们改造社会的原动力吗？

此外，还有另一个惊人的巧合。这两位西方男性，不仅都与中国革命休戚与共，还都是凯瑟琳小姐矢志不渝的挚友。三人携手，共同谱写了中国革命史上可歌可泣的壮丽诗篇。

何明华与白求恩这二人之间，一定有着某种神秘的关联。

我脑中那个直觉，尽管尚未得到证明，却越来越强烈了。

第七章 天使的翅膀

32

1932 年年末，在何明华离开伦敦前往香港赴任的途中，他曾乘坐火车穿越西伯利亚荒原，并在北平短暂逗留。

在北平期间，何明华看望了在协和医院里当医生的大弟弟吉勒斯，也结识了弟弟的同事凯瑟琳小姐。

凯瑟琳是新西兰人，出身于小官吏家庭。二十年代初，她还是一个年轻姑娘时，便告别了父母亲人，来到北京，在协和医院里负责培训中国护士。

不久后，凯瑟琳被派往煤都大同，与何明华的大弟弟吉勒斯一起，为当地人民提供医疗服务。京城里，"朱门酒肉臭，路有冻死骨"，其贫富悬殊之现象，已令她惊诧。在煤都，她看到了更加悲惨的景象。十岁挂零的童工，便须从事危险繁重的井下劳动。肺病、性病猖獗肆虐，民不聊生。

在无人管理的云冈石窟，有的洋人把选中的石雕佛像用粉笔一一画上记号，再让中国人用利斧砍下，运到国外卖钱。凯瑟琳怒不可遏，在信函中谴责了这种卑鄙无耻的强盗行径。

三十年代初期，当凯瑟琳被教会派往缺医少药的太行山区时，八路军尚未进驻晋察冀，白求恩也尚未启程来华。凯瑟琳亲自组织了一支"医疗小分队"，在整个冬季翻山越岭，送医上门，寻诊了三千多村民，与当地人结下了深厚情谊。从此，她决定在荒山野岭中安营扎寨，奉献青春。

凯瑟琳与何明华再次相逢，是在 1935 年的春天。那年，她从新西兰家乡度假归来，途经香港，下榻于基督教会的招待所，也曾在何明华的"灵隐台"家中做客。

与车水马龙的香港对比，华北大地贫瘠落后，对此，何明华是了然于心的。

1922 年，他首次来华开会时，除了参观历史悠久的名城古迹，也曾乘坐骡马大车，在沧州那片荒凉贫瘠的盐碱滩上考察民情。

他深深懂得，改造中国社会的重担，对任何人来说，都将是一场漫无边际的挑战。很难相信，一个看上去纤细瘦弱、身单力薄的女性，竟能单枪匹马，在严酷的环境里默默坚守了十几年。

凯瑟琳描述了山区百姓难以想象的穷困落后，也谈到了她在莲花峰下的小村庄里开设的诊所、澡堂、妇女识字班、幼儿保健课。

粮食、燃料都极度匮乏的山村里，在冬日寒冷的夜晚聚到凯瑟琳的诊所，围着炉火唱歌，已成为村民唯一的精神寄托。

"山里人唱起歌来，比城里人好听得多！"她把自己的发现，快活地与朋友分享。

这样说时，凯瑟琳的内心，一定洋溢着巨大的满足与快乐。用歌声代替骂声，用爱代替恨，难道不是上帝重塑人性的巨大力量？

她忘不了初抵那个建在悬崖畔的小山村时，劳累了一整天后，还不得不聆听农妇对骂的声浪，那声浪在寂静的山谷里整夜回荡。

写到此，我不禁又回想起了少年往事，忍不住要插叙几句。

33

1970年春天，我曾跟随母亲，从京城来到长城外的一个小山村，姚官岭，在那里生活了将近两年。

暑假时，我从几里外小镇上的中学回到山村，母亲便给我布置了任务，让我教村里的孩子们唱歌跳舞。秋收之后，山村里举办了有史以来的第一场文艺晚会。

几十年过去了，我早已不再年轻，但那盏照亮了打谷场的明亮的汽灯、山腰上举着火把前来看热闹的山民，还有孩子们兴奋得通红的面庞、闪亮的眼睛，却依然滞留在脑中，鲜明如初。

最令我感动的是，演出结束一个多月之后，几个女孩子突然出现在镇上中学。她们站在宿舍门外，腼腆地笑着，却不敢进屋。每个女孩都穿上了自己最体面的服装：黑色的灯芯绒袄裤，颈上系了雪白的毛巾，身后背着新麦草编制的草帽。这是她们在文艺晚会上表演舞蹈时的装扮。

此外，每个女孩子的胳膊腕上，都挎了一只藤篮，里面或是装了十几枚鸡蛋，或是半篮子青红相间、蒙了一层白霜的沙果。

大家嘻嘻哈哈、脚步欢快地走到小镇上，在仅有的一家供销社里，卖掉积攒下来的土产，换了几斤粗盐。剩余的钱，凑到一起数了数，正好够拍摄一张二英寸见方的黑白照片再加印四张，共一元一角二分钱。

她们忐忑不安地踏入街头那家照相馆，红着脸，满面羞涩地摆好舞蹈中的姿势，还不忘叮嘱那个嘴角叼着烟卷的摄影师，在照片的顶端写上当时的流行语，"广阔天地炼红心"。

此后，我渐行渐远，每每回想起那一幕情景时我都会深深懊悔，自己没有主动为那张照片承担全部费用。

2006年暑期，我曾返回祖国，并特意驱车前往那个留下过我青春足迹的小山村。然而当年的那几个女伴早已分别嫁到了外村，无缘相聚。

在村巷里，迎头碰上了一个八旬老翁。他拄着手杖，腰弯成了九十度，几乎垂到地面。只见他竭力抬起头来，用昏花的老眼看着我，瞬间喊出了我母亲的名字，"哦，你回来啦？"

我浑身一颤，认出了他。是的，是他，那个当年住在半山腰上、四十多岁才娶到一个瘫痪女子为妻的老贫农。

我脑中飞快地闪过几组少年时代的镜头。

那年麦收结束后，我与村中的女伴们迎着夕阳，爬上半山腰，来到那间孤零零的石头小屋里，为炕上的孕妇唱歌。

她惶恐不安，竭力挪动着沉重的上身，用一把破旧的扫帚清理着土炕，请我们坐。我分明看到了，那对年轻美丽的黑眸子，在我们的歌声中，亮晶晶地闪烁着。

下一组镜头便是，顶着满天星光，翻山越岭，和村民们一起抬着担架，送瘫痪的产妇去镇上医院抢救。那是个悲伤的夜晚，我们不得不面对母子双亡的现实。

站在老榆树的浓荫下，我和村民们一道，参加了石头小屋外简单的葬礼。看着老贫农脸上呆滞麻木的神色，我曾深感愧疚。

为什么当初在唱完歌之后，我要嫌弃并拒绝他递给我的那碗水呢？为什么没有带领女伴们再次爬上山腰，为可怜的瘫痪孕妇多唱上几支歌，让她眼中的火花再次闪烁？

34

为改变山区缺医少药的落后状况，七十年代，"赤脚医生"曾在神州大地上风靡一时。而这种形式，早在三十年代初，便由凯瑟琳率先创立了。

当凯瑟琳与何明华在香港重逢时，两人曾在"灵隐台"的花园里畅谈，分享为民众服务的经验。

李添嫒在她那篇"揭发"文章中，曾历数何明华的具体"罪行"，我从心底为他鸣冤。

> 何明华在增城农村，特别是在光复后，花费这么多的心血和资金，标榜破除农民迷信风水，接受基督教福音，注意公共卫生，设施医疗站，举办薄利贷款，消除高利贷的压力，指导畜牧耕稼知识等等。实质上，何明华对加强控制农村教会，进行改良主义，扩大势力范围，争取农民信用并从中进行农村调查工作的诡计，是了如指掌的。

这些金发碧眼的异邦人，要在语言文化有着巨大差异的中国与当地人交流，谈何容易？相对而言，他们作为救死扶伤的医者、乐善好施的仁者，不难取信于民；但作为传教士，试图向中国人输出迥异的文化，其遭遇的尴尬和困难之巨可想而知。

何明华坦承，中国人最难以接受的，便是关于圣母玛利亚"处女生子"之说。对此，他曾毫不掩饰地宣称："其实连我自己都不信，何况是中国人呢！"

看到此，我哑然失笑。来加拿大之后，我曾在不同的教会里遇到过各种水平的牧师，但无论是华人还是洋人，却无一人敢像何明华那样，如此大胆敢言。

那些饱经世故、圆滑老练的牧师，几乎都是目光游移，闪烁其词，顾左右而言他，试图在我的追问面前，蒙混过关。

其实，这个问题放在今天，并不难回答。现代科技的发展，不是早已证明了处女生子的可行性了吗？试管婴儿遍地开花，难道不算铁证？

人性中最可贵的，便是真诚。

1933年，在何明华赴任之初、脚跟尚未站稳之时，他就在第一次"复活节"布道时，抨击了这个世界的虚伪。

当今之世，人类文明是前进还是损毁，直接取决于道德。如果我们不能坚守诚实，就必将毁灭。威胁人类生命的顽疾，恰恰是不诚实。对于上帝，我们从根本上就是不诚实的。

这就是俄国人比我们更具备道德感之处。俄国人是诚实的。他们公开宣称"没有上帝，我不想假装上帝存在"。他们还雄辩地补充说："无产阶级的胜利就是唯一的福祉。"

而我们的欺骗性恰恰在于，既不肯放弃上帝，又不肯让上帝来引导我们的行为。

谁敢相信呢？这种明显的"赤色煽动"，竟然在众目睽睽之下，出自一位大主教之口？这种赤裸裸的"亲共言行"，可曾遭到过警方的秘密监控？

更令我好奇的是，何明华这种"亲共意识"，是何时形成的呢？

难道他与白求恩一样，也由一次苏俄之旅，奠定了人生的巨大转折？

何明华在1932年11月初离开英国赴香港就任时，曾乘坐火车途经苏联。

他曾在哪座城市停留过？是列宁格勒，还是莫斯科？

匆匆查找，的确。佩灯牧师的书中收录了一封信，显示何明华曾在莫斯科停留过，并从那座城市给远在英国的父亲写过一封家书。

> 有两点，我会永远难忘。其一，我在这里看到了一座蜂巢。斯大林犹如一只蜂王，坐在克里姆林宫里，指挥着无数工蜂奔忙。其二，我看到了这里的教堂。我希望今后我们在教堂里的服务，也与俄国人的一样。

何明华在莫斯科停留时，都曾与谁会晤过？

"蜂巢"所象征或者隐喻的，究竟是什么东西呢？

为什么他会希望，资本主义社会的教堂服务，应该与社会主义国家的一样？

……

历史的森林中，飘荡着重重迷雾，引人遐想。

对何明华的胆大妄为，佩灯牧师做了如下评价："凡是备受争议，且屡屡会有疯狂举动的人，其实往往是最像耶稣的圣贤。"

盘点何明华的一生，所谓的"疯狂举动"，主要来自两大争议焦点：一是封立李添嫒为全世界第一个圣公会女牧师，另一个，则是扣在他头上的那顶"红色冠冕"。

李添媛的封立，已经解释清楚了，不过是一次不幸的超前意识所带来的灾难罢了。而关于颜色和帽子所引发的麻烦，则值得今天的人们深思。

那顶"红色主教"的桂冠，或者说阴险地欲置人于死地的紧箍咒，究竟是如何扣在何明华头顶的呢？

35

早在抗日烽火熊熊燃烧的岁月里，何明华便给英国教会高层撰写报告说：

> 日本人被打败之后，统治中国的，将会是共产党。因为老百姓所拥戴的，并非蒋介石以及他的基督徒追随者，而是英勇不屈、百折不挠的八路军。
>
> 那是一批像英国的罗宾汉和他那群侠客们一样，经历过激励人心的冒险磨练、品尝过艰苦生活、坚守克己奉公的群体。因此，能够战胜日本侵略者的，将是共产党人，而非基督徒。

身为一个基督徒，一个大主教，竟敢对自己的顶头上司们说出这种话来，堪称襟怀坦荡，光明磊落。

但梳理何明华的足迹，我发现他从未踏入过陕北高原。他这种先见之明，由何而来呢？

上面那封信，写于1938年的秋天。正是在那年初秋，何明华接待了风尘仆仆南下香港的布朗医生。

布朗医生是加拿大传教士，在豫东商丘一所教会医院里服务，已经整整十年了。他的同事中，有一位，就是今天中国人都十分熟悉的加拿大人"大山"的祖父。

言归正传，布朗医生来到香港后，面见了何明华主教，向他叙述了半年来的复杂经历。

事情起因于那年初春，白求恩所率领的医疗队，从香港抵达了武汉，一面在汉口的教会医院里参与救治遭日机轰炸受伤的市民，一面就地采购医疗用品，准备前往陕北。

布朗医生恰恰在这个时候，也来到了汉口，并在那里"巧遇"了刚刚抵达的白求恩大夫。

我怀疑，"巧遇"大概是借口。那么，是谁安排了这两位加拿大同胞之间的邂逅呢？是与布朗医生同属于圣公会系统的何明华主教吗？

位于汉口的圣公会，其掌门人鲁特斯主教与何明华一样，也被人扣上"红色主教"的帽子。汉口圣公会的驻地在鲁特斯主教的打理下，因中国共产党人士频繁出入，曾被戏称为"小延安"。

鲁特斯主教不仅慷慨安排了有"共产国际"背景之嫌的美国女记者史沫特莱在那里长期免费居住，还欣然接待了刚刚抵达汉口的白求恩医疗队一行。就连周恩来与白求恩的初次会面，也安排在了"小延安"的楼房中。

不能排除，布朗医生是在接到了何明华或者鲁特斯这两位"红色主教"暗中传递的信息后，以办理签证为借口匆匆赶到汉口与白求恩会面的。这种推测，比起偶然"巧遇"，更加合乎情理。

十分遗憾，1963 年，布朗医生在多伦多默默无闻地离开了人世。已经无法从他的口中，解开历史之谜了。

据今天可见的资料陈述，"卢沟桥事变"发生后，身在豫东的布朗医生目睹了日寇铁蹄践踏下的中原大地，生灵涂炭的惨状让他忧心如焚。于是，他借办理签证之机专程来到武汉，希望寻找机会，为中国人民奉献一己之力。

在汉口，布朗与刚刚抵达的加拿大同胞白求恩一见如故，情投意合。于是，他决定向豫东教会的领导请假三个月，追随白求恩奔赴陕北。

他的请假，获得了批准。值得注意的一个细节是，批准他的那位林主教，当时担任河南圣公会的临时代理负责人，与何明华恰恰是朋友。二人之间，是否也存在着某种默契呢？

那年4月，布朗医生步白求恩后尘，与他前后脚抵达了延安，并受到了毛泽东的接见。他曾在毛泽东的首肯下，为延安当地一千多名基督徒布道讲演。他也和白求恩一起，在毛泽东的陪同下，与军民联欢。

紧接着，五一劳动节过后的第二天清晨，他便与白求恩并肩出发，辗转陕北、雁北、五台山等八路军驻地，连续三个月，马不停蹄，日夜工作，救治了数百名在平型关战役后负伤卧床的八路军重伤员。

布朗医生的故事，我在《何处不青山》中已介绍过，不再赘述。

他与白求恩在汉口的"巧遇"，以及其后的陕北之行，是否有何明华主教在背后搭桥牵线，也可暂时搁置不谈。

布朗医生在他的三个月假期结束后，因目睹了八路军缺医少药的悲惨状况，强烈渴望能够延长请假，继续为八路军服务。但他收到的来自加拿大教会总部的一封信，断然拒绝了他的请求，严禁他卷入战争，以免得罪了日本人。

无奈之下，布朗医生只得离开五台山，返回了豫东。但回到商丘的医院后，他却被一些心胸狭隘、嫉贤妒能的同事扣上了"同情帮助共产党"的帽子，遭到排斥打击、受到孤立冷落。

外柔内刚的布朗医生并未屈服。他愤然辞职，离开已经服务了十年之久的商丘医院，决心继续完成上帝赋予他的神圣使命。

布朗一路南下，先到武汉、上海，接着又抵达了香港，四处游说，为八路军求援。

翻阅白求恩当年留下的书信和日记，可以了解到在那段时间里，他与布朗医生所面临的困境。

一封接一封，白求恩给派遣他来华的"美加援华会"发出了无数封求援信，殷殷地期盼着，大洋彼岸的同胞们能伸出援手，帮助八路军建一所像样点儿的医院。

> 我们需要每月一千块银元，还需要一些其他设备，例如车辆、可移动的X光机、医疗器械和发电机等等。
>
> ……
>
> 这里一片荒凉，光秃秃的，没有一棵树，天气炎热。与我同行的是来自多伦多的加拿大医生布朗。
>
> ……
>
> 布朗医生真是个好人。他的汉语说得跟中国人一样地道。不幸的是，他只向他的医院请了四个月假。
>
> ……
>
> 我们已在这个大约有五十户人家的小村庄里开始工作了。这里有一百七十五个伤员，分散住在各家。他们躺在硬邦邦的土炕上，铺着少量干草，惨不忍睹。
>
> ……
>
> 加拿大必须援助这些人。他们曾为拯救中国和解放亚洲而奋战。我知道我们并不富裕，西班牙确实需要我

们援助，但是这些毫无怨言的中国人比西班牙更需要援助。

五个月来，纽约的美国援华委员会杳无音讯。尽管我多次发出电报和信件，仍收不到只言片语，使我难以向毛泽东解释。

你们到底有没有收到过一封我写的信？请你们原谅我忧虑、急躁和冒犯的语气。我请毛泽东不要直接把这封信寄到你们那里，以防信件被人截获。

......

布朗医生已经带着我写的关于这里的医疗条件报告去汉口了。这里的后方医院目前只有三百五十张床位，并且都已满了，必须立即扩充。

布朗和我在二十五天之内做了一百一十个手术。这些人什么都缺。你能给我一些吗啡、可卡因、外科手术器械吗？

......

布朗医生现在去外地筹款了，又把我一人留在这里。布朗会在三个月以后回来。

......

布朗医生去汉口已经三个月了，他回来后将做我的助手。我现在孤身一人，急需帮助。

布朗，布朗，布朗……你在白求恩大夫的心目中，已然成为相依为命的亲弟兄了。

告别了白求恩之后，布朗医生离开五台山，沿着太行山，一路南下，抵达了八路军总部辽县（今左权县）。在那里，他曾与朱

118

德和彭德怀会面。

朱德告诉他，那年春天在中条山脉、黄河流域与日寇作战以来，此地的伤病员，已多达一万八千名，处于严重缺医少药的境地，急需建立一所像样的医院。

若是筹建一所永久性的医院，至少需要十万块银元。而布朗医生抵达武汉之后，从位于那里的"中国红十字会"总部，仅仅筹得了其中的一半。

他马不停蹄，继续四处求援。

所幸在布朗抵达香港之后，他立即得到了何明华主教的热情支持。接下来，何明华在香港、上海，以及国外不同渠道全力募捐，很快便筹集到了五万银元，购置了一批医疗设备，并亲自安排卡车，让布朗医生辗转数千里，送往山西辽县，在那里一所基督教堂的旧址上，为八路军总部迅速改建了一座"国际和平医院"。

想到李添媛介绍何明华的那篇文章，说他曾"派遣外国籍的医生和护士"北上，"深入革命圣地"。难道说，她所提及的这桩事，指的就是何明华对八路军的协助支援？

似是而非，且无确凿证据，不敢妄言。

谁也未料到，1939 年 1 月，这座凝结了无数人心血的医院，刚刚诞生还未满月，便在占领了辽县的日本侵略军的炮火下，被焚毁殆尽、夷为废墟了。

布朗医生原本满腔热血却遭此重创。从此，他心灰意冷，一去不返，脱离了教会系统，悄悄淡出了我们的视线。

而白求恩呢？几个月来，从落木萧萧，到漫天飞白，他依然坚守在五台山上，翘首期盼着布朗医生的身影，在山道上突然出现。

在 1938 年 12 月 8 日白求恩写给马海德医生的信中，我们看到了他内心的焦虑与孤独：

> 哦，上帝，我已经习惯了与世隔绝……六个月来，
> 我看不到任何英语书报，也没有收音机。我陷入了彻底
> 孤独的境地……
>
> 罗斯福还是美国总统吗？谁现在担任英国首相？法
> 国共产党掌握政权了吗？……珍妮眼下在做什么呢？布
> 朗又在何方？
>
> ……

所幸恰在此时，上帝让白求恩遇到了在他笔下被形容为"天
使"的凯瑟琳。

36

同为来华传教士，同为医务人员，面对困境，凯瑟琳却与布
朗不同。恰如中国基督徒们上书英国教会，为何明华封立女牧师
而陈情时所采用的那个理由一样，"彰显了女性的坚忍不拔"。

凯瑟琳与白求恩相识之初，便被他巨大的人格魅力所征服了。
无论这魅力来自何方，至少有一点是肯定的。他，与她一样，拥
有共同的崇高信仰。

二人相识和交往的感人细节，我在《不远万里》一书中详述
过，不再重复了。

在白求恩的感召下，凯瑟琳不顾英国教会高层的警告，勇
敢地投身于中国人民的奋斗之中了。她曾多次驾着骡车，穿行于
五百里崎岖的山路间，帮助八路军采购医疗用品。

在协和医院里，她有何明华的大弟弟吉勒斯医生，还有蒲爱德女士等多年的老同事做掩护。大家齐心协力，不但瞒着日本人，化整为零地采购医药，巧妙地运出京城，也成功地鼓动了多位青年男女，跟随凯瑟琳投奔八路军，为抗日队伍输送新鲜血液。

凯瑟琳的行动，如履薄冰。她所面临的，是杀头的危险。

在那段时间写给新西兰的家信中，她一改先前事无巨细娓娓道来的文风，只能简洁隐晦，含糊其词，避重就轻。

她岂敢透露呢？从京城购买的物品中，除了大量的医药用品，也夹带着拆成零件的无线电收发报机，还有各种型号的电线。

下面的情节，摘自凯瑟琳写给亲友的一封信。

那次，她按照白求恩列出的单子，购买了八路军所需的大量医药用品后，赶着两辆满载的骡车，离开了北平。

途经保定城时，她却发现，日本人突然封锁了所有的路口，无法绕道乡间小路，前往太行山了。

当车夫告诉我，所有来往行人都须从城门口通过时，我被吓坏了。我们满载货物的骡车接近北门，被宪兵拦住时，我的心口怦怦怦地乱跳。

我永远也忘不了那个身穿警服的年轻姑娘。她充其量还只是个小女孩罢了。只见她仰起脸，满面笑容地对那个日本军官说：这个女人是良民，她车上拉的东西都是医疗用品，是为教会医院使用的。

听了她的话，日本军官就挥手放行，让我们进城了，而没有对我们的骡车进行搜查。

凯瑟琳刚刚松了口气，却在保定的西南门出城时，再次把一颗心悬到了嗓子眼。

这次，陪伴在日本军官身旁的，不是小姑娘，而是个伪警察了。

日本军官下令，让手下的人打开了骡车上装载的所有货物，逐个检查。于是，前面那辆骡车上的几只箩筐均被卸下来，放到了地上。

凯瑟琳呆立一旁，面无血色，从头到脚都僵硬了，无法挪动，仅剩下了胸腔里怦怦怦猛烈的撞击声。

那些医药包裹中，分别隐藏着被拆成零件的无线电收发报机，是准备交给藏在大山里的晋察冀军区司令部的。

她早已见识过那些高悬在城门口示众的、鲜血淋漓的游击队战士的头颅。没想到，今天，终于轮到了自己。

屠刀已高高举起，对准了凯瑟琳的头……

在那万念俱灰的时刻，她是否合上了双眼，把生死交到了上帝的手中？

千钧一发之际，她看到，那个伪警察开始与日本军官攀谈，且语速急迫："太君，这个女人是大大的良民，她开了一家教会医院，常去北平买药，那些东西，都是为她自己的医院使用的。"

于是，在检查了卸下来的那几只箩筐之后，日本军官便让人把箩筐都搬回车上，示意凯瑟琳出城。

凯瑟琳抬起了瘫软无力、几乎无法挪动的双脚。

出了保定城不远，她便碰上了日本人的扫荡。在一座沦为废墟、燃着浓烟的村庄里，凯瑟琳听到了嘤嘤的啼哭声。她从火堆旁救起了一个父母双亡的受伤女婴，放在骡车上，一同逃进了太行深山。

我把故事讲给了老王听。

"唉，人心还是向善的。"他感慨地说，"也许，那个伪警察在检查箩筐时发现了什么，才急忙出手，救了凯瑟琳一命。"

我却想得更多。守在保定城北门的那个小姑娘，还有西南门那个伪警察，焉知不是地下党安插的眼线？

上小学时，看过电影《野火春风斗古城》，王心刚和王晓棠演绎的那个动人的故事，不正是发生在保定？

37

在数月之内，凯瑟琳多次往返于太行山区与北平之间，为八路军医院运送了价值一万五千块银元的医疗物资，甚至包括拆整为零的 X 光机。

但这种走钢丝般的高频率冒险行动，终于还是暴露了。

1939 年夏天，由于晋察冀边区的油印小报刊登了一篇文章，赞扬凯瑟琳的奉献精神，汉奸告密后，日本人掌握了凯瑟琳所从事的秘密活动。于是，日军突然开入深山，焚毁了她在莲花峰下的学校、诊所、教堂。

几十年的心血，化为一片废墟。凯瑟琳来不及与白求恩告别，便匆匆逃往北平城避难。谁知到了那里，她才知道，日本人已经通知了英国领事馆，要求将她驱逐出境。

在北平城度过的那最后一晚，她彻夜未眠。

是否应趁着黑夜，悄悄溜出西直门，翻越她早已了如指掌的京西群峰，沿着熟悉的羊肠小道，逃回太行山？

不，不行，日本人和汉奸诡计多端，他们肯定会在暗地里跟踪她，那将会暴露出沿途所有的联络站，使大家辛苦建立起来的秘密据点毁于一旦。

辗转反侧，挨到天明。凯瑟琳怀着沉重的心情，被日本兵押上火车，开往天津大沽口，推上了轮船。

海轮刚一抵达属于英国殖民地的香港，凯瑟琳就迫不及待地直奔圣公会总部，敲响了何明华主教办公室的门，向他求救。

那时，何明华虽然身为香港主教，树大招风，却不再顾忌英国政府和教会高层的冷漠，挺身而出，公开加入了宋庆龄女士组建的"工合国际委员会"，担任主席，力主公平分配来自不同渠道的抗战物资。

见到长途跋涉、憔悴不堪的老朋友凯瑟琳，何明华大吃一惊。刻不容缓，他立即带领凯瑟琳急匆匆穿街过巷，来到一座狭窄的旧楼房里，把她介绍给了"保卫中国同盟"的主席宋庆龄。

数月来，宋庆龄还是第一次见到从共产党边区来的人。她激动地拥抱凯瑟琳，并听取了她关于八路军的汇报。

"白求恩大夫在太行山里，双手空空，度日如年，天天都在期盼着我携带医药回去呢！我突然间不辞而别，他得不到我的任何音信，肯定会误以为我丢下他不管了！"凯瑟琳说着，忍不住泪流满面。

她怎能忘记那个夏日的清晨呢？

当她赶着骡车，出发去北平买药时，白求恩曾一路相伴，赤脚穿着草鞋，送她走到山路的分岔口。

挥手告别时，晨曦照亮了他瘦骨嶙峋的手臂、胸膛。极度的营养不良、夜以继日的劳累，早已摧毁了他的身体。

他的右耳，已经失聪三个月了。视力严重减退，牙齿也脱落了很多。他曾计划，那年秋天动身，回加拿大停留半年，一面在家乡治病，一面为八路军医院筹款募捐。

那个时候，他和她，还都不知道，在晨曦映照的莲花峰下那无言的挥别，将是他们此生投向对方的最后一眼。

看着泣不成声的凯瑟琳，宋庆龄与何明华只能安慰她，劝她干脆返回新西兰故乡，休息一年。

"那怎么行呢？白求恩大夫还在等着我，带医药返回太行山啊！"凯瑟琳坚定地拒绝了他们的好意。

与布朗医生一样，凯瑟琳也毅然辞掉了她的传教士身份，从此摆脱了宗教机构对她的束缚，得以在广阔的天空下展开双翅，自由地飞翔。

秋天到来时，在宋庆龄与何明华的帮助下，凯瑟琳终于搞到了两箱白求恩急需的药品，并在他们的安排下，搭乘上运输的大卡车，辗转送往太行山。

屈指一算，毛泽东写给何明华的那封感谢信，正是在这段时间前后。

此时，李添嫒尚未被派往澳门就任，仍在香港工作，围绕在何明华的身边。也许，她有机会看到了毛泽东的那封感谢信，甚至也看到了焦虑不安的凯瑟琳。

那么，李添嫒所提及的何明华曾派遣外籍医护人员，深入革命圣地延安，指的是凯瑟琳这次万里迢迢、北上送药之旅吗？

仔细阅读了凯瑟琳这次送药的前后过程，我却感觉，似乎不是。

因为，这支运输车队的押车人，便是前面曾经提到的那位同样来自加拿大、与白求恩在潼关偶遇，却因政见不同而分道扬镳的麦克卢尔医生。当时，他担任国际红十字会的华北地区负责人，正负责把满载着外国援华物资的两辆大卡车押送到四川重庆。

凯瑟琳被驱逐出境后，只能绕道悄悄返回中国大地，以免落入日本人手中。

在麦克卢尔的传记中，我读到了他写给妻子的一封家信。因此，我了解到，正是与凯瑟琳的一路同行，使得麦克卢尔有机会从这位新西兰女性充满激情的叙述中，了解到白求恩在太行山上救死扶伤的感人事迹，从而消除了他对白求恩的误解，不再轻信那些歪曲污蔑白求恩的流言了。

前往重庆的路途，漫长遥远。卡车要顶着日本飞机的轰炸，昼伏夜行，绕道越南、广西、云南、贵州，辗转数千里，险象环生。

然而，圣诞节前夕，他们好不容易抵达山城贵阳时，却传来了噩耗：白求恩大夫以身殉职了。

凯瑟琳被彻底击倒了。她万念俱灰，卧病床榻，长达月余，险些就要永远地告别人世。

第二年年初，当人们开始商量为她准备后事时，她却终于爬起身来，咬紧牙关，携带着属于她的那两箱药品，继续北上。

这，是她最后一次为八路军输送药品了。关山万里，障碍重重。美国女记者史沫特莱曾在她的作品中提及与凯瑟琳在黄河畔偶然相遇的情景，深深钦佩这位纤弱的女子所展现出的顽强意志。

当凯瑟琳拖着病体，终于把药品交给八路军后，她再也支撑不住了。时值日本人又要发起新的大扫荡。绝不能让凯瑟琳再次沦入敌人手中。聂荣臻司令员立刻派遣了几位八路军战士，用担架抬着她，渡过黄河，告别了硝烟弥漫的太行山。

38

白求恩牺牲的消息，在他离去的两个星期之后，传到了大洋彼岸，他的家乡。

警方对这位医生的秘密监督，本已沉寂了将近两年，此时却再度复活，开始监督加拿大的战友们为他举办的悼念活动，搜集情报。

在加拿大不同城市举办的纪念活动中，均有警方卧底在场，详细记录了每一细节，包括出席活动的乐团、演奏的歌曲名目、主讲人的发言内容、观众有何反应，等等。此外，自然少不了所有参加者的详细名单。

其中一份情报的片段，透露出一些耐人寻味的细节。

12月17日下午，四个团体在温尼伯市的斯达兰剧场联合举办了一场音乐悼念会。四五百人参加了活动。

舞台中央悬挂着一幅铅笔绘制的白求恩素描像，下面点缀着长青松柏和红色鲜花。该市的管弦乐队演奏了《加拿大国歌》《忍无可忍》、共产党的《葬礼进行曲》，以及另外一首曲目。演奏结束后，下面这些人轮流发表了讲话。

……

一切都进行得颇为顺利。观众们认真聆听，对每一位发言者报以热烈掌声，直至轮到A开始发言时，现场才出现了骚动。

A刚开始发言时还算差强人意。他高度评价了白求恩，介绍了他如何为解救他人的痛苦，而在危险环境里长时间工作，废寝忘食，忍饥挨饿。

他朗读了白求恩来信中的一些片段。在结束发言时，他说，白求恩是共产党员，在他奔赴中国的前夕，曾经向蒂姆·巴克提出，假如他回不来了，必须要让人民知道，他是一名共产党员。据说，这是他离开加拿大时所提出的最后一个心愿。

A 的这段结束语，似乎是想表明，白求恩之所以能够奉献牺牲，是因为他是一个共产党员。假如他不是共产党员，他是不可能做到这一切的。

A 试图以他这种观点来影响群众。此时，可以注意到，观众席中出现了一片噪声，不少人不愿接受这种说法。但是，在场的共产党员们立即开始鼓掌，企图用掌声压倒那些表达不满的声音。只不过，他们的掌声颇为零散，因此未能形成气候。在稀稀拉拉的掌声中，A 坐回到他的座位上。

在他之后，B 发出了简短的反驳，不同意 A 的表述。他说，我们这次聚会的目的，绝不应当是为了表彰哪个共产党员，很多出席今天活动的人，也不是因为白求恩想做某类人而来参加活动的。

B 继续往下讲时，发挥出了他的最佳状态，给人留下了突出的印象。可以听到，散布在现场的共产党员们小声地议论纷纷，但他们未能掀起大浪。

嗯，那个 B，似乎是警方特意安排的卧底，承担着"搅局"的重任。否则，警方怎会知道他"发挥出了他的最佳状态"呢？

这个 B，令我回想起警方档案中记录的另一个人物，那个在温哥华集会演讲时当众"揭穿"白求恩共产党员身份的 X。

他们所扮演的，是否是同一种角色？

第八章　高尚的友情

39

白求恩牺牲之后，远在香港的何明华主教与凯瑟琳也失去了联系，不知她的下落。

1940 年深秋，战火纷飞的岁月里，何明华曾代替凯瑟琳给她那远在新西兰、风烛残年的老母亲写了一封信，安慰那颗因常年思念女儿日渐衰弱的心。

亲爱的夫人：

我衷心希望，您此刻已经收到了来自凯瑟琳的消息。

我最后一次收到她的信时，她正在西安治病。她说，她至少要在中国停留到年底。那里的人们确实需要她的帮助。但她也告诉过我，说她曾经向您保证过，今年一定会返回家乡去看望您。

其实，即便是我，也无法告诉您，她此时究竟身处何方。

不知您是否听说过，去年凯瑟琳在香港停留时，恰逢我太太健康欠佳。可想而知，我们全家老少都欠下了凯瑟琳多么大的恩情！

何明华

数月之后，羊城陷落了。

港督急忙下令，关闭了深圳的罗湖桥，禁止中国难民涌入香港。何明华却立即组织教会的人马，携带上香港的医护人员、救援物资，亲赴广州，救死扶伤。

炮火连天，形势日益紧迫。何明华把太太娜拉和一对年幼的儿女送上远洋轮船，让他们返回了英国家乡。

1941年冬天，正当他独自一人应邀赴美交流讲学之际，"珍珠港事件"爆发，香港立即沦入了日寇魔掌。何明华无法返回香港了。他只能绕道英国，抵达昆明，辗转于华南各省视察，从事救援工作。

在抵达重庆之后，通过路易·艾黎的介绍，何明华于一次晚餐中，结识了周恩来。

李添嫒曾在她的文章里提到，何明华在"首次"来华时，便在北平结识了周恩来。不过，细细梳理了周恩来总理的足迹后，我却怀疑，李添嫒的记忆也许有误。因为，1922年何明华首次来华，参加在北平召开的世界大学生会议时，周恩来正在欧洲留学。

但是，李添嫒脑中既然留下了这种印象，就不能排除一种可能：何明华曾经对她提到过，在他于1925—1926年第二次来华、在上海"工作"的那段日子里，曾经在北平与周恩来见过面。因为那时的周恩来，已经回到了中国。

据佩灯牧师所言，何明华一见到周恩来，便立即被他吸引住并开始频繁地与之交往。

在何明华眼中，周恩来心地淳朴善良，富有献身精神，生活上艰苦朴素，工作时不知疲倦，交谈时温文尔雅，举止则风度翩翩，实属完美人格的代表。

周恩来在重庆停留期间，几乎每个星期都与何明华会面。两人常常伴着嘉陵江水的涛声秉烛夜谈，一聊便是数个时辰，坐看星斗阑干。

他们都聊了些什么呢？

也许，两人深入探讨了中国的未来，究竟何种模式，才是于国于民的最佳方案？

在三十年代，包括抗战期间，何明华曾对国民党抱有过良好的期望。然而，官员腐败、通货膨胀、人民无家可归、流离失所的现状最终使他丧失了信心。

不知从何时起，主教喜欢上阅读毛泽东的著作了。

他曾高度赞扬《实践论》，甚至在自己的布道讲演中，引用"不入虎穴，焉得虎子"的名句，并语出惊人，声称毛泽东所主张的观点，其实与基督教信仰一致，也正因为此，人民才选择了跟随共产党！

1947 年，国共内战初期，胜负未见分晓之际，何明华便对人说，毛泽东将在整个中国大陆获得全面胜利，就像初升的太阳，锐不可当。因为在今天的中国，没有任何其他事业能像共产主义那样，如此强调个人的奉献与忠诚！（笔者注：引自英国大伟·佩灯著《香港主教何明华的生平与时代》）

据当事人回忆，说到"如此"这个字眼时，何明华还情不自禁地挥动手臂，打了个响指，激动之情，溢于言表。

看到这种生动的描述，我忍不住笑出了声，对老王感叹道："唉，何明华那时肯定不知道，毛泽东的生日是哪天。倘若知道了，还不知他会激动成什么样子呢！"

老王不明白："为什么？"

"文笛校长有次问我，听说毛泽东也是圣诞婴儿，是吗？"我告诉老王，"她说，西方人把圣诞节前后出生的人称为'圣诞婴儿'，认为是有福气、有造化的人。她的生日离圣诞节只差一个多星期，所以深感自豪。可毛泽东呢？中国大地上，12月26号是毛泽东生日，考虑时差因素，在西半球恰恰是12月25号啊！你说巧不巧？"

老王听完这浪漫的联想，也禁不住笑了："嗯，主教大人如果知道，肯定会联想到救世主下凡了！"

毛泽东与何明华虽然通过信，却未曾谋面。隔着时空，他们又紧密相连。

骨子里，何明华是毛泽东最欣赏的那类人：敢想敢说敢干，敢于反潮流，敢把皇帝拉下马。

正如大批优秀的中国青年追随毛泽东的红军队伍爬雪山过草地万里长征一样，也有大批像佩灯一样优秀的欧美青年，追随着何明华，奔赴云贵高原，扎根偏远山乡，为改造底层社会，奉献生命，死而无怨。

在佩灯牧师眼中，何明华与毛泽东一样，拥有不可抗拒的人格魅力。

40

人格魅力，来自何方？

高尚的信念。

然而，对"高尚"的定义，却是见仁见智，反映了不同的价值观。

我的思绪，又滑到了几十年前。初来加拿大求学时，在世界历史课上，一位资深白人教授，让学生们列出十九世纪欧洲发生过哪些重大事件。

大家争先恐后地抢答。黑板上，很快写满了一大片。

作为唯一来自中国的学生，我也不甘示弱，脱口而出道："1871 年！"

教授一愣，停下了笔，回过头来问道："哦？什么事件？"

"巴黎公社啊！"我的神情中，含着理所当然。

他却似恍然大悟般，抿嘴一笑，耸了下肩："嘿嘿，你的知识，堪称渊博啊！"他的语气虽不乏讥讽，但还是把我的回答写在了黑板上面。

也许，他看到了我目光中的执着。

一晃，多少年就过去了。长年累月浸泡在万花筒般的"自由"世界里，面对根深蒂固的种种傲慢与偏见，我早已熟视无睹，具备了超强的免疫力。

然而，前年在北京开会时，遇到一位来自西班牙的汉学家马诺教授，却再次叫我开了眼。

马诺教授告诉我，教皇方济各曾经宣称："社会平等公正的理念，原本是基督徒所发明的，但后来却被社会主义学者们拿走了。如今该是物归原主的时候了！"

回到学校后，我专门到隔壁向梅茛牧师讨教，这种说法，是否有根据？

谁知她略加思索，便点头承认了。

"教皇没说错。《圣经》中记载，耶稣死后二三十年，他的信徒们就按照他的吩咐，几百人聚集到一处，开始过起了共享式的公社生活。大家都放弃了私人财产，一切都是按需分配。"

据说，马克思主义学说的源头，曾深受基督教原始共产主义理念的影响和启发。难怪白求恩家族的掌门人阿诺德牧师在他的"公开信"里强调说："我们不应忽视，白求恩是从一个虔诚的基督徒升华为共产党人的。"

1937年8月，当白求恩按照加拿大共产党组织的安排，横跨北美大地演讲，为西班牙战场招兵买马、募集资金时，警方的暗探曾记录了他在历次讲演中的过激言论。

> 白求恩说："基督教会将何去何从？是与人民站在一方，还是相反的阵营？如果它站在人民一方，基督教精神才会继续放射光芒。"

这番话，与何明华的理念，岂非如出一辙？

也许是基于同样的认知，在新中国成立之前，香港主教何明华便展开双臂，毫不犹豫地拥抱了社会主义制度。

1949年8月，当南下的人民解放军正朝广州进发时，何明华在香港教会的一次布道活动中，激情澎湃地宣布说：

> 上帝让中国准备了六千年，就是在等待着这一辉煌时刻的到来。我相信，在共产党的治理下，这粒种子必将成长为参天大树！

面对人们狐疑的目光，他进一步阐释道：

> 基督教终止了奴隶制，但却无力阻止另一种罪恶，

即财产私有化的集中。而私有制总是会导致贫穷，它不但是太平天国的起因，也是国民党垮台的因素，也许，上帝抬举出共产党来，恰恰是为了要摧毁这一罪恶？

读到这些言论，我不禁又回想起十几年前一桩课堂上发生的小事来。

在讲授"中国现代史"这门课程时，我介绍了五十年代初期的土地改革运动，谈到中国共产党为消灭贫富差别所作的各种尝试。先将土豪的田地没收，然后平均分配给贫苦农民。但短短几年之后，新的贫富差别却再次出现了，于是走向了农业合作化。但集体所有制也存在着弊端，因此在八十年代初又采取了土地承包制，数年之后，却再次导致了贫富悬殊的不平等现象，不得不继续摸索。

话音刚落，座中一位白人男生便高高地举起手来，要求发言。

"李教授，这并非什么解决不了的难题啊！《圣经》里早有明言，每隔五十年，就应当对社会财产进行一次重新分配，以便消除贫富悬殊的不公正现象！"

我大为惊讶，不敢相信："什么？每隔五十年？《圣经》里这样说过？"

男生看着我，目光炯炯，郑重其事地点头。

教学相长，一点不假。可惜，迄今为止，我仍然不耐烦通读完《圣经》，更不知两千多年来，在众多不同的《圣经》版本中，关于"每隔五十年重新分配一次"的上帝教诲，究竟隐藏在哪个角落。

为什么，教堂里的牧师们布道时从未提及有此一说？

有机会时，一定要向专家们请教一下。我叮嘱自己。

话说回来，那些携带金银细软逃离内地、蜂拥至香港避难的权贵阶层人士，假若听到了何明华主教这番解读，不知是否陷入过惊恐、惶惑？

刚刚成立的新中国，正处于全球帝国主义势力掀起的反共浪潮中，孤立无援，而何明华却毫不隐讳地宣称：

> 任何一个有周恩来在内的政府，都肯定是一个好政府！

不言而喻，何明华不仅惹恼了西方势力，也激怒了曾为他颁发过蓝宝石奖章的人。

那一年，台湾的基督教会拒绝了何明华的来访要求。

41

新中国成立之初，有人仓皇逃离，但也有人欢欣鼓舞，与何明华主教一样，渴望投身到建设人类理想社会的天地中去。这其中，就包括了凯瑟琳。

1941年春天，大病初愈的凯瑟琳告别了中国，返回了阔别二十多年的新西兰故乡。此时，她那年迈的母亲已病重卧床，需她日夜陪伴在旁。

送走母亲后，无牵无挂了。凯瑟琳独自一人，住在与世隔绝的海滨小屋里，天天对着无边的大海，久久地陷入惆怅，似乎永远也走不出白求恩牺牲所留下的阴影与哀伤。

年复一年，她守候在一台老旧的收音机旁，聆听从遥远的北半球传来的每一条消息，在孤独与寂寞中，默默地守望。

那一天，电波里终于传来了毛泽东的声音："中国人民从此站起来了！"

"剑外忽传收蓟北……青春作伴好还乡。"

此时的凯瑟琳已不再年轻了，她却像小姑娘那样喜极而泣，迫不及待，立即开始整理行装。

当她收到老朋友何明华主教从香港发来的回信，催促她马上动身来华时，她告诉弟弟说：

> 新西兰政府不承认中华人民共和国，实在是愚昧至极！好在英国政府现在承认了中国，所以我可能比较容易通过香港，进入中国。
>
> 我希望尽快动身。何明华主教也这样劝说我，以免英国政府换届后突然变卦，又改变它的对华政策。

当沙田的山坡上姹紫嫣红，山道上飘浮着醉人的芬芳时，凯瑟琳乘坐的远洋轮抵达了香港。

在"灵隐台"的花园里，她受到了何明华夫妇和"中国帮"老朋友们的热烈欢迎。

何明华为她提供了在教会招待所里免费下榻之处。她一面为教会做义工，一面专心等候北上的佳音。

然而，接连数个星期过去了，却迟迟收不到签证的消息。凯瑟琳的心底生出了不祥的预感。

在离开新西兰之前，就有人劝她打消赴华的念头。她却斥责了媒体所散布的流言蜚语，自信是中国人民的老朋友，在烽火连天的岁月里，结识了中国舞台上众多叱咤风云的人物，他们哪个不会出手相助？

然而，新中国刚刚成立，百废待兴。凯瑟琳的询问，迟迟不见回应。

香港物价日益飞涨。她曾给弟弟写信说，自己实在不愿给何明华主教增添更多的负担了，打算寻找零工，贴补日用。当然，她心里十分清楚，真若到了走投无路的那一天，自己开口向何明华借钱，他定会慷慨解囊。

在焦急的等待中，凯瑟琳终于收到了宋庆龄女士从上海寄给她的一封信。

亲爱的凯瑟琳，我当然记得你，也记得你在帮助中国人民革命斗争的岁月里勇敢的奋斗。得知你依然保持着此种信念和态度，我十分欣慰，衷心希望你能顺利地重返中国。

在这封写于 6 月 22 日的信中，宋庆龄建议凯瑟琳前往甘肃山丹，帮助她的新西兰同乡路易·艾黎一起经营那里的"工合"学校，并认为由路易·艾黎出面替她申请签证更为稳妥。

路易·艾黎的信，紧接着也抵达了香港。一切都沉浸在喜悦与期盼之中。

谁知仅仅数天之后，风云突变，朝鲜战争爆发了。局势骤然转而紧张。中国的大门关紧了，外国人只能出，不能进。

即便如此，凯瑟琳仍不甘心，固执地坚守着她的等待。

9 月 25 日那天，她再次收到了来自宋庆龄的信函。

亲爱的凯瑟琳：

我已收到了你写于 9 月 15 日的那封信。我仔细地阅读了你的信，以及信中所附的资料。一直有人向我通报你的入境申请状况。但因为我不了解你是以何种身份申请的，以及此事究竟是如何处理的，因此我很难做出任何判断。

不过，用不了多久，我就要动身去北京了。我将努力寻找机会，重新递交你的申请，以便尽量促使你能够重返中国，为中国人民服务。

致以良好的祝愿

你忠诚的　宋庆龄

虽然这封信给她带来了一线希望，但那年秋天，眼看着形势日趋紧张，中国人民志愿军跨过了鸭绿江，与联军展开了浴血奋战，越来越多的外国人离开了中国。

凯瑟琳的脸上，失去了笑容。她的心，也一天天沉了下来。

何明华深深理解她内心的苦衷。为了使她有所寄托，便介绍她到香港西边的一座小岛上，帮助一位英国传教士医生，建立一所麻风病院，收治聚集在岛上的一百多个遭到遗弃、无人护理的麻风病患者。

凯瑟琳抵达小岛之后，那里的病人很快便增加到了二百多人。经过数月的艰苦奋战，医院建成了。此时，一个从北京抵港的朋友，据说是蒲爱德女士，最终向她确认了继续等待的无望。

怀着深深的遗憾，凯瑟琳依依不舍地告别了香港。

她在信中说："我的感情是复杂的。我已尽了自己最大的努力，想要返回我亲爱的中国。但我感到，中国的大门，似乎无法及时为我敞开，让我进去服务了……"

就在她即将登船离开香港之际，凯瑟琳收到了一封寄自太行山深处的信函。写信人，是当年与她一起在莲花峰下的诊所里服务的华人助手。

信中说，十几年前的那个盛夏，当凯瑟琳的诊所被日寇烧成废墟，她匆匆逃离山村后不久，白求恩大夫就派人给她送来了几封信，外加一份文件。

这位华人助手十分清楚，白求恩大夫在凯瑟琳心中的不可替代性。

多年之后，面对来华采访的一位新西兰学者，这位男助手提到，当年在凯瑟琳身边工作时，他观察到，每次白求恩来过凯瑟琳这里之后，她都会像个小姑娘那样，欢欣雀跃，心情格外好。

助手在信中说，凯瑟琳逃离山村后的十几年来，这位助手一直精心保管着那几封白求恩医生的亲笔信，期待着有朝一日，能够当面递交到她的手中。而那份文件，他当即便打开来看了，是白求恩和凯瑟琳两人一起探讨过的、在太行山区建立公共医疗卫生系统的远景蓝图。

可想而知，这封华人助手的来信，使长久以来回荡在凯瑟琳心头的自责与遗憾愈加浓重了。

回想当年，辗转数千里，北上送药，若非因疾病躺倒，被八路军战士们匆匆抬过了滔滔黄河，也许凯瑟琳就可以及时返回莲花峰下，看到那几封珍贵的信函了。

她多么渴望知道，在白求恩留给她的这最后几封信中，除了他们俩共同展望的奋斗前景外，他可曾表达了那个她期盼已久的隐秘的心声？

助手说，解放战争胜利后，他辗转托人，把这几封保存了多年的信件从太行山深处带到了北京的协和医院，交给了凯瑟琳在那里的老朋友。

北京的协和医院？信件究竟落入了谁的手中？是凯瑟琳二十年代在那所医院里的老同事吗？是何明华的弟弟吉勒斯医生吗？还是其他人？

遗憾的是，这几封无比珍贵的白求恩大夫的信件，在那个新旧交替、风云际会的年代，经数人之手传递后，竟如泥牛入海，化作了永恒的悬念。

第九章 "宿命论"疑团

42

不仅是凯瑟琳未能如愿，就连何明华主教，也不得不与他挚爱的那片大地告别，从此天各一方。团聚，仅成为午夜梦回时痴痴的回想。

除了1956年夏季应邀踏上中国大陆，有过一次短暂的参观之旅外，他竟再也未能跨上罗湖桥一步了。

夕阳西下时，他可曾站在沙田的山顶，在"灵隐台"的浓荫下，远远眺望倾注了半生心血的神州大地，陷入久久的惆怅？

他是否也没有忘记那个留在羊城却杳无音信的李添嫒呢？

1956年夏天，当何明华夫妇二人结束了在北京的参观，乘火车返回香港时，曾途经羊城，作了短暂停留。

李添嫒也出席了羊城华人教会款待主教夫妇的晚宴。她矜持地躲在灯光阴影处，向一别经年的主教大人，默默投去关切的目光。

"……蓦地一相逢，心事眼波难定。"

"别后悠悠君莫问，无限事，不言中。"

主教已过花甲之年，满头浓密的金发，皆染成霜。颊上的笑容，依旧温暖；口中的寒暄，依然亲切。但那对曾经熠熠闪光的蓝眸子里，却蒙上了一层遮掩不住的沧桑，隐含着竭力克制的忧伤。

李添媛是否知晓，强颜欢笑的主教夫妇，尚未走出失去儿子的巨大创痛？

一年之前发生的那场车祸颇为诡异，但在李添媛留下的回忆录中，却只字未提。我遍查资料，寻找到的，仅有佩灯牧师书中那支离破碎、含糊不清的描述。这反而使我心中的疑团更趋浓重。

在英国人的传统中，家族财产全部由长子继承。长子的地位，举足轻重。

何明华的长子乔克，襁褓中便跟随父母来到上海，在中华文化的浸润中长成一个英俊少年。十三岁那年，他离开香港，返回英国继续升学，从此便留在家乡，远离了父母呵护的视线。

那次车祸，究竟是如何发生的呢？我只能从一封何明华于1955年5月15日写给他小儿子何基道的信中，捡拾起摔碎的残片。

我最最亲爱的孩子：

收到你姐姐那封信的时刻，你妈妈正好要出门去。我们决定，等她回来之后，再一起拆封阅读。于是，她带上信，离开了。

你能猜想得到，这个消息对她来说，将是多么难以承受的痛苦。她本来已经挑选好了一种绿颜色的毛线，即将动手，开始为乔克编织一件冬天穿的套头衫。

多么可怕啊，从今往后，再也不能为他做任何事情了。再也无法坐在他的身旁，听他用洪亮的嗓音，叙述自己和朋友们的逸闻趣事了。

最后一次与他在英国道别时，"我们很快就会再见"的声音，犹在我的耳边回荡……

娜拉和我都明白，这次事件不仅对我们，也对你和你姐姐，意味着生活的巨变。有些事情，我们无法理解为什么。我唯一感到宽慰的是，你在电话里的声音表明，你已基本上长成了一个男子汉。

身为母亲，娜拉备受打击。我们男人，表面上似乎能承受，但也许在心灵深处，我们在伤痛中挣扎着，淹没在痛苦的海洋里，无力自拔。

直到此刻，我脑中依旧萦绕着那恐怖的场景，仿佛看到了横在路旁的那具破碎的躯体。也许，这种状态将延续终生，永远无法痊愈了。

多么希望，我能够到场，再看上他最后一眼，抱起他的身躯，帮他穿好衣裳。

不知为何，我似乎看到了，我亲爱的乔克那具破碎的躯体，已被带到了与时光永存的地方。

他的肖像，此刻已安放在了我的十字架旁……

车祸发生的那一年，是羊年，何明华的本命年。

为别人操办过无数次葬礼的主教大人，安抚过无数颗悲痛欲绝的心灵，却在花甲之年，只能远远地留在香港小岛上，独自吞咽白发人送黑发人的巨大哀伤。

43

电脑中"叮咚"一声，跳出提醒的指令，差十五分钟，就是四点了。

我收回目光，合上沉重的红色封面，伸展了一下麻木的四肢，便离开了办公室，准备去校园东边的教工俱乐部，参加一位老教授的退休告别会。

在走廊里，迎头遇到了梅葭牧师。于是，我俩结伴而行，出了楼门。

夏日的午后，太阳已经西斜，阳光却依旧明晃晃地耀眼。忽然，头顶湛蓝的天空中，传来一片凄厉的鸣叫声，打断了我们的笑谈。

我和梅葭停住了脚步，好奇地举头观望，只见一只铅灰色的苍鹰，正展开巨大的双翅，在空中忽上忽下地翱翔。它的口中，叼着一团黑乎乎的东西。

与此同时，五六只漆黑的渡鸦呱呱呱惨叫着，围绕着苍鹰旋转，似乎试图拦截住它，夺走它口中的猎物。

终于看清楚了，苍鹰口中叼着的那个黑东西，是一只小渡鸦。

紧接着，另外一只鹰，毛色银灰，体形略小于苍鹰，也加入了空战。只见它上下翻飞着，与渡鸦们周旋，竭力阻止它们对苍鹰的进攻。

数个回合下来，渡鸦们便敌不过体格矫健的苍鹰了。苍鹰犹如一支利箭，斜刺着冲杀出了包围圈，迅速飞到教学楼的顶端，落下双脚，收住了翅膀。

直到此刻，我才发现，在三层高的教学楼顶部，竟然藏着一个苍鹰的巢穴。

只见它把口中的猎物，那只已经吓得浑身瘫软、也许已经晕厥过去的小渡鸦，放到了楼顶的水泥平台边缘上。接着，苍鹰用它尖利的嘴巴咚咚咚地狠狠戳剁着，小渡鸦立刻血肉飞溅，眨眼间便被剁为数截。苍鹰一块接一块，叼起鲜红的肉团，匆匆喂入巢穴里一只张大的口中。

　　这边的苍鹰在操作屠宰，另一边，它那只银灰色的同伙，大概是其配偶，则继续在空中上下翻飞，与那几只渡鸦周旋，竭力阻拦它们前往楼顶救援。

　　顷刻间，小渡鸦已沦为肉泥、进入雏鹰腹中了。渡鸦们见状，无心恋战，遂偃旗息鼓，齐齐撤退，消逝在远方的松林里了。

　　天空复又归于宁静。

　　这短短的一幕剧情，不过几分钟，却残酷得令人目不忍睹。

　　我心惊肉跳，久久不能平静。虽然理解苍鹰夫妇哺育幼子的苦心，却也着实可怜那只被强行叼走、在瞬间被剁成肉泥的可怜的小生灵。

　　见我面色骇然，梅茛牧师连忙宽慰我："心里难过，是吧？这也是大自然的规律啊！生态平衡，就是靠食物链维系的。否则，渡鸦早已泛滥成灾了。"

　　我默然无语。弱肉强食，适者生存。这边人约定俗成的理念，我当然懂得。

　　鹰的凶狠，是出于哺育幼崽的本能；人若戕害起同类来，其手段的残忍、心计的毒辣，远胜于鹰。

44

也许我不该想得太多，但当我翻阅到何明华留下的一篇讲演稿时，盘桓在脑中的疑惑却始终挥之不去。

那篇讲演稿，写于 1949 年 8 月 15 日，在乔克死去数年之前。稿子上端，留下了何明华亲笔标明的字眼："为乔克保存"。

这个标注，是主教大人在事后回首、检视足迹时留下的记号吗？难道说，他与我一样，心头也曾掠过苍鹰那诡秘的身影？

天堂，于我们来说，就像一个妇人，她有个年轻的儿子，还有一辆老掉牙的汽车。身为主妇，她懂得所有持家技巧，做饭洗衣，浆洗缝补，洒扫庭除。但是，妇人却对机械一窍不通。

每当她驾驶汽车时，引擎就会怒吼："妇人，你必须了解我，才能让我按照你的旨意行事。"

然而，妇人脑中的那根弦，却没有调到引擎的声波段上，因此也就听不到引擎的心声。

但是，她那个年轻的儿子能听懂，因为他属于通晓现代科技的一代新人。他正在空军服役，圣诞节请假十天，回家与父母团聚。

他们驾驶着这辆老掉牙的汽车，在覆盖着冰雪的路上奔驰，他不停地对母亲说："您熟悉家中所有器皿，包括操作烤箱，但您却丝毫不了解引擎。减速，妈妈！减速，妈妈！"

但是，他的指导已经太迟了。老旧的汽车驰抵家门口后，便彻底瘫痪了。

儿子此前从未拆开过发动机，但他开始阅读汽车修理手册了。第二天早晨，他就把发动机拆成了零件。

街对面就有一家汽车修理铺，机械师是儿子的朋友。每隔一会儿，儿子就会拿着不同的零件，跑到对面去咨询："这个对吗？那个对吗？"

机械师点头微笑："不错。可你是怎么知道的呢？"

儿子便说："看书呗！"

那时天气已十分寒冷了。儿子修车的地方，是座四面漏风的谷仓。每一颗螺丝、螺母都刺骨地冰凉。但他全神贯注地工作着，竟丝毫察觉不到。终于，他打开了引擎，取出了损坏的零件。

"这个嘛，必须要换新的才行。"修车铺的机械师对儿子说，并指点他去某处的一家零售店，购买新部件。

进城的道路上覆盖着冰雪，公共汽车必须翻越一个陡峭的山坡。有的汽车爬不上去，而有的则在下坡时滑向了路旁的灌木丛。

但是儿子毫无顾虑，不怕公共汽车爬不上坡，也不怕沿途浓雾重重，更不怕下坡时会撞向灌木丛。他明白自己需要新零件，于是毅然踏上了路程。

接下来，便遇到了一件奇怪的事。那间零售店的主人，竟然是家对面修车铺的那位机械师。

儿子感到迷惑不解。但他很喜欢那位机械师朋友，因此没有多嘴发问。回程途中，儿子感到，这个世界十分复杂，远远超出了自己的想象。

换上新部件后，儿子带着母亲在村里转来转去，心里很快活。他没有白读那本书，敢于不耻下问，也凑巧买到了所需要的部件，终于使废车起死回生了。

但最最有趣的是，在零售店里，他竟然与修车铺的机械师不期而遇。因此他才明白了，那位朋友，绝非常人……

读完这篇颇为冗长甚至有琐碎絮叨之嫌的讲演稿，我眼前划过了苍鹰的翅膀。

这篇讲演稿，似乎是一个不祥之兆。整整六年前，何明华主教便仿佛预见到了，灾难的阴影将笼罩在儿子乔克的身上。

车祸发生的时候，已是春天。英伦三岛早已冰雪消融。原野上点缀着鲜花，道路也不应再如讲演稿中所言，充满浓雾与险阻。可是，英姿勃勃的乔克，却在这春意盎然的日子里，因车祸，终止了他年轻的生命。

为什么，何明华会在六年之前写出那样一篇莫名其妙，甚至含糊其词、不知所云的讲演稿呢？是什么因素，触动了他的灵感？

难道说，"一语成谶"并非空穴来风？

45

同样神秘的"宿命论"谣传也曾围绕着白求恩医生，时隐时现。

多少年来，加拿大坊间一直流传着一种说法，白求恩在1927年罹患肺结核期间，曾通过他所绘制的一批壁画，预言了自己的命运：终有一天，他将死于血液感染。

对于这种传言，无须学地球物理出身、习惯了地震波思维的老王出马驳斥，愚钝如我，也不会轻易相信。

但是，加拿大学界公认的白求恩研究首席专家拉瑞·汉纳特教授，也曾在其获奖作品《激情政治：白求恩的写作和绘画》中指出："白求恩曾预见到了最终将夺去自己生命的那种创伤。"

他所提及的"预见"，如他所点明的，出现在白求恩在五台山上写给朋友的几封信中：

你在地图上找不到这个村庄。

它实在是太小了，坐落在深谷之中，南北均是陡峭的山崖，一条清澈的溪水绕山脚流过。数百名农民住在简陋的土坯草房里生活。

朝山谷的西边眺望，便是山西与河北交界的山脉，白云缭绕，长城逶迤，伸向远方……

我们的医院位于一座佛寺中，掩映在垂柳和苍松间，耸立于凸起的山头上……每日三遍，能听到肥头大耳的和尚们念经、打鼓、敲钟。燃着的香火发出刺鼻的味道，混杂着庭院中鲜花的芬芳。

空气中扬起士兵们雄壮的歌声："没有枪，没有炮，敌人给我们造……"歌声听起来激昂振奋。

人类曾经信仰的神佛与上帝，均未显灵。眼下，人类必须依靠自己，来拯救自己的命运。

庭院中开满了鲜花。硕大的粉红色睡莲，如发福的中年贵妇，在丰盛的午餐之后，懒洋洋地将头颅垂靠在灰色瓦盆的边缘上。

天竺葵、玫瑰、风铃草、夹竹桃，色彩缤纷，装饰着华丽的佛寺门廊。清洗过的纱布，悬挂在灌木丛上，像一朵朵盛开的白玉兰。

猪儿、狗儿们昏昏欲睡。穿着白大褂的护士们川流不息。阳光从蓝天洒下，照在身上暖洋洋的。白云慢慢飘过山顶，空气清新宜人。

金光耀眼的长空里，回荡着咕咕的鸽哨。潺潺的溪流声，混合着林间簌簌的山风，从远处传入耳中。

在和尚的禅房里，土炕上挤满了伤员。他们的身下，仅仅铺了少许干草。这七十五个人，多数为十八岁的男孩子，绝大多数是这个月才负伤的。人们翻山越岭，走了六十五公里，才将他们送到这里来。其中一些人胳膊和腿上的伤口，已经感染、腐烂。

病房狭长而阴暗，透过糊着白纸的窗户，才能投入微弱的光线。这里没有被褥、床单、枕头，仅有一些麦秆，和一些填入破棉絮的床罩。他们像动物园里可怜的猴子一样，蜷缩成一团躺着，忧郁的黑眼睛，注视着这个世界。

这里没有吗啡为他们止痛，有的人不断低声呻吟着。他们之中有些人，不过是十六、十七、十八岁的男孩子，庄重而平静的脸上，显示出他们并未目睹过暴力和死亡，还不知道恐惧，也不知道绝望。

有时我弄痛了他们，他们便像小孩子一样，泪如泉涌。我曾努力劝说一个十八岁的男孩，让我为他截肢。但他却不愿意。他说，如果腿被截断，他就无法再去打日本鬼子了。

我向他保证，会给他安装上一条假腿，并在聂司令员那儿，帮他谋一份工作，使他能继续抗击敌人。

他最终答应了，高兴地笑着，就好像我送给了他一份生日礼物一样。

1938 年 8 月 15 日

在这些优美抒情、散文诗般的文字里，我并没有读出任何"宿命论"的预兆。

然而，在接下来的一封信里，我却捕捉到了同样萦绕在何明华主教脑际的令人惶恐不安的死神阴影。

……那个截肢的男孩和那个团长恢复得都很好，令我欣慰。做手术时，有些人的伤口很脏，而我却没有戴手套，所以我的一根手指被感染了。这是难以避免的。这已经是两个月来我第三次被感染了。

1938 年 8 月 23 日

我们知道，在一年多之后，白求恩大夫恰恰死于上面所描述的那种死亡方式。

那么，那些曾经预言了他自己死亡方式的壁画呢？又是通过画面上的哪些笔触、哪些墨迹、哪些意象，暗示了他在十二年之后的死亡？

这批神秘的画作，究竟流落在了何方？

46

还是先把视线移回来，看看何明华的长子乔克车祸身亡的事件吧。

那个曾令乔克迷惑不解的汽车修理铺的机械师，究竟扮演过什么角色？乔克的死亡，是否与他有什么瓜葛？

如果不是无法解释的命运，难道说，那场飞来的横祸实乃人为的阴谋？

果真如此，这阴谋又来自何方？目的何在？是要给"红色主教"一点颜色看看吗？且是用鲜血的颜色？

何明华被港督葛量洪爵士嗤笑为"粉红色甚或大红色主教"，不但因为他在抗战中同情并支持中国共产党，敬佩毛泽东、周恩来，还因他在战后花费了大量时间与精力，支持香港的工会组织，鼓励工人罢工，争取合法权益。

他，是否闹腾得太欢了？超出了能被容忍的底线？

葛量洪总督与何明华一样，青年时代就来到香港任职。但这位出身于上流社会的英国绅士，灵魂似乎与中国人无缘。他那源自骨子里的高傲，使他根本就不相信，那些热衷于打工赚钱、经商发财的香港华人，会成为大英帝国的忠实臣民。

这样两个三观背离的人，却分别代表着英国政府和教会来执掌香港，自然难以合作愉快。

国共内战期间，大批难民涌入香港，港府却拒绝提供经济援助。何明华曾在公开场合毫不留情地谴责了港府的自私自利，使葛量洪十分恼火。

当何明华自筹经费，为香港的贫困市民开办了几所"工人子弟小学"时，葛量洪却认为，这种学校因陋就简，设施不全，纯粹是给香港政府"丢脸"。此外，这种为社会底层人士子女提供教育机会的学校，肯定会成为"传播共产主义理念"的场所。

1949年夏天，港英当局强行勒令何明华关闭掉了这些学校。

何明华曾面见葛量洪，据理力争："关闭？那你们只会从学生中逼出来更多的共产党！"

英国保守党政府上台后，香港的气氛更趋紧张了。在冷战思维掀起的全球反共浪潮中，何明华却依旧坚信，中国共产党是为人民大众谋福利的政党，并继续公开赞扬中国政府的许多改革社会的举措。

对他的不识时务，逆潮流而动，人们投去了不解的目光。

可叹无论是在那个狭小的海岛上，还是在他的故乡，几人能识何明华独到的见解、深邃的思想？

1954 年，何明华在写给小儿子何基道的一封家信中，倾吐了他满腔的焦灼与愤懑。

> 我注意到，有人在媒体上提醒英国政府，要警惕共产主义在工会中传播的危险。
>
> 你是否告诉过他们，共产主义为何是危险的？好，让我来告诉你吧！因为这是唯一能够保护劳工阶级利益的制度！有人把共产主义称作注重物质的实利主义哲学，其实他们根本不明白，共产主义会让劳工的利益永远优先于股东的盈利之上！

接下来，何明华详述了他是如何费尽心机，帮助香港某公司里三十一位被解聘的工人与资方作斗争的。

他特别提到，其中有一位工人，从十八岁起便给这家公司卖苦力，如今他年近半百，却因罹患肺结核而遭到解雇，使他无法养活六个孩子。

我由衷地钦佩主教同情底层的高尚情怀。不过，发人深省、令人悲哀的，却是何明华在卷入此次劳资纠纷之后的结果。

工人们突然失业后，四处祈求，希望能得到生活上的保障。然而，当我告诉他们，保障就是采取马克思主义时，他们却愤怒地对我说："我们这里可是自由社会！"

我不禁在心里暗暗追问："自由社会？谁的自由？"

但我不再与他们争辩了。我准备去面见总督，看看香港政府能为工人们做些什么吧。

唉，想起了耶稣最后的晚餐时，门徒们各怀鬼胎、心绪不宁的眼神；想起了那个扛着十字架走向刑场的身影，和那一只只挥打向他的肮脏的手。

"主啊，人们不知道他们在做的是什么，原谅他们吧！"

……

何明华与港督葛量洪的会面，是否再次以剑拔弩张、不欢而散收场？

何明华的不识时务，究竟动了谁的奶酪？

第二年春天，便发生了乔克的车祸事件。

同样蹊跷的是，为什么导致乔克之死的"车祸"，也发生在远在新西兰的凯瑟琳身上，并最终导致了她的死亡？

47

凯瑟琳怀着失望与忧伤，离开了香港的"麻风岛"。

返回新西兰之后，她便全身心地投入到"纽中友协"的建设之中，从中寻找人生的寄托。这个小小的团体里，凝聚了几个志同道合的朋友。大家一样，都把青春的记忆，永远留在大洋彼岸那片土地上了。

1958 年 5 月，宋庆龄副主席曾写信给凯瑟琳，请她为英文的《中国建设》杂志撰写一篇抗日战争时期的工作回忆。对这个宣扬自己的好机会，凯瑟琳却迟迟没有动笔。

也许，虔诚的信念，早使她淡泊了名利的诱惑。

也许，她一直无法忘怀那个长眠于太行山上的英雄。

不是吗？与他的牺牲对比，一切，都显得那么渺小，那么空洞。

离开白求恩多年后，凯瑟琳才得知，在写给聂荣臻司令员的临终遗嘱中，白求恩医生的最后一句话，是留给她的：

> 请向凯瑟琳小姐转达我真诚的感谢，因她为八路军医院付出了巨大的贡献。

在凯瑟琳写给朋友的一封信中，我们看到，她终于放下了压在心头多年的那块沉重的石头：

> 1954 年时，有人把《手术刀就是利剑》那本书送给了我。读完之后，我痛哭了一场。此前很多年，我一直都深陷于悲伤中，以为白求恩大夫看我一去不返，肯定以为我背弃了他的信任。直到看完这本书，才总算是明白了，至少他没有误解我。因为在那个时候，他已经知道了，我是迫不得已才抛下了他的。

1959 年春天，凯瑟琳给路易·艾黎写信说：

我想趁我们都衰老得走不动路之前，能够再次看看心爱的老朋友们。我也想去探望白求恩大夫的陵墓。如果可能，还想再次看到宋庆龄、聂荣臻，还有那些与我在八路军医院里一起工作过的战友和学生们。

　　我永远也忘不了，在那艰苦的岁月里，他们所给予我的关爱、鼓励、帮助。我想去的原因之一，也是因为周围的人们对中国所发生的变化存在着很多误解。

　　在路易·艾黎的努力斡旋下，凯瑟琳的心愿终于得以实现，踏上她阔别了二十年之久的那片大地。

　　1960年国庆节那天，年过花甲、银发满头的凯瑟琳登上了天安门旁的观礼台，并与当年的老朋友周恩来、宋庆龄、聂荣臻、马海德一一握手。

　　回到新西兰后，她在多场讲演中介绍了在新中国所看到的一切。"感谢上帝，在今天的中国街头，已经看不到鬻儿卖女的惨况了。"

　　她还写信告诉别人说：

　　我个人感觉，目前没有其他政府比共产党政府能更好地为中国服务了。中国会逐步改进、越来越好的，不需要外界来干涉其内政。

　　凯瑟琳的言行，自然遭到了右翼势力的攻击谩骂。她和路易·艾黎一样，都成了反华组织的眼中钉。但路易·艾黎守在中国，眼不见，心不烦。凯瑟琳留在家乡，却必须面对豺狼虎豹的撕咬。

　　第一次访华归来后，凯瑟琳就开始积极攒钱，渴望能再次返回中国，看望太行山区的乡亲们，为改善那里的落后状况，尽一份微薄的力量。

1964年春天，她再次起航。这次造访中国，她停留的时间稍长，不但来到太行山深处的抗日烈士陵园，在白求恩墓前含泪凭吊，捧走了他坟前的一把黄土，还乘坐火车，前往山西大同，参观了那座留有她青春足迹的煤都。

也许她已经有了某种预感。在白求恩墓前，人们看到她眼含热泪喃喃自语："白大夫，我也老了，今后恐怕无法再来看望你了……"

就在她返回家乡不久，四处演说介绍新中国的成就时，凯瑟琳遭遇了一起车祸，严重受伤，从此再也未能站立起来，于数年后告别了人世。

究竟是巧合，还是恫吓？无论这起车祸源于何种因素，都未能改变凯瑟琳的初衷。她的骨灰，遵其遗愿，送往中国，撒在了白求恩墓旁壮丽巍峨的莲花峰上，从此与他在天国里永久相伴。

第十章　沉重的选择

48

凯瑟琳选择魂归华夏大地，最终圆了她的夙愿。可是，李添嫒却选择了在垂暮之年告别祖国，远走他乡。

检视这两位女性的人生轨迹，在战火燃烧的岁月里，她们都曾环绕在何明华主教的身旁。她们的小船，是否也曾有过交会的时光？

假如凯瑟琳没有在车祸后死去，而是活到八十年代，亲眼看到李添嫒去国离乡，她的内心，是否会惋惜、失望？

万事皆有因果。我们很难担任公正的道德裁判。

最初的那片阴霾，在新中国成立初期，便悄然罩住了李添嫒头顶那片蓝天。

1952年年初，在天寒地冻、滴水成冰的日子里，李添嫒抵达了北京，在西郊的燕京协和神学院里，进修研究生课程。

她的悲哀，源于很快在校园里出现的流言。当年那场封立女牧师的风波，一直未曾消散。有人甚至怀疑，她此番来北京进修，是受何明华主教的指使，阴谋在教会中对新政权进行颠覆破坏。

在小组批判会上，李添嫒采用了自幼便熟悉的那套生存手段，乖巧地逆来顺受，低头服软。然而，这些圆滑的求生策略，此时却不再奏效了。

种种精神上的折磨，使她痛苦不堪。在悲伤、孤寂难以承受时，她也曾企图投入未名湖中，了此残生。

那个早春的黄昏，当她徘徊在湖畔犹豫不决时，天空中闪现出一缕金光，刺得她睁不开眼。恍惚中，耳旁似乎传来一个亲切熟悉的声音，提醒她生命乃神明所赐，若是自杀，灵魂岂能得救？

是谁的声音呢？可是何明华主教的音容，为李添嫒注入了活下去的希望？她写出了令周围人满意的"坦白交代"，换取了信任，走向了新岸。

然而，数年之后，那片阴霾，再次飘入了她的视野。

那天，毕业后返回母校，在羊城的神学院里已经执教数载的李添嫒，突然间接到了一个神秘的通知。她被一辆三轮车拉到某座楼房内，接受了陌生人的盘问。话题围绕着她与何明华的关系打转转。

何明华为什么如此器重你？

他究竟为何要冒天下之大不韪而封你为牧师？

你和他之间，到底有什么亲密关系？

李添嫒的心在颤抖，声音却保持着平静："何明华主教的夫人是一位美貌贤淑的女士，他们夫妇素以和谐恩爱见称，他们有聪明健康智慧的儿女，家庭生活既美满又幸福，无论在教会里还是在社会上，何明华都是德高望重、具有美好心灵的名人。他在全球都享有崇高的声誉，岂会对我怀有野心呢？"

虽然很快就摆脱了尴尬的盘问，但在"大跃进"的锣鼓声中，李添嫒却不得不离开养尊处优的神学院，加入开荒辟岭、养猪喂鸡、挖掘鱼塘的劳动大军。

正在她抱怨"千金小姐当成丫鬟卖、上好沉香当作烂柴烧"，因而遭到同事们批评、满腹委屈时，喜讯从天而降。

周恩来总理对全国政协系统发出的指示，使李添嫒有幸乘此东风，调入羊城政协的文史资料组，逃脱了体力劳动的苦海。

在文史组里，一晃便是五年。李添嫒努力彰显出自己的价值，奋笔疾书，一共撰写了二十几篇文章。她都写了些什么呢？

临终前不久，李添嫒在多伦多幽静的小巷里，完成了她的回忆录《生命的雨点》。回忆到六十年代初在羊城文史资料组的那段时光，她留下了这样几句话：

> 我们自由选择题材。我要把所接触到认为有价值的历史记录下来，其间经常有领导人传授书写史料的文字、形式、观点、立场等技巧。

仔细品味这句话，我感到，这似乎是李添嫒煞费苦心、刻意在书中留下的"点睛之笔"。

在文史组的那几年，面对复杂的人事，李添嫒凭借性格柔顺的优势、巧用文字的智慧，得以应对自如。可是，当她乖巧地揣摩并顺从他人旨意，写下那一篇篇揭发检举的文章时，她可曾预料到，终有一天，这些用于内部参考的保密资料，会被结集出版、公开发表，变为悬在她头顶的一柄利剑？

在她的回忆录中，有这样一段话：

> 红卫兵运动展开前三天，史料组领导人之一约我面

谈，他说已细阅我的拙作，鼓励我继续工作下去。我也告诉他，下一步，我计划把中华圣公会华南教区的概况书写下来。

……想不到三天后，红卫兵运动展开，竟然首先把史料室储藏的所有作品和资料付之一炬。同工们多年的写作，珍贵的心血给烈火化为灰烬，我们的创伤实在无以弥补。

可是，假如一切都早已化为灰烬的话，《何明华主教》那篇文章，又怎么会现身于 2008 年在羊城出版的那套丛书之中呢？

也许，当李添嫒躲在多伦多幽静的小巷里撰写她这部《生命的雨点》时，已经通过某种渠道，得知了一个令她心神不宁的消息：那批撰写于六十年代的内部参考资料，并未在风云岁月中焚为灰烬，而正在被编辑整理，并将在她身后的祖国堂而皇之地面世出版。

也许，上帝不仅在华夏大地战火燃烧时，曾把拯救黎民于水火的重担放在了李添嫒孱弱的肩头，也在她走向人生暮年时，悄悄地赋予了她灵感，使她能够预见到，若干年后，将会有一封来自羊城的匿名信，展开黑黝黝的翅膀，在北美的天空上下翻飞。

愁肠百转，夜不能寐，李添嫒颤抖着已经僵硬的手指，留下了"回忆录"中那句"点睛之笔"，暗暗希冀着，无论她的灵魂是升天，还是入地，都可澄清那篇难以辩白的"出卖"与"背叛"的文章了。

49

除却在七星岩下那个人生的巅峰时刻，李添媛记忆中难以忘却的，恐怕就是那个烈焰熊熊的夏夜了。

凌晨一点，星斗满天时，"小将"们破门而入，从床上拖起年过花甲的李添媛，拳打脚踢，逼迫她交出金银细软。

面对一群身穿时髦的绿军装、头戴军帽、腰系皮带的女中学生，李添媛早已学会了矮檐下低头的技巧。她不但主动交出了细软，还讨好地宣称："这一切皆为剥削劳动人民的果实，理当听凭处治。"

都有哪些细软呢？几十年后，李添媛竟仍能一笔笔列出丢失物品的清单：银行存折里，存有一百二十元，现钞八十余元，一个装满银币的大碗，乘公共汽车用的，瑞士制女表两只，翡翠玉块，榄形、莺雀形、葫芦形、蝴蝶形和鹅蛋形玉器，金镶藤镯子，玉镯，珍珠，珠盘，猫眼石镶钻石戒指及玛瑙等。

其心思缜密，令我惊愕。

不过，李添媛辩解说，那些珠宝是她为国外的大嫂保存的东西，当然要笔笔记清了。

客厅里，摆放着一尊数百年高龄的古董花瓶。"小将"们不识货，挥起了千钧棒。玻璃柜中的瓷碟、瓷鼎，也被砸得粉碎。几百册中英文精装书籍，做工精巧的各式皮鞋，被统统扔入花坛里，与兰草、扶桑、三角梅一道，化作呛鼻的浓烟。

值得注意的是，李添媛在书中留下了一个细节。那个带领羊城第九中学的巾帼英雄们夜半奇袭的，是牧师邻居的大女儿。系熟人作案。

读到此，我脑中又浮现出了那封指控李添媛的匿名信。几十年都过去了，那熟悉的词汇、腔调，依旧浸染着当年的烟火气息。

众目睽睽下，李添嫒浑身哆嗦着，举起锋利的剪刀，把珍藏于箱底的那袭雪白的长袍，还有那条深红色的丝质饰带，一刀一刀，铰成了碎片。

那段四十年代的女牧师公案，再次沉渣泛起，且臭气熏天。

当李添嫒在批判会上倍受侮辱折磨时，那个神秘的匿名信揭发者是否也在场？他／她是逼供信的执行者，还是牺牲品呢？

面对刨根问底的无理纠缠，李添嫒仰天长叹：

> 何明华主教品格纯洁高尚，岂会背叛上帝的大爱和圣洁，欺负下属？我情愿到医院去接受检验，证明我的白璧无瑕！

心理学家的研究证明："对人类最有害的情绪，不是愤怒，不是悲伤，而是羞惭。"因此，世间才会有那么多男女，承受不了"人言可畏"的污辱，选择了自杀。

那封匿名信的揭发者曾指控李添嫒："当绝大多数教会同仁在'文革'中遭受残酷折磨时，她却通过向红卫兵们通风报信，来换取自身的安然无恙。"

在那段是非混淆的日子里，李添嫒究竟做过什么？

假如李添嫒承受不了心灵上的折磨，却又不肯背弃宗教信仰而选择自杀明志，她，还能做什么呢？敢问路在何方？

假如她采取了明哲保身的策略，摇身一变，混迹于批判者的队伍，拿起笔来做刀枪，参与造谣、诬蔑、攻击、诽谤，抑或取悦、谄媚、出卖灵魂，借以换取自身的安然无恙，她，是否值得今天的同情与原谅？

扪心自问，芸芸众生，几人做得了赵一曼、江竹筠、刘胡兰？

无论李添媛做过什么，还是没做过什么，她总算逃过了又一次劫难，得以进入改造"牛鬼蛇神"的学习班，白天上山伐树割草，夜晚在灯下写检讨。

"每晚十一点后，学习地点和宿舍都没有灯光。我们利用整夜通明的女厕所灯光，把厕板盖下来当小书台，然后跪在地上书写。按时完成了详尽的自传。"

垂垂老矣，风烛残年，是什么力量支撑着她呢？

多年前，读到过一篇文章，描述了中世纪欧洲一家修道院里的往事。一群洋溢着青春热血的修女，个个在私下里偷偷向天发誓，把自己"嫁"给了耶稣。夜深人静时，她们便跪在卧室里的十字架前喃喃私语，向黑暗中的爱人倾诉衷肠，借此约束人性的呼唤，度过修道院高墙内一个又一个漫长冰冷的夜晚。

爱，若是有所附丽，便足以滋润心灵，使之鲜活。

凯瑟琳对白求恩的爱，是一段矜持含蓄，却以生死默许的崇高情感。这种精神上的归属，足以满足她毕生的需求。

凯瑟琳终身未婚。当人们好奇地打探原委时，她是这样回答的："我早已嫁给中国了。"

不难想象，在凯瑟琳的心目中，那个英雄长眠的地方，便是她早晚要归返的天堂。

李添媛呢？在她亲手筑起的那堵心灵高墙内，供奉了一生的那个隐秘的"爱人"，是耶稣基督？还是何明华？抑或在她的心灵世界里，这二者早已融为一体，不分彼此，完美结合了？

毫无疑问，七星岩下那场上帝恩准的盛典，无异于一场神圣庄严的婚礼，宣告了她此生的归宿。

"主爱他的追随者，永不变更，直到地老天荒。"

在那些孤独的夜晚，她可曾在黑暗里遥望南天，朝着星空下的"灵隐台"，默默地呼唤，倾诉她矢志不渝的忠诚，或者，悔不当初的遗憾？

"十年生死两茫茫，不思量，自难忘。"

她是否知晓，那个把她捧上了人生顶峰，却又造成她一世悲凉的人，已经怀着难以愈合的心灵创伤，永远告别了华夏大地，返回了英伦故乡？

50

也许，1956年夏天，当李添媛在羊城与何明华匆匆一晤时，她已风闻了头年春天发生在英伦岛上的那场车祸，但她与所有人一样，顾左右而言他，不忍触碰主教大人尚在滴血的伤疤。

也许，她与他之间，数年间早已断绝了音信，根本无从知晓曾经发生过的一切。于是，曲终人散后，她随着众人，与主教夫妇依依惜别，目送着他们已经微驼的背影，在荧荧灯火中，淡出了视线，消失于远方。

那时，她还无从知晓，这个夜晚，将是她与他之间的永别。

假如她知道折磨着主教的剧痛，她还会狠下心来，在后来的岁月里，写下那篇攻击他的文章，朝他的心口再戳上一刀吗？

在心爱的长子乔克离开这个世界之后，萦绕在何明华心头的哀伤，一天都不曾消散。数年过去了，我们仍能从何明华留下来的讲稿中，感受到那深如海洋的悲痛。

1961年的复活节，面对着挤满香港教堂大厅里的信徒，何明华伸出双臂，仰望空中，泪流满面：

我们必须透过他那用丝绸覆盖着的躯体、用缎带缠裹着的胸膛，去体会隐藏在他心灵深处的绵绵不绝的悲伤。

他如此关爱和深深理解的人们啊，竟如此残忍地拒绝了他。

知道吗？他是为了你们，才承受了如此巨大的痛苦啊，然而你们竟毫不知情。

他清楚，为了完成那个古老的神秘使命，他，必须牺牲。因为他是上帝的羔羊。

他的目标，不是为了哪一个人，也不是为了哪一个民族，而是为了整个人类，他必须奉献出自己的生命。

萦绕在我心头，驱之不散的，还有那亘古未解之谜。

一株玉米枯萎了，死去了。但玉米粒中蕴含的生命，却免除了人类的死亡。

鲜嫩碧绿的树叶啊，那么早就飘落了，但它却滋润肥沃了土地，使新生命得以孕育、成长。

巢中待哺的小鸟，辛勤劳作的母亲，鞠躬尽瘁的公仆，无不承受着他人的邪恶与缺憾，无不仰仗着伟大的奉献与牺牲。

……

那个"神秘的使命"，隐喻的是什么呢？为了完成它，何明华清楚：他，"必须牺牲"。

读到这篇讲稿时，我情不自禁地想起了幼年时读过的《牛虻》。

蒙泰尼利大主教在儿子亚瑟被处以死刑后，做了他生命中最后一次演讲，心脏病发，气绝身亡。

是他，亲手把心爱的儿子送上了刑场，为了自己无法背叛的信仰。

也是那年的秋天，在一年一度的英联邦"国殇日"里，何明华再次留下了杜鹃泣血、声声颤抖的演讲。

死亡，其实无可畏惧。当他们杀害了一个人的身体之后，他们还能再做些什么呢？

耶稣说过，不要害怕！他还专门重复了一遍，不要害怕！

他的话，于今意义何在？

由于恐惧，总统们、总理们、特使们满世界乱窜；恐惧从南到北，占据了地球。他们害怕与自己不同的种族，害怕敌对的信仰，害怕不同的国度，害怕人家夺走我们的市场，害怕人家剥夺我们的自由。

有谁知道，当今之世的混乱，何日才是尽头？

我们唯一知晓的是，我们必须无所畏惧，不怕那些杀掉我们身体的人！

是的，除了杀人，他们还能再做什么？

……

是的，刽子手只能杀人，却无法杀死信仰。

拥有虔诚信仰的人，也许不难做到"视死如归"。用死亡威胁恐吓这种卑鄙下流的手段，似乎效果不大。

但假如刽子手拿无辜的孩子开刀，又有几人承受得了那种折磨，那种星移斗转，却亘古难消的伤痛？

你追求平等与公正，有人就叫你家破人亡。你的真诚和坦率，岂能抵御刽子手利刃的寒光？

也许我不该无端地猜疑，但看到下面这些资料，又很难阻止自己不去多想。

五十年代初，在美国政府掀起的白色恐怖浪潮里，一大群被视为中国共产党朋友的西方知识分子、政府官员，受到了残酷迫害。有的被逮捕入狱，有的被开除公职，有的被跟踪骚扰，有的被驱逐流亡。

当年与何明华一起为"工合"呕心沥血的美国人斯诺和蒲爱德，在回到他们的祖国后就被列入了黑名单。蒲爱德女士的传记中说：高层有指令，凡是"粉红色的"，均须被剔除干净。

冷战思维波及整个西方世界，美国和英国的情报机构长期联手合作，秘密收集情报，共同监督共产党的"同路人"。世人皆知的"粉红色"主教何明华，岂能逃脱魔掌？

1956年，当何明华从北京回到香港，大胆地发表文章歌颂新中国时，立即引发了右翼势力的疯狂攻击。

有的媒体指责他："何明华主教为了他的个人理想，心甘情愿地被共产党和周恩来所利用。"

面对非议，何明华一如既往，不解释，也不申辩。

是的，"除了杀人，他们还能再做什么？"他已无所畏惧，冷眼向洋。

但是，唯恐天下不乱的西方媒体，岂肯轻易放弃这个舆论炒作的好机会呢？于是，路透社记者采访了何明华的老对头——香港总督葛量洪。

是为了警告何明华吗，还只是宣泄一下积压已久的怒气？葛量洪总督竟然毫不隐讳地声称："多年来，这位主教大人一直是我的眼中钉、肉中刺。"

他甚至透露出，早在数年之前，香港政府里面，就已经有人联系过英国伦敦的红衣大主教了，要求教会高层出手，对何明华采取措施，"做上点儿什么"。

但港府得到的回复是，除非这位香港主教犯下罪行，例如搞婚外情，或者贪污盗窃，否则教会系统对何明华是无能为力的。

那些暗中操控一切的人们，在香港政府里面，扮演的是什么角色呢？他们想要"做上点儿什么"呢？假如找不到冠冕堂皇的借口来铲除政敌，又可能使出哪些流氓手段？

也许，我的确是想多了，但同样"长子死于车祸"的悲剧，为什么也落到了另一位亲共基督徒的头上？且这个人物与何明华一样，也曾与宋庆龄女士携手，为中国社会主义建设奉献了自己的青春和力量。

若说这不过是又一次"巧合"，谁肯相信呢？

51

头一次听说林达光教授的大名，是朋友告诉我的。

朋友是蒙特利尔的法裔翻译家。她满怀深情地回忆说，六十年代，当她在麦吉尔大学读书时，因选修中文课程，才从林达光教授口中，第一次听说了白求恩医生的感人事迹，并从此爱上了中国。

林达光在十几年前就已经离世了。读了他与夫人陈恕合著的传记文学《走入中国暴风眼》，我的面前，呈现出另一串不该被岁月潮水淹埋的足迹。

林达光出生在加拿大西部一个基督教华人牧师的家庭里，属于第二代华侨。在哈佛大学读书时，他就成长为优秀的学生领袖，对中国革命寄予同情。博士学位尚未到手时，新中国成立了。他立刻携带妻儿，踏上了祖先生长的这片土地。

有趣的是，除了白求恩、何明华，这是又一个基督教牧师之子，走上了拥抱共产主义的道路。

林达光的二哥娶了孙科之女孙穗英。因此，林达光也算是宋庆龄的亲属。宋庆龄在抗日战争时期所建立的"保卫中国同盟"，新中国成立后改为"中国福利基金会"。在她的直接领导下，林达光夫妇投入了新中国的建设，为之奋斗了十几年。

但在六十年代初期，当东西方之间局势紧张、中国陷入被孤立与隔绝的状态时，林达光决定，返回他出生成长的地方加拿大，为缩小中国与西方世界的鸿沟，促进不同文化之间的交流，尽一份绵薄之力。

因此，他告别了北京，携家带口，抵达了位于蒙特利尔的麦吉尔大学，在东亚研究中心任教，发展壮大其中文科目。

然而，林达光万万没想到，自从他返回加拿大，就开始被视为"共产党嫌疑犯"，不断遭受加拿大警方和美国情报机构的骚扰。

1966年的夏末，大祸从天而降。

林达光的长子林凯刚刚大学毕业，当他驾车从加拿大东部前往加西的温哥华时，途经美国西雅图，于午夜时分车祸身亡。

噩耗传来，如雷轰顶。林达光夫妇强烈怀疑，黑手来自美国中央情报局，意在恐吓亲共人士。因为自中国返回加拿大之后，林达光在美加许多国际会议上积极发言，为中国呼吁辩解，赢得了友谊，备受瞩目。

夫妇二人对车祸的怀疑，有何根据吗？让我们看看当事人留下的笔记，再自行判断吧！

林达光夫人在书中记叙道："清晨五点，一阵敲门声把我惊醒。

大哥大嫂走进来，告诉我发生了什么事，我哭得肝肠寸断。我们最害怕的噩梦，居然变成了可怕的事实！"

林达光日记："妻子和我都不相信，林凯的死，是他自己造成的意外事故。尸体解剖的结果显示，他体内并没有药或酒等异物。他死后没多久，我们就接到一位在多伦多开餐馆的老朋友打来的电话。林凯和两位同伴从蒙特利尔出发后，曾路过他的餐馆，进去用午餐。林凯当时曾告诉那位餐馆老板，他觉得，有人一直在后面跟踪他。"

儿子死后四十多年，谜团中一个缺失的环节，仍旧在他的父母脑中盘绕纠结。

"他晚上8点左右在西雅图和同伴分手，说要直接经过贝林厄姆去温哥华。从西雅图到贝林厄姆，只有八十九英里，按正常速度开车，不会超过一个半小时。他于1966年9月1日凌晨12点06分在贝林厄姆丧生前，还有那么长的时间，人在哪里呢？"

然而，夫妇二人要求加拿大警方进行的调查，却自始至终无法进行下去。显然，某些机构在从中作梗，予以干涉。

书中写道："律师告诉我们一个令人不安的消息。他曾试图调阅有关林凯死亡事故的正式警察记录，却被告知，档案在美国联邦调查局手中，无法取得。此案最后不了了之。因为没有警察的官方记录，似乎没有其他的法律途径可循。"

宋庆龄得知此事后，曾亲切地回信，安慰林达光夫妇。

我多么希望能在你们身边尽微薄之力。在这悲伤的时刻，寄上我诚挚的爱。

阿姨

宋庆龄深深懂得政治的险恶。在她漫长的革命生涯中，不但自己险些成为国民党特务手下"车祸"的牺牲品，也目睹过数位亲密战友倒在敌人的屠刀下。

其后的每个星期、每个月、每一年，林达光夫妇都在伤心难挨中，强迫自己走出阴影，过着没有林凯的生活。

我那位法裔翻译家朋友，曾目睹了当年夫妇二人悲惨的生活。

"彦，你不知道，林凯是一个多么温文尔雅、彬彬有礼的孩子。我和同学们去林教授家里做客时，他微笑着招待我们喝茶，为我们弹奏钢琴，那一幕幕情景仿佛仍在眼前晃动。谁能相信呢，这么可爱的孩子，却突然间离开了！"朋友说着，已是热泪盈眶。

失去爱子之后，林达光夫妇还要应付没完没了的骚扰。

1968年年初，林达光在蒙特利尔的家，遭到了加拿大警方的搜查。

1978年，这对夫妇在美国洛杉矶旅行时，遭到美国便衣的盯梢。

热爱白求恩的人，便遭遇到了与白求恩同样的厄运，这就是标榜民主与自由的国度的真相。

直到1997年，夫妇俩偶然遇到了一个神秘人物，才间接地证实了压在他们心头长达三十年的疑问。

这个神秘人物坦承，他年轻时，曾经为加拿大情报局做过事。

也许，随着苏联的解体，共产主义阵营的瓦解，时过境迁，已无保密的需要了。也许，他受良心所折磨，寝食难安。此人告诉林达光教授，当年他曾参与了对他们全家人的迫害。他不但诚恳地向夫妇二人道歉，还提到他退休后希望去中国任教。

读罢林达光夫妇的回忆录，我抑制不住满腹怀疑，何明华主教的长子乔克，难道也是惨遭毒手，死于一场人为制造的"车祸"吗？

打听到何明华的幼子、那位子承父业的何基道牧师依然健在，我立即给住在英国乡间的老人发去了邮件，询问此事。

"为什么您父亲所留下的信件和文稿中，仅有一封在写给您的信里，提及了您哥哥车祸死亡之事？当年究竟发生过什么？您了解吗？"

拖了好几天，对方的回信才姗姗而来。老人礼貌地拒绝了谈论此事，仅仅平静地说："我老了，不想再触及伤心往事。"

八十岁高龄了。我能够理解他的苦衷。

人生苦短，要做的事太多。也许，这些接二连三由"车祸"所引发的疑问，将只能成为永远的悬案了。

第十一章　共融与掠夺

52

积雪融化，草地转青，春天再次返回了小城。

后院的石凳下，一条小花蛇在晒太阳。拇指粗细，尺余长，暗绿色的背脊上，生了米粒大小的黄斑。它本来静卧不动，听到我的脚步声，斜睨了我一眼，轻佻地一甩尾巴，钻入了草丛。

右邻的洋太太站在她家露台上，将我的惶恐收入了眼中。远远地，传来了她娇俏的笑声："别担忧，彦，它不伤人。"

土拨鼠经过一冬休眠，更见肥硕。它们在洋太太的袒护下，继续肆无忌惮地钻过篱笆，侵入我家，遍尝花坛里冒出的各色嫩芽。朋友送我的两株香椿苗，均被啃成了秃头枝干。

我呆望着草坪，闷闷不乐。那片单纯美好的田园，已不复存在了。

多年前刚刚迁入新居时，后院尚为一片松软的沃土。初夏的一个清晨，和暖的阳光下，忽然发现一只洗脸盆大小的乌龟，悄悄趴在泥土上，一动不动。虽然不明就里，我却担心惊扰了它，便和儿子躲在窗后默默观看。

约莫半个时辰后，乌龟缓缓离去，爬到湖边，隐入了水中。

儿子好奇，想一探究竟，便跑到后院，拨开虚掩在表层的黑土，发现了大约一尺深的直洞，洞底横向延伸又成一洞，宛如地道战。

儿子探入小手，掏出了一粒乒乓球大小的东西，奶油色，滴溜圆。

我恍然大悟，原来是母龟产卵。

一粒接一粒，松软的黑土地上，白花花地摆了一大片。

儿子向我报告："妈妈，我数了，一共是四十六个！"

想到铺草坪的工人不日内即会到来，担心那些庞大的铁家伙会打碎这些幼小的生命，自然不能把它们留在洞中。

于是，我找来一只塑料桶，和儿子一起，一层土，一层卵，覆盖好之后，拎到湖边，藏在了密密的灌木丛里，只盼日后破壳而出的小生灵们，能迅速找到栖身之地，自由自在地享受日月天光，也不枉母亲孕育了它们一场。

数日后，小城一位先富起来的华人阔太太来串门，听了我的描述，忍不住讥笑："龟蛋可是大补哇！养颜润色，益寿延年。怎么，你连这个都不懂哇？"

我承认孤陋寡闻，但也不想隐瞒愚见。

"那只乌龟妈妈先用尾巴掘了个直洞，再掏出个横洞，最后还要小心翼翼地盖上浮土，掩人耳目，折腾了好几个时辰，不就是为了保护她的孩子嘛！商店里的鸡蛋很多，你可以买来大补嘛！"

岁月如梭。一晃，孩子已长大成人，我也不再年轻了，早就忘记了母龟的下落。

前年夏末，儿子大学毕业，从美国归来，住了短短数日，便要再次离家远行，进入博士研究项目。

那天下午，正在为儿子整理行装时，老王偶然朝窗外瞧了一眼，便发现一只大乌龟，从前门的街道对面，亦步亦趋，横穿马路，缓缓朝我家爬过来。

他担心有汽车经过，乌龟会遭遇危险，便招呼我站到大门外面去盯着。

眼瞅着那只乌龟爬过我家的汽车道，沿着房屋一侧溜入了后院，又穿过草坪进入了花坛，却在里面来回打转，似乎在急切地寻找什么。

十多年过去了，那是我们第二次看到乌龟造访，自然新鲜。我凑近了乌龟，仔细观察，注意到它背部生了一层灰绿色苔藓，模样似曾相识。

忽然想起多年前的那一幕景象，心中一动。

难道说，是那只产卵的母龟又回来了，在寻找她的孩子们吗？唉，你怎么才回来啊！你的孩子们，恐怕早已顺着湖水，游到天涯海角去了！

我转过身，朝着楼上的窗口喊叫，让儿子下来。

"还记得当年那只乌龟妈妈吧？她又回来了！大概知道你要走了，特意赶来给你送行呢！"

儿子站在平台上，听我说完，朝他爸爸看了一眼，见老王微笑不语，便凑到花坛前，朝母龟摆了摆手，轻声打了个招呼，才转身离开。

老王找来一把铁锹，撬开铁栅栏底部，露出足够的空间，帮它钻了出去。片刻后，母龟便消失在湖水中了。

从此，母龟的身影再也没有出现。儿子也渐行渐远，成为夜阑人静时温馨的牵念。

53

面对日趋复杂的生态环境，正感束手无策之际，上帝出手了。

星期六的早晨，我拿着剪刀，收拾花坛中被土拨鼠啃断头的郁金香，右邻的洋太太再次从室内出来了，牵着她的小女儿，站在土拨鼠的洞穴前，嬉笑逗乐。

自从见到老王在院子里挥舞铁锹，吓唬她的宠物之后，洋太太便提高了警惕，常常在我们于后院露面时，也很快就出现在她家的后院。

我与她简短地寒暄后，便抬起手来，指着湖边的两株枫树说："不知你注意到没有，我家院子后面的这棵树，和你家院子后面的那棵，有什么区别吗？"

洋太太听了，仰头望去。几秒钟后，那对绿色的猫眼便瞪圆了，粉颊上的肌肉也绷紧了。

春阳温暖，正对我家后院的那棵枫树，枝头上结满了樱桃大小的粉红色叶蕾，不日内即将绽放。

而她家后院那棵呢，树梢上的芽苞稀稀拉拉，黄皮寡瘦的，掰着指头都能数得清。须知这两株枫树，是我们搬入新居后的第二年，市政府园林处同时栽种的。如今，两棵树的树干，均有一抱粗细了。

此时无声胜有声。

当天傍晚，洋太太在后院再次见到我时，不待我发问，便主动开口了。

"彦，谢谢你提醒。我丈夫上网查看了。原来，土拨鼠整个冬天躲在洞里，就是依靠啃食树根得以生存的！我家后院那棵枫树，显然受到了严重伤害。这当然不行！我们从多伦多搬到这里来，图的就是得天独厚的自然环境，我可不想让那棵大树枯死！"

"找到解决办法了吗？"我问。

"听我丈夫说，那些家伙不喜欢磷肥的气味，往洞里灌入大量的磷肥，就能逼着它们搬家，同时还可为枫树提供了养料。唉，但愿还能救活这棵树吧！"她面露忧色。

转天下午，当工程师的洋男人开着车从外面回来了。他卸下几只沉重的塑料袋，提到花坛边，黑的白的，扑扑拉拉，往洞口里一阵猛撒，接着又拿起水龙头，哗哗哗地奋力喷射，毫不手软。

片刻后，便见从洞口蹿出来一只肥硕的土拨鼠，足有十多斤重的猪崽大小。接着，又蹿出来两只半大的崽子。

老王早已抄起锃亮的铁锹，守候在篱笆边。

土拨鼠不傻，知道这边住着的人不欢迎它，于是朝着相反的方向，夺路而逃了。

晚餐桌上，老王调侃道："撵走了她女儿的宠物，这回就不怕她伤心了？老外之中，很多人都挺虚伪的。平时振振有词唱高调，满口仁义道德，好像比谁都善良，可一旦触犯了自身利益，就凶相毕露了！"

想起最近在学校里发生的风波，我觉得老王的观察不无道理。

54

这年春天，通往学校小花园的玻璃门上，赫然贴出了一尺见方的告示："大雁夫妇孵卵，切勿打扰"。

这座花园被冠名为"东西方交汇园"，位于几座低矮的老楼房之间。园内栽种了大洋两岸的代表性植物，牡丹、翠竹、樱花、木槿、红枫、雪松，点缀了颇具异国情调的小桥流水，拱门路灯。

草木发芽时，花园里突然出现了一对大雁夫妇。不知为何，它们选中了这块并不清静的地方，在几株中国牡丹下的草丛里，做了一个窝。

从早到晚，母雁耐心地卧在六枚拳头大的卵上。公雁则在周边巡逻，当它发现，玻璃门那里总是有人进进出出时，便干脆卧到门边守卫着，但凡有人经过，便昂起小脑袋，瞪圆眼睛，紧张地盯着。

我曾数次穿园而过，皆安然无恙，便未把这对夫妇当成隐患。谁知几天下来，却出事了。

东亚研究中心的女秘书，是一位欧裔白人姑娘，新婚不久，怀孕已六七个月了，每天挺着高高的腹部来上班。

那天，她穿了一件鲜红的开司米外套，人人都夸漂亮，她也乐滋滋的。可没想到，她经过花园时，不知发生了什么，守候在旁的公雁猛然扑上去，撞到了她的肩头。

女秘书一个踉跄，朝前跌倒，腹部着地，摔在了青砖甬道上。

同事们闻讯，皆吓坏了，手忙脚乱地把她送往医院。所幸检查后得知胎儿安然无恙，大家才松了口气。

文笛校长听说后，吓慌了神。身为校领导，她深恐校方会遭到起诉。因为女秘书跌倒受伤是在学校的地盘上。幸好，玻璃门上事先早已贴出了"警告"，这一举措免除了学校的法律责任。

女秘书休息了几天后，便返校上班了。白皙的脸颊上，留下了一道浅浅的划痕；整齐的门牙，缺了半颗。提起大雁，蓝眼睛中便闪过一道凛冽的锋芒。

两天之后，牡丹花丛旁的那一窝六枚雁卵全部失踪了。

谁干的呢？我悄悄琢磨着，脑中浮现出蓝眼睛里那道寒光。

当然，往好处想，也许是校方釜底抽薪的举措。假如大雁夫妇恋上了这块鸟语花香的风水宝地，年年来此孵卵，难免会继续添乱，不如令其彻底伤心，从此绝了眷恋。

可惜，大雁夫妇的头脑理解不了人类的复杂。它们永远也搞不明白，好端端的，孩子们为何会突然不见了？

接连数日，夫妇俩都在花园内外踱来踱去，在草丛中、小桥下、溪水旁，伸长了脖颈，四处寻找孩子们的踪影。

又过了些天，它们不再走动了。夫妇俩天天卧在玻璃门旁，静静地一声不响，睁圆了双眼，呆呆盯着每一个出来进去的人，似乎想从人类的身上，寻找到答案。

我心疼大雁夫妇，不知何时，它们才能从痛苦中解脱。

55

大雁那对漆黑的圆眼睛，单纯，清澈，与六族镇上的老导游，颇有几分神似。我曾在他的眸子里，捕捉到同样的无辜与无助。

前几天，在策划今年暑期的国际研讨会时，我决定抛开城市，另辟蹊径，租用六族镇上那所印第安原住民学校的会议厅，还有镇上唯一的家庭旅馆"熊之舍"，想用这种不露痕迹的方式，为小镇居民"做上点儿什么"。

在老导游的带领下，我拜见了镇上的酋长，商谈租赁合作事宜。

时代不同了，男女都一样。迎接我的酋长，是一位慈眉善目的老年女性，随侍其左右的，也是几位在学校里受过教育的印第安姑娘。

按照中国人的礼节，我特地在华人超市里购买了中式糕点——装在铁盒子里面的鸡蛋卷，给女酋长、女助手，还有老导游每人奉上了一盒。这是小镇上没有的东西。看得出，大家接过礼物，都很快乐。

开车带我前往六族镇的司机，是个头脑灵活、精明能干的华人小伙儿。他首次踏足小镇，一眼便发现了商机。这片尚未沾染丝毫商业气息的土地，在他眼中，俨然是一座藏在深闺无人识的富饶的金矿。

司机小伙儿眺望着湍急的流水、茂密的森林，兴奋地说："完全可以开发这块土地嘛！打造出一个现代化游乐场，把国内旅行团带到这儿来，钓鱼、野餐、玩游戏。让印第安人也跟着发财致富！李院长，我这主意怎么样？"

不能不服。新一代国人，浸泡在商业大潮中成长起来，胆大心细，见多识广，处处衬托出我们这一代老留学生的糟朽，早该被历史淘汰了。

司机小伙儿大学毕业，夫妻双双移民加拿大后，除了提供机场接送服务，还在家里招租小留学生，提供食宿。几年辛苦，已经置下了三座房产。

是啊，假如能给濒于灭绝的小镇经济带来一线生机，岂非积德行善的乐事？于是，临离开六族镇时，我向老导游转达了司机小伙儿的建议，请他向女酋长汇报协商。

没想到，一片好心碰了壁。人家对发财致富那一套理念根本不感兴趣。

"我们祖先留下的传统，已经遭到严重破坏，无可救药了！我们不想继续破坏。"老导游摇摇头，黑色的瞳仁中，有愤慨，有无奈。

印第安部落与白人殖民者之间积怨已久。被迫告别刀耕火种、驰骋荒原的生活方式，已历经数代人了。漫长的转型过程是痛苦的，也收效甚微。近年来，随着新一代原住民受教育程度的不断提高，维权斗争之火愈燃愈烈，且成绩斐然。

别的不提，仅在我所任教的大学，已经明文规定，发给学生的每门课程的大纲上，都必须在顶端印上一段话，承认大学校园所占据的，是当初殖民者们允诺留给印第安人的土地。学校举行大大小小的活动时，文笛校长也必须首先朗读一段感恩致辞。

回程中，司机小伙儿难掩失望之情，嘟嘟囔囔道："天生就是受穷的命，没法子，碰上这种不开窍的人，谁也帮不了！"

眼前又亮起老导游那对纯净无瑕的眸子。

"很难讲，究竟是谁不开窍。"我说。

第十二章　上帝的绳索

56

在老导游的倾心帮助下，暑假来临时，策划了许久的国际研讨会——"共通的文化历史：中国多民族及加拿大原住民文化比较"，在六族镇辽阔的原野和静谧的星空下，圆满结束了。

前脚送走了各方来宾，后脚我就起飞，前往加拿大西海岸的大都市温哥华，继续我的调研。

何明华的幼子何基道牧师，已是风烛残年的老人。他虽然不愿再触碰伤心往事，提起哥哥乔克车祸丧生的话题，却告诉了我一些有用的信息。

其一，位于中国广州的暨南大学，有一位女学者吴青，近年来致力于研究何明华主教。

我通过老人与吴青博士取得联系后，她及时回复了我的邮件，并发来了她的一篇论文草稿——《圣公会何明华会督按立澳门女牧李添嬡事件之探析》。

看到国内学者也有人关注此事，我甚感欣慰。但浏览之下，发觉她这篇尚未发表的论文草稿，主要是围绕着封立女牧师事件，针对英国教会高层的激烈争辩而进行论述的。此外，她所引用的大多数资料，在佩灯牧师的书中，已有了详尽介绍。

其二，何基道牧师说，在加拿大温哥华，有一位华裔女医生陈慕华，最近刚出版了一部英文传记作品，继佩灯之后，进一步补充了何明华主教的生平事迹。

"我把家中所能找到的全部资料，都提供给这位女医生了。"老人在邮件里说，"也许，你可以从她的书中，找到你想要了解的东西吧。"

于是，在温哥华一家酒店的咖啡厅里，我见到了女医生陈慕华。那时候，我已见缝插针地匆匆读完了她所撰写的那部英文著作。

女医生人过中年，容貌清秀，举止文雅。清澈善良的目光，使人一见之下便生出毫无保留的信赖感。

我丝毫听不懂广东话，而她说起普通话时又磕磕绊绊。于是，我们两位华人的交谈，只能用英文进行了。

我感到好奇，为什么她身为医务人员，却有兴趣花费大量业余时间，为一位宗教界人士树碑立传？

女医生告诉我，她生长在香港一个基督徒家庭里，幼年时曾接受过何明华主教的摩顶洗礼。这样说时，她的眼睛里闪烁着崇敬的光芒。

"何明华于1966年退休。离港之前，他烧毁了几乎全部的私人信函、日记和文件，仅仅携带了很少的东西，回到故乡牛津。"女医生说，"幸运的是，在他四十年代和太太娜拉分居的那十三年间，所有寄回英国的家信，都被太太保存了下来。因此，我的资料来源，除了香港教会里保存的日常工作档案，就是那几百封家书了。"

我隐晦地试探了一下，却发现乔克的车祸死亡事件，似乎从未在女医生脑中掀起过任何涟漪。于是，我们的谈话，便围绕着何明华的太太娜拉展开了。

佩灯牧师撰写的那部厚重的传记中，鲜少涉及何明华夫妇的私人感情生活。据他解释，是"出于对娜拉的尊重"。

这句话，似乎有点欲盖弥彰、不打自招的味道。

但佩灯牧师似乎还是未能忍住。在书的结尾处，他借邻人之口，用蜻蜓点水的委婉方式，描述了一下这对夫妻。

"娜拉的杂乱无章，与主教的井井有条，形成了鲜明对照。妻子因循守旧的刻板风格，显然给丈夫的生活带来了极大不便。"

而在女医生的书中，她不仅大胆披露了何明华夫妇家庭生活中的许多细节，甚至在书的前言里便一针见血地点明："何明华的婚姻里，充满了坎坷与纠结。"

她还提到，自己的丈夫是一位精神病专科医生，曾一口断定，娜拉所展现出来的种种迹象充分表明，她患有严重的心理疾病。

早在看到佩灯牧师书中那几幅家庭照片时，我脑中就不止一次地飘过疑云，何明华对太太的爱情，是建立在什么基础之上的？这样一个倾倒众生的男性，是靠什么力量来抵御大千世界里无处不在的诱惑，而从未出现过任何花边新闻呢？那个曾逼得李添媛赌咒发誓、跳进黄河也洗不清的桃色绯闻，真相究竟如何？

面对我的疑问，女医生轻轻地却坚定地摇了摇头，否定了何明华与李添媛之间会有任何暧昧的关系。

57

优秀的男性，与优秀的女性一样，难免会面对诱惑的考验。稍不留意越雷池一步，便会引火烧身。

面对重重诱惑的，除了何明华主教，还有我们都熟悉的白求恩医生。

当白求恩横跨北美大地为西班牙战场讲演募捐时，那气贯长虹的英雄气概，曾吸引了无数女青年，为他献身、为他燃烧，愿以飞蛾扑火般的热情追随他到天涯海角。

针对坊间捕风捉影的猜疑和诋毁，加拿大华裔总督伍冰枝女士曾力挺白求恩。

她在自己撰写的白求恩传记中说，"白求恩的生活里，出现过很多女性。他也曾倾心热爱过她们中的某些人。但他绝非一个追逐女性的男人，更从未试图征服过她们中的任何一个"。

三十年代，与白求恩在蒙特利尔同一所医院里工作过的女护士丽碧·派克也曾在自己的回忆文章中说，她很欣赏白求恩对女性的态度。在他眼里，女性是有思想和个性的。他与她们之间的关系，在绝大多数情形下，仅仅是单纯的友谊。如果他与哪位女性产生了纠纷，也绝不会接受对方用"性"来做交换。

作为一个自我意识十分强烈、天性不愿受到任何约束的人，白求恩又是如何战胜人所共有的"贪欲"的呢？

前面提到，在他加入共产党之前，曾与蒙特利尔一位聪慧美丽的左翼女画家玛丽安·斯科特陷入过难以自拔的精神恋爱。在下面这封信中，白求恩用细腻的笔调剖析了这一不当情感所引发的矛盾心理。

如今我深感欣慰，因为咱俩都没有从身体上互相占有对方……你得以保存了完美无缺的贞操感和道德感，因为自己仍然是一个忠实的妻子。假设大家做了那些事的话，结果会怎样呢？不过是满足一时的性饥渴罢了，却无法解决最终解决不了的矛盾。然而那样一来，由于你内心的挣扎，你将会失去灵魂的安宁。而我呢，也会立即感受到你那些微妙的变化，从而再也无法寻找到平静。

毫无疑问，这种道德上的自我约束，形成于白求恩所出生成长的基督教牧师家庭对他的严格教诲。

而踏上中国大地之后的白求恩，为何能彻底摆脱男欢女爱的干扰，不再心猿意马，不再卷入任何恋爱纠纷，而升华为一个高尚的人，一个纯粹的人，一个脱离了低级趣味的人呢？

不知读者们是否还记得，在加拿大警方所窃取的那封白求恩书信的草稿上，他曾留下了几句坦诚的肺腑之言：

假如我对共产主义能够产生出强烈、真诚的感觉的话，那么，即便我的生计和专业地位受到了威胁，我也会在所不辞。

在八路军的医院里，白求恩写过这样一封信：

在中国人这里，我找到了真正的战友。他们属于人类最高尚的那一类。他们目睹过残酷，但他们懂得温柔。他们品尝过艰辛，却懂得如何微笑。他们忍受过巨大的磨难，却拥有坚韧、乐观、智慧与安详。我逐渐地爱上了他们。而且我知道，他们也同样爱着我。

辗转人世，漂泊半生，在高高的太行山上，白求恩终于找到了志同道合的战友，为自己的灵魂寻找到了置放的空间，从此获得了平静与安宁。

58

何明华与白求恩一样，都堪称极具魅力的男性。这种魅力，不仅来自英俊潇洒的外表，更来自根植于精神世界的高尚人格。

四十年代初期，何明华曾应邀赴美国半年，在多所高校中讲课交流。一个美国女青年见过他后，发出了慨叹："他是世界第一的迷人男性！"

是的，两人都深受异性爱慕。但白求恩的率性，曾导致他两度与同一位妻子离婚，并数次卷入绯闻。而何明华却做到了目不斜视、从一而终。他能够坦然与其他女性建立起深厚的友情，却从不让自己陷入任何麻烦。

他是怎样做到的呢？

何明华堪称多才多艺。他在牛津大学的专业是古典文学，业余爱好包括诗歌、音乐、绘画、哲学，兴趣广泛。

娜拉却腹无诗书，乏味平庸。中学毕业后，她在伤兵医院里做过几年看护，有幸结识了军营里的少校何明华，恋爱结婚，相夫教子，终其一生，只是个长于烹饪和缝补的家庭主妇。

女医生说，娜拉保存了何明华一生中写给她的所有信件，多达五百封。

娜拉是否怀疑过丈夫对其他女性的感情呢？似乎没有。

在女医生所著的那本书中，收录了一张香港教会在四十年代拍摄的集体照，我因此得以欣赏到李添嫒青年时代的倩影。

她五官匀称，身材娇小，长发绾在脑后，着一袭飘逸的雪白长袍。与我的猜测完全吻合，恰似门前阶下的一丛兰草。

李添嫒在"回忆录"中提到，六十年代初，她曾参加过羊城举办的文艺晚会，在短剧中扮演了一个狡诈的女特务，遭到观众咬牙切齿的痛骂。她也扮演过一位贵妇，以悠闲自得的神态，令人瞩目。此外，年过半百的她，甚至还跳过"扇舞"，以翩跹的舞姿，让观众体验到"资产阶级飘然若仙的生活意境"。

仅凭能歌善舞这一点，李添嫒恐怕就盖过乏善可陈的娜拉不知多少倍了。更别提在何明华的心目中，李添嫒，才是心心相印的志同道合者。

然而，少言寡语的娜拉，似乎从未担忧过。也许她深深懂得，所嫁的男人，有着信仰的束缚。上帝的绳索，胜过任何严苛的法律惩罚。

当然，她也有自己的不满。娜拉难以理解，丈夫生在牧师世家，且为大英帝国的臣民，为什么会对这批黄种人产生如此深厚之爱？

娜拉讨厌香港。那酷热的天气、蚂蚁般拥挤的人群，都令她烦不胜烦。她曾屡屡要求携带子女返回英国，守在自己的老母亲身旁，享受平凡宁静的乡间生活。

羊城陷落日军之手后，难民大批涌入香港，人口骤然增多，街市更加混乱。娜拉终于有了充分的理由，带着孩子们登上了轮船，一去不返。

从那时起，夫妇俩便天各一方，分居长达整整十三年。

离别之初，一日数次，为了节省邮资，何明华都用蚂蚁般的小字写在信纸的两面，向娜拉诉说对她的渴望与思念。

信的内容，包括回忆二人初恋时的热烈情感，赞美娜拉天使般的纯洁，甚至生怕自己今天的"失败"，会玷污她的"洁白无瑕"。

读来生疑。什么叫"失败"？难道说，虔诚如何明华主教，他也曾暗暗恐惧，会禁受不住内心欲望的驱使，无法坚持洁身自好？

何明华在信中所作的自我批评、忏悔检讨，不厌其烦，絮絮叨叨，事无巨细，狠斗私心一闪念，实在有点过头了，令人费解。

他说，回忆起二人恋爱之初，娜拉所给予他的，不过是来自女性的关爱，以纯洁的拥抱所体现，而自己呢，竟然生出过更多的欲望，相比之下，实在可耻，实在卑贱！

罢，罢，罢。

那时的何明华，结婚已长达二十载，早已步入静水深流、宠辱不惊的老夫老妻状态了，为何会如此狂热地吹捧和抬高妻子、贬低自我呢？这种情感，着实奇怪。

在另一封信中，他写道："太太的存在，是上帝对我的制约，以免我成为工作狂。"

那几年里，何明华无法踏足被日军占领的香港，只好辗转于云贵高原，旅行、视察。他常常在崇山峻岭间徒步跋涉，携带着行李卷，在各地的教堂里过夜。他坚持与当地人吃同样的伙食，拒绝任何特殊待遇，以至体弱染病，罹患严重的静脉曲张、疟疾、肠胃炎。

然而，何明华在1943年年初写给娜拉的一封信中，却这样自我批判：

"我没有充分认识到，骄傲自大，是我身上的罪恶。我在生活中对自己的约束还远远不够。我太耽于舒适和方便了。因此，我似乎感受不到上帝的神圣之光。"

他感到愧疚并自责的东西，是什么呢？他孜孜以求的"神圣之光"，指的又是什么？在如此艰苦的环境下，他为什么仍会对自己如此苛责、刁难？

也许，当一个心灵纯洁高尚的人落入了情感旋涡中，努力挣扎，试图摆脱，才会出现反常的自虐式苛刻？

白求恩面对诱惑，也曾痛苦思索，寻找解脱。毅然加入了共产党，不失为摆脱痛苦的选择。

何明华可曾期盼，以苦行僧般的手段折磨自己，从而战胜纠缠在心头、难以驱除的欲念？

他可曾希望，上帝的灵光及时显现，协助自己铲除私心杂念，维持那早已味同嚼蜡、岌岌可危的婚姻？

何明华曾在写给娜拉的家书中，把她与身旁其他英国人的太太逐一对比，然后找出来娜拉身上的闪光点，聊以自慰。

对手下那些离婚再娶的外国传教士，他不问青红皂白，便作出严厉惩罚，把他们一个个都钉上了耻辱柱，永不提拔，使其失去晋升机会。

1941年秋天，当何明华在美国做学术交流时，他曾在某次讲演中，严厉地批评一些传教士的渎职现象。

他说，基督教早在唐朝时就开始传入中国了，但历经千余年，迄今却一直未获成功，原因何在？

"假若传教士们能够具备在婚姻中那种忘我的宽容，基督教恐怕早就成功了！"

嗯？假若娜拉真是一个纯洁无瑕、屡屡令何明华自惭形秽的女神，又何来婚姻中必须具备的条件——"忘我的宽容"呢？

59

"何明华对太太的感情，充满了令旁观者不可思议的慈悲与宽容。"女医生说。

何明华对娜拉的宽容，更多的是源于一个善良的人对弱者的同情与怜悯。

娜拉的背后，是一个极端固执、不惜采用一切手段来控制子女、满足自己私欲的英国老太太——她的母亲。

据女医生说，所有认识何明华和娜拉的人都认为，这对夫妇，实在是差之千里。一个属于毕生追求心灵成长的知识分子，一个是围绕着柴米油盐打发岁月的家庭主妇。

不过，在我看来，娜拉也并非一无是处。至少在语言学习上，她似乎比丈夫更具天赋。

在中南海的周总理家宴上，邓颖超曾用广东话与娜拉交谈。而何明华呢？到香港就任之初，他便宣布，决心在两年内攻克中文。然而，他却食言了。

在缺乏语言天分的特点上，何明华竟然也与白求恩如出一辙。

白求恩在他那封感人泪下的临终遗嘱中说，他在中国两年来，唯一的遗憾，是无人与之交谈的孤独感。

不难想象，为什么白求恩会在繁忙的工作之余，不惜走十里山路，也要去凯瑟琳在莲花峰下的小屋里，喝上一杯她亲手烹煮的羊奶咖啡，在月色下敞开心扉，快乐地交谈。

尽管何明华与太太之间几乎毫无共同语言，但这对夫妇在分居了十三年之后，娜拉还是在她母亲去世后，挣脱了那只左右了她一生的手，离开已经长大成人的儿女，只身返回了香港——这座令她厌恶的亚热带小岛，陪伴已步入人生暮年的丈夫。

而第二年春天，就发生了乔克的车祸事件。

娜拉是否曾对长子之死，怀疑过什么？她是否暗中迁怒于丈夫对事业的执着，那引来杀身之祸的执着？

在很多华人教徒眼中，娜拉实在是配不上光彩照人的主教大人。不懂音乐、不爱诗歌，也就罢了，公众场合下她的缺乏教养，还屡屡令何明华陷入难堪。

例如，女医生在书中提到，某次接待贵宾的会议上，别人正在台上发言，娜拉突然间剧烈地咳嗽起来且没完没了，扰乱了秩序，把全场人的注意力都吸引到她的身上。类似的尴尬场面层出不穷，不是嗓子痒痒了，就是脚腕抽筋了，浑身毛病。

这些描述，与李添嫒在其回忆录中对娜拉的高度评价大相径庭。

也许，留在李添嫒印象中的抗战初期的贤妻良母娜拉，与五十年代重返香港、经历了丧子之痛的巨大创伤、心灰意冷、破罐破摔的娜拉，已非同一人了。

据女医生所述，在娜拉返回香港之后，她曾经冷冰冰地对家人抱怨："我心里很清楚，其实，你们都巴不得我不存在呢！"

这句话，是否可以理解为她洞若观火后含而不露的指责？

早在三十年代，当何明华被任命为香港大主教，兴奋地与太太分享佳音时，娜拉却朝他泼了一头冷水："我宁愿你仍然只是一个普通的乡间牧师，全家都过着普通人的平静生活。"

娜拉是有智慧的。她的定力，她的隐忍，恰是最佳的护身符。

何明华主教，你，真的从未动摇过吗？

也许有过。漫长的婚姻道路上，谁敢说从未滋生过杂念？

当初封立李添嫒时，他明明知道这样做将会断送掉他返回英国、荣升为红衣大主教之仕途，因此将无法与娜拉和子女们团聚一处，同享事业的成功与天伦之乐，然而，他还是孤注一掷，义无反顾地做了。

在他与李添嫒同舟共棹，奔赴七星岩的途中，当他在曲江的教堂里闭门思过，一天一夜不许人打扰时，他可曾在爱情与道义间激烈地挣扎过？

仅限于精神层面的男女之爱，是否能算罪恶？假如我追随心灵的呼唤，冲破樊篱，是否能得到谅解？主啊，请宽恕我……

何明华的一生，是背负着沉重十字架的一生。

与女医生一样，我也毫不怀疑，何明华与李添嫒之间，从未越过雷池一步。

反观摆脱了上帝绳索的白求恩，却活得更加坦荡、更加洒脱。他在赴华前夕写给前妻弗兰西丝的那封信，直抒胸臆，光明磊落。

> 如今我所踏上的人生旅途，是一条离经叛道之路。但只要我认准了，就将义无反顾。而你呢，则必须走你自己的路。
>
> 我曾对你说过，我已不再像过去那样尊重你了。我的意思是，在我的眼中，你的生活是缺乏尊严的。不过，你我二人对"尊严"二字的理解，也许截然不同。
>
> 我所指的尊严，是不屈不挠、嫉恶如仇、拒绝同流合污、坚持独立思考。
>
> 我已经意识到，过去向你提出的那些建议，例如让你为事业而采取行动，实在是大错而特错。

再见了，请原谅我。

在对待婚姻的态度上，我看到了何明华与白求恩之间的显著不同。

一个是圣徒，一个是英雄。

60

假如没有上帝的绳索，何明华会怎样对待自己的婚姻呢？

李添嫒笔下的那段"揭发"，再次浮现了出来。

在封立女牧师之前，何还特别强调，当牧师是终身的职守，结婚与不结婚，不过是人生的一种过程而已。

毫无疑问，何明华是有意识地深入影响笔者，毫无保留地一辈子献出宝贵的生命，为帝国主义效劳。何居心的狠毒，可不言而喻了。

这段指责，隐含着无限的哀怨，同时也暴露出李添嫒有限的境界。

尊贵的白袍和华美的丝带下，她，毕竟只是个未能免俗的普通女性。

何明华主教是在什么时候向她提出这一要求的呢？没有查找到任何记录。也许，那只是两人在泛舟西江时的私下交流。

不过，当英国教会高层掀起了否定女性担任牧师的轩然大波后，香港教会的中国教徒们曾经递交过一份集体请愿书，其中建议，在教会服务的女执事，如果满足了下面的条件之后，应当享有被封立为牧师的资格：

> 一、如果该女执事与男执事拥有同样的神学教育背
> 景、灵性修养、管理才能；
> 二、如果该女执事年满三十岁、未婚，且愿意终生
> 独身，并能保证，假如在今后结婚，就必须放弃牧师的
> 身份。

尽管这种建议所附的条件本身就包含着严重的不平等色彩，但这份请愿书一经递上，仍遭到了否定。

退一步说，假如何明华果真在二人泛舟西江碧波的旅程中，或是在七星岩下的封立仪式前夜，曾私下向李添媛提出过"守身如玉"的希望的话，在我看来，也许她也过于敏感，曲解了何明华的本意。

怎能不怀疑，主教大人那张倾倒众生的笑脸，常常要掩盖内心的煎熬？

怎能不怀疑，日复一日，年复一年，何明华必须强迫自己吞咽下婚姻的苦果，按照主耶稣制定的准则去生活？

怎能不怀疑，何明华懊悔终生的，恰恰是青年时代在婚姻上的草率选择？

也因此，才有了他对李添媛那发自肺腑却无法明言的"独身"劝说？

女医生说，何明华想到什么立即就做，这是他成功的因素，但与之相应的急躁、缺乏深思熟虑的性格也是缺点，给他带来了无数烦恼。

他与娜拉的婚姻，难道不正是这种缺点的必然结果？

在他那篇描述乔克和娜拉母子二人围绕着开汽车的絮絮叨叨的讲演稿里，我读出了他对妻子竭力克制的抱怨。

在何明华逝世前不久，他曾给两个依然在世的子女各自留下了一张字条，透露出他对长达半个世纪以上的这段婚姻的真实感受。

给女儿的字条上，这样写着："你母亲应当永远不再到你那里去，或者与你一起生活。因为她会活活地吞噬掉你的一切。"

给儿子的字条上，则这样叮咛："记住，你必须做自己想做的事情，而不受你母亲的任何干扰。"

人之将死，其言也诚？

也许，直到生命的尽头，他才真正悟出了，何谓两性之间真正的平等。

身为男性，也很可怜。

梅莨牧师曾对我说："人生在世，都很在乎自己的名声。但终究会有那么一天，你会不再在乎自己在他人眼中的形象。"

而这一天，对何明华来说，是否来得太晚了呢？

1975年春天，八十岁高龄、已不能言语的何明华，在英国乡间老宅里告别了身旁的亲人。

临终时，他那对早已蒙上厚厚的云翳、不再明亮的眸子，朝着空中久久地凝望，似有满腹未竟的心事，难以弃舍。

主教大人，你放不下的，究竟是什么呢？

你可曾希望，无论怎样姗姗来迟，若干年之后，总会有那么一天，世人将明了你毕生所追求的理念？

你可曾希望，把骨灰带回遥远的东方，撒在"灵隐台"的山坡上，如凯瑟琳那样，永远留在浇灌了你青春热血的土地上？

你可曾希望，在有生之年，再看上一眼那个沉默孤独的身影，向她倾诉你未能吐露的衷肠？

唉，"纵使相逢应不识，尘满面，鬓如霜"。

61

李添嫒出席了在英国伦敦举办的平反昭雪盛典之后，一连串的光彩和荣耀，如春天的花雨，朝她洒下。

1987年，应中国基督教三自爱国运动委员会主席、中国基督教协会会长丁光训主教之邀，李添嫒返回一别经年的祖国，重游故里，在大江南北流连忘返。

她特意前往七星岩下的小城，沿着草堂街，寻找昔日堂前翻飞的燕雀。

那座用木板搭建的朴素无华的教堂，早已杳无踪迹了。原址上矗立着的，是一座砖石结构的新楼房。在青年男女唱诗班优美的歌声中，李添嫒脑中涌出了恍如隔世的胜景。

那个登临人生巅峰的时刻，没有一天离开过她的脑海。

何明华回答记者提问时那朗朗的声音，仿佛仍在七星湖宽阔的水面上回荡。

有一天，世界宣布和平后，香港主权应否归还中国？

我相信，终将有那么一天。中国会人才辈出，发展香港的商业、促使社会迈步前进。到了那时，英国政府必须揖手相让，物归原主，这是理所当然的前景！

读完所有当事人或旁观者跨越几十年光阴所撰写的回忆录，我却感到了某种不满足。

这段牵涉人类文明交融的历史，由一封从天而降的匿名信引发，似一粒石子投入湖中，激荡起重重涟漪。但在我接下来所卷入的调查中，一篇又一篇潜入我视线的史料，都在不断地提醒着我的直觉：这段历史中，似乎缺失了某些环节。

那缺失的东西，并非世俗关心的男欢女爱、儿女情长，而似乎是某种被刻意隐藏、密不透风的内容，就像被加拿大警方刻意涂抹过的白求恩秘密档案。

何明华最疼爱的长子乔克，究竟为什么会遭遇飞来横祸？

何明华在离开香港时，为什么要烧毁所有的日记、信函、文件，不留一点痕迹在人间？他所担忧的、他需要防范的、他必须保护的，究竟是哪些事、哪些人？

尽管无法解开这些谜团，我却深深地敬佩他骨子里的执着与勇敢。

1956年，何明华应邀去北京参观访问，回到香港后，受到了来自右翼势力的猛烈攻击。他深受伤害，内心充满痛苦，却一如既往，固执地不辩解、不道歉，更不乞求任何人的宽恕。

佩灯牧师的书中，收录了何明华与娜拉携手，再次踏入北京天坛，故地重游后的感怀。

距我们夫妻第一次踏上那座汉白玉石的祭坛，三十三个春秋，已飞逝而去了。依稀记得，我曾经在这个无比神圣的地方敬拜上帝的时刻。

我和太太均感到惊愕。岁月悠悠，我们似乎淡忘了天坛那令人难以置信的简洁、大气、美丽、庄严。

当我们垂下头来，虔诚地祈祷时，天空中飘落下霏霏细雨，犹如上帝洒下的慈悲的露珠，滋润着脚下这片大地。

银发稀疏的何明华，脑中是否又响起了几十年前的竹笛声？

回荡在英伦大地上的那曲悠扬的仙乐，引领着他，一步步迈向遥远的东方。

第十三章　西花厅之夜

62

那年夏天，在离开北京、返回香港的列车上，何明华抑制不住满心的激动，迫不及待地匆匆提笔，给他那位在英国教育界任职、荣获爵士头衔的四弟诺尔写了一封长信。

在这封时间显示为"1956 年 6 月 23 日"的信中，何明华兴奋地告诉四弟，他受到了周恩来总理的盛情款待，并详述了在晚宴结束后他与周总理谈话的内容，从外贸纠纷、香港局势，一直到中英关系。

我亲爱的诺尔：

首先，此刻仍在北京的欧念儒（英国驻华代办——作者注）让我代他向你问好！等一下我还会更多地谈到他……

这封信十分紧迫。如你所知，周恩来总理与我非常熟悉，早在重庆时他就深受我的尊敬。当他步入人民大会堂（中南海怀仁堂——作者注），在访客们驻足的那个角落里，一眼就认出了我时，我真是喜出望外啊！

他特意单独邀请我和娜拉到他家里，共进晚餐。作陪者仅有龚澎和她丈夫。周恩来夫人和娜拉用广东话聊天。此外还有两位外交部的领导也在座。

周恩来精力充沛、热情友好。但我感到，他对中英之间的关系颇为恼火，有深受伤害的感觉。他说，在抗衡美国人方面，日本人相比起来要精明得多，也更加有勇气。

周恩来对欧念儒很失望。的确，欧念儒显得过于悲观了，总是前怕狼后怕虎的。我也觉得，别指望欧念儒能领头做任何事情。十分可惜，还要再过上一年，他才能期满离任。

周恩来的主要观点如下：英国与中国做贸易时所秉持的态度是："我们有过剩的产品，在哪里能够找到市场？"眼下英国要卖的是拖拉机。可拖拉机耗费燃油，却不会生产肥料。

"接下来的十年，我们必须依赖人力和畜力。"

听了周恩来这句话，我很高兴他所采取的务实态度。对于那些热衷于要把大批拖拉机卖到中国的英国商人，我已经用力踩下了刹车器。

周总理所希望的，是这样一种贸易方式：中国需要各式各样的轻小型机械。因此，在接下来的二十年里，了解中国的需求并随之调整英国制造商的生产力，不仅对中国有帮助，也会对英国有益。

……

接着，周总理谈到了煤油的问题。这是他们眼下十分需要的东西。由于中国乡村的家庭几乎全部要依赖进口的煤油照明，其结果会影响到整个社会的农业计划。

他说，"煤油并非战略物资"。（但是，欧念儒后来却对此评论说：煤油当然要算是战争用品了，因为煤油是喷气式飞机的燃料。）

不过，欧念儒最后还是同意了周总理的意见，觉得我们应当为中国提供煤油。他的理由如下：假如战争爆发的话，俄国人会毫不犹豫地为中国那批数量不多的喷气式飞机提供煤油的。而那样一来，我们不仅失去了市场，还一无所获。

的确，如果现在便以某种适当方式为中国提供煤油的话，将对世界和平大有益处。因为，中国那些非常出色的农业规划若要取得成功的话，很大程度上需要依赖夜校的扫盲班和讲座培训等。中国未来的市场，将在乡村。

我不知道你是否能帮上什么忙，但这个问题使周恩来很激动，而他也的确是有道理的。

晚餐结束后，我们谈到了香港。周总理想告诉我三点。

1. 北京应当在香港派驻代表，正如1945年后南京在香港派有代表一样。

我觉得，这个要求是十分合理的。我也知道，葛量洪总督曾经犯过一个严重的错误。他允许周锡年医生和他的香港房地产商同伙们控制了香港政府。

虽然大多数英国公司和香港的中产阶级依赖与中国大陆之间的贸易而生存，但他们的声音却被财大气粗的地产大佬们淹没了。

此外，从 1946 年到 1950 年，由上海移居到香港的华人疯狂地购置房地产，却无意和大陆做贸易，这批人也增强了房地产大佬们的势力。

2．火车直通香港。这一点，以及前面那一点，本来都没有在香港公布。但两周前却被路透社驻京记者报道了出去。之所以需要保密，是因为香港处于岌岌可危的状态，既害怕台湾的那些家伙，也担忧那些房地产大佬们的影响力。

中国希望能成立一个联合委员会，以保证不会有大批人员流入香港。我知道这绝非易事，但成立联合委员会是迟早必须做的事。我们不可能指望着，生活在中国家门口的台阶上，却不与人家进行协商。这种协商应当越多越好。

3.第三点是小事一桩，但却反映出周总理脑中的想法。也就是说，我们必须要清楚了解人民政府对文化方面的要求。他们最后总算批准了一个艺术剧团进入中国，但却做出了严格的规定。

我问周总理，是否可以把他的话告诉别人。他立即说"对"！于是，除了第一点，其他的我都向欧念儒转达了。

欧念儒可是从来没机会与身兼外交部长的周总理有过像我这样的谈话机会啊！我也感到惊奇，中国的确既强硬又务实。因此，他们对我何明华这种异乎寻常的款待，更显得意义非凡。

我非常肯定，周恩来真心实意地愿意与英国建立起更加友好的关系。

顺便告诉你一下，欧念儒对周恩来的评价非常高，并且十分渴望能与他密切接触，可惜他未能成功。

我感觉，自己必须为这次会面尽一臂之力，所以才写此信给你。我觉得，无论是欧念儒，还是港督葛量洪，都帮不上多少忙。在对华贸易问题上，英国若能采取明智举措，是至关重要的。

欧念儒说，我们不敢肯定中国是否能支付得起。

而我个人的观点则是："假以时日，中国早晚能够做得到！"

周恩来也花了些时间，解释他们对英国在华资产的态度。他说，中国送往英国的那些利润，已经至少是那些资产全部价值的三倍了，甚至常常是十倍。

欧念儒说，英国那帮对华工作老手是最不称职的，因为他们记不住过去从中国已经获取的巨额利润，唯独惦记着还能得到更多的英镑，作为那些房地产的赔偿。这种做法，事实上会榨干中国购买新物资的能力，因此对中英两国都是极为有害的。

……

显而易见，搞得香港岌岌可危的"台湾的那些家伙"，当然指的是潜伏在香港的国民党特务。此外，那个被香港房地产商所控制的政府，那些"财大气粗的地产大佬"，何明华在不经意间，为他身后的香港局势，留下了高瞻远瞩的预见。

而对于资本主义世界的唯利是图、贪得无厌，周总理与何明华均做出了一针见血的揭露。

从北京返回香港之后，何明华撰写了一篇长文，在媒体上发表了。

　　……1945年，当战争结束时，中国遭受了巨大的破坏，支离破碎。无论是在经济上，还是在士气上、政治上，中国都需要新人的涌现，以新的勇气和新的手段，在废墟上重建一切。感谢上帝，如今这一切都实现了。……

　　那里的人们不会问你，是否喜欢眼下的制度。但这个政府成功地在废墟上恢复了秩序、创造了繁荣。

　　人们的确想让你知晓，几百年来，中国人民终于有了一个令他们自豪的政府。人们这样说时，是发自内心的。

　　当我和那么多人聊天，并亲睹了政府所进行的许多改革措施之后，我相信，这样说的人们，绝对不是什么被洗过脑的木偶。

西方舞台上，正在形成凶猛的白色恐怖风暴，何明华却逆潮流而动，公开赞扬中国共产党，毫不掩饰他的信仰。

女医生告诉我，她相信，1950年之后，中国的大人物来香港时，仍然悄悄地与何明华会过面，请他帮忙。

"香港是个反共社会。那时，警方抓捕了一些共产党人士，何明华曾亲自出面交涉，设法营救他们。考虑到这些因素，当他告老还乡，离开香港时，必然会销毁一切文字记录，以绝后患。"

在那个风云变幻的时代，如何才能正确理解何明华所选择的不寻常的人生道路呢？今天的我们，又该如何诠释他的思想？

怀着渺茫的希望，我给香港的基督教会写了一封邮件，询问除了佩灯牧师书中的内容之外，是否还能寻找到何明华主教退休前留下的文字资料。

很快，我收到了答复：有关何明华的其他资料，已荡然无存。

63

恰似一盆冷水泼来，为我发热的头脑降了温。

我暂时放下了何明华，让思绪重又跳回到白求恩大夫的警方秘密档案上，依着挥之不去的直觉，继续寻找这两个重要历史人物之间可能存在过的某种关联，试图解读那些被掩盖了的历史真相。

那份令我深感蹊跷的档案，记录于1936年11月6日，整页纸上，仅有如下一行字："5.据可靠情报确认，白求恩已经加入了共产党。"

如我在前面所述，其实早在1935年11月，白求恩就已经正式加入了共产党。为了保护他的安全，加拿大党组织要求他严格保密，不得对外界泄露其党员身份，所以迟至一年之后，警方才确认了这一重要信息。

然而，这份档案真正引发我好奇心的，却是其藏头盖脚的状态。这份情报的整页纸上，仅仅露出了位于纸张中间部分的第5条。其余的内容，皆被严严实实地遮盖住了。

我悄悄揣测，被掩盖住的内容，无非有两种可能性：

其一，隐藏了当初安排在加共组织内部的间谍的姓名。

其二，隐藏了当初警方针对白求恩所策划的一系列机密行动的方案。

读者也许会以为，我是异想天开、编造小说情节呢。

走笔至此，不得不赘言几句，简要介绍一下曾经轰动过加拿大朝野的一桩历史大案。

1932 年，加拿大共产党总书记蒂姆·巴克等八人被捕入狱。他们均被起诉为"思想政治犯"。不久之后的某一天，监狱中突然发生了一场骚乱。在平息骚乱的过程中，尽管蒂姆·巴克没有参加骚乱，但警方的子弹却像长了眼睛般，从一面窗口准确地射入了关押他的那间牢房，有步枪子弹，也有手枪子弹，差点使这位全国头号政治犯因警方镇压"监狱骚乱"之借口而"偶然丧生于流弹之下"。

事后的调查，彻底揭穿了警方嫁祸于人的卑鄙伎俩。此事已载入史册，成为一大丑闻。

统治者对"赤色"的恐惧，从白求恩的警方秘密档案中，可窥一斑。例如：

> 白求恩曾在讲演中警告听众说，加拿大的政客们准备把进步人士关押在集中营里。他挑起了尖锐的阶级斗争情绪。

对自身所处的危险，难道白求恩不知情吗？

他应当早已知晓。

1938 年 4 月的一个晚上，白求恩率领的医疗队抵达延安之后，中共中央领导人为欢迎他们，特意举办了罕有的电影招待会，放映了苏联影片《夏伯阳》。

在毛泽东致辞之后，应八路军战士的热情邀请，白求恩兴致勃勃地站起身来，高歌了一首美国流行歌曲《乔·希尔》。

乔·希尔这个名字，对陕北的八路军来说，是陌生的。但在北美，却家喻户晓。不仅因为他是风靡北美大地的"世界劳工联盟"的领袖，多年从事工人运动，还因为他曾创作过一批脍炙人口的通俗歌曲，在民间广为流传。

但在风华正茂的三十六岁那年，乔·希尔却被莫名其妙地卷入了一场"桃色事件"。他在决斗中因遭到"情敌"的枪击而负伤，进而被美国法庭草草审理，并匆匆判处死刑，送上了绞刑架。

乔·希尔死去多年后，坊间对其死因的各种传闻，仍甚嚣尘上。

白求恩是否早已预料到了，他那舍生忘死的追求，终将把他也送上刑场？

身为一个才华横溢的散文家、小说家、诗人，他是否设想过，死亡，将以何种形式，降临到自己的头上？

我们知道，在白求恩动身来华前夕，曾向加拿大共产党组织提出过一个要求：

> 我仅有一个条件，假如我回不来了，你们必须要让世人知晓，诺尔曼·白求恩是以一个共产党员的名义牺牲的。

显然，他早已做好了心理准备，才踏上了视死如归的征途。

但假如白求恩没有牺牲，假如他回到了自己的祖国，等待着他的，又会是什么呢？

这份奇怪的警方档案，给后来的人们，留下了丰富的想象空间。

这张纸上那些被刻意遮蔽起来的大片内容，隐藏着哪些不可告人的阴谋呢？

针对已经确认了共产党员身份的白求恩，警方所策划的秘密行动，将以何种方式完成？

是像精心策划后准确射入蒂姆·巴克牢房窗口的子弹一样、死于一场暴乱中的误杀吗？

还是像被判处绞刑的乔·希尔那样，缘于一场表面上合情合理，却难以自圆其说的桃色绯闻，让英雄高尚的形象毁于下流的谣言？

或者，干脆快刀斩乱麻，制造一场简单易行的车祸？

……

也许，那些精心设计的阴谋方案尚未来得及实施，上帝之手就引领着白求恩，逃离了在黑暗中张开的魔爪。

不是吗？恰恰是在 1936 年 11 月 3 日这一天，白求恩已经抵达了西班牙，投入了建立输血队的奋战。这个日子，比警方确认他的共产党员身份，只早了三天。

那么，为什么白求恩从西班牙归来后，警方也没有伺机下手呢？

前面提到，白求恩在 1937 年春夏之交回到自己的祖国后，秘密档案的记录就更加频繁了，他的一言一行，几乎都暴露在警方的严密监控之下。

然而，从炮火硝烟中载誉凯旋的白求恩，已然成为举世瞩目的英雄了。

档案里记载了多伦多火车站万人空巷的隆重欢迎、横跨北美大陆巡回讲演时每场数千人的欢腾、听众争先恐后倾囊付出的捐赠，还有在他的号召下成群结队报名参军的热血青年……

此时下手，似乎已为时过晚。

无论是行刺，还是车祸，甚至是桃色情杀，恐怕都难免成为导火索，在整个社会掀起愤怒的狂潮，酿成不可收拾的暴乱局面。

被遮盖住的历史，为了各种冠冕堂皇的理由，恐怕只能是永远地被遮盖了，仅仅给我们留下了想象的空间。

回望历史，深感上帝之手的安排，堪称完美无憾。

长眠于太行山的白求恩，在他真正的战友们的怀抱里，最终完成了他理想的涅槃。

第十四章　文化盗用奖

64

整日沉湎于遐想之中，或者用老王的话来说，"庸人自扰"之中，日子过得飞快。眼见着枫树又粗了一圈，大雁也再次翩翩归来。

我站在办公室窗前，看着在花园草丛里孵卵的大雁夫妇，心事重重。

假如世人都像大雁那样单纯，这世界该有多美好！

一年多前，季琼夫人以一百零二岁的高龄，告别了这个世界。文笛校长和梅茛牧师曾前往多伦多，参加了她的葬礼。我因有课，未能同行。

事后，文笛对我说，在葬礼上，季琼夫人的亲属提到，老太太临终时留下过遗言，捐赠给学校的那批名人画作，可酌情卖掉，用售画所得支持教育事业。

有了双方的默契，那两幅已经悬挂了十几年的"张大千"，便从校长会议室的墙上取下来了。

如何卖画呢？大家都是外行。我把相关资料一一整理出来，通过邮件发给了国内几个朋友，委托他们了解渠道。

折腾了许久，反馈——回来了，人们疑问颇多，担心有诈。原来，如今赝品大行于市，人们甚至不敢确认，我所传递的信息是真是假。

我的头脑真的退化了，和雁们一样，简单轻信，从不疑人。

这个春天，那对大雁夫妇又回到了校园。也许，它们已经忘却了丢失孩子的哀伤。但也许，它们对逝去的一切，记忆犹新。否则，它们为什么会放弃牡丹花旁沐浴在阳光下的那个旧巢，改为在墙角背阴处的杂草丛里，重新建造了一个小窝？

是的，那里远离玻璃门，远离人的视线，更加安全。

大雁夫妇似乎吸取了教训，加强了防范。每次需要暂时离开窝巢、活动一下卧僵了的躯体时，母雁就会用嘴扯下身上一根根纤细的绒毛，小心翼翼地覆盖在宝宝们之上，捂得严严实实。确定难以被发现了，它们才双双离开。

不过，这次的情形却颇为反常。从3月底到5月初，母雁天天耐心地趴卧在几枚卵上，可是，长达一个多月都过去了，也未见丝毫动静。

5月11日那天，我观察到，母雁离开了窝巢，去花园外面觅食。返回来后，只见她小心翼翼地用脚爪扒开窝巢里一层层厚实的绒毛，呆呆地凝视着隐藏在下面的宝宝们，见依旧毫无动静，她默默地弯了脖颈，从身上啄下来更多的绒毛，覆盖在已经厚得不能再厚的绒被上，接着，又坚定不移地卧了上去。

唉，她大概以为是温度不够，宝宝们无法破壳而出吧。

细细观察，我才注意到，母雁的脚腕上，不知何时，多了一个银色的金属环，恰似俗气的商人指头上的金戒指般粗细，显然是被人套上去的。

我到隔壁的牧师办公室，向梅茛打探。

梅茛说，她也注意到了，母雁今年的孵卵期，好像异乎寻常地冗长。

两人说着，便一起站到玻璃窗前，悄悄观察。

"这个脚环说明，她已经被编入档案，受到监视了。"梅茛叹了口气，接着说，"她这是白费力气呢。"

"什么意思？"我警觉起来。

梅茛压低了声音，"有人动过手脚了。那些蛋，恐怕永远也孵不出来了。"

"谁？"我睁大眼睛，惊讶地看着她，"他们做了什么？"

梅茛神色平静："其实不用费多大事。只要拿着蛋，狠狠摇晃几下就行了。"

"天啊，怎能如此残忍！"我叫道，"不是国鸟吗？不是要受法律保护吗？既不能吃，也不能杀，就欺负人家傻，偷偷杀死人家的孩子？"

梅茛点点头："是的。但如果不限制它们的话，这校园还不得成了大雁的天下！"

我无语。想起了老王的感叹。如果是中国人，大概会直截了当，捉上一批泛滥的物种，送入屠宰场，一举两得，而非掩人耳目的伪善。

接下来，我每天都站在窗前，格外关注那只岿然不动、坚守岗位的母亲。看到她目光中的执着，便在心底为她难过。

与此同时，我却开始反思，自己对土拨鼠一家的深恶痛绝、必欲驱之而后快的心态，是否也有"残忍"和"双标"之嫌呢？

是的，土拨鼠毁了我的菜园。但它只是觅食果腹的生存需要罢了，哪里懂得人的复杂？评价他人行为，都易如反掌，而一旦侵犯到了自身利益，就很难坚持宽容与高尚了。

其实，对土拨鼠一家三口的驱逐，并未给后园带来宁静。

去年秋季，浣熊就粉墨登场了。那个身段似野猫、鼻梁上画着白道、与京剧中丑角扮相无二的东西，常在日落后的黄昏，夜幕降临之前，悄悄潜入我家后园。

比起只会钻地道打洞子、见人就逃窜的土拨鼠来，浣熊可称厚颜无耻，艺高胆大。它翻墙爬树，无所不能，且从不畏惧躲闪。

老王挥舞着铁锹，试图吓退它，它竟龇牙咧嘴，虎视眈眈，扑上前来。

前些日子，送客出门，惊见台阶下滚出三个毛茸茸的小肉团，吓得大家齐齐退回，躲入了门后。

京剧丑角的扮相，解释了它们的来源。无奈，只能调整心态，用"共融"的口号，聊以自慰罢了。

65

到了 5 月 15 日，天气已大热。我隔着窗子投去目光，赫然发现，灾难已降临。

我匆匆跑出办公室，冲进了花园，近距离查看。那一层层厚实的绒毛都四散开来，暴露出窝巢里仅余的三只蛋。

一只已经裂开，露出一摊浓稠的粉色浆液，散发着腥臭，另外两只的上面，则布满了细碎的裂纹。

发生了什么？是人的恶行？还是母雁终于失去了耐心，亲自踩碎了蛋壳，一窥究竟？

此时，梅莨从窗口看到我，也出来了。她凑到我身边，轻声说："超期快一个月了，它又不傻。它的配偶，似乎明白得更早些，已经好多天没来了。"

听梅茛说，我才想起来，是啊，那只曾经不离不弃的公雁，已经消失很久了，不再跟随身旁，扮演虔诚的护花使者。

人类的冷酷自私，竟然也可以传染吗？连忠贞不渝的雁们，也学会了遗弃与背叛。

不远处，母雁孤独的身影呆立在青砖甬道上，时而仰望天空，时而低头发愣，似乎在默默吞咽着伤痛。

5月18日那天，母雁仍在花园中徘徊。她似乎想明白了什么，只见她细长的脖子一伸一缩，喉咙里发出咕咕咕的叫声，像是在自言自语，暗下决心。接着，就看到母雁低下头来，拼命用嘴啄咬着她脚腕上那只银色的金属环。

你终于明白了！我在心底暗暗叫好，期盼着母雁能够挣脱人类束缚它的枷锁，摆脱卑鄙的监控，重享自由。

然而，母雁的反复尝试，都归于失败。

我疾步冲出办公室，找到梅茛牧师，请她与我合作，同去花园，抱住母雁，以便我亲手帮她解除掉那只可恶的金属环。

梅茛摇摇头，红润丰满的面颊上，浮起含了一丝嘲讽的微笑："彦，这是人的世界，自有其游戏规则！"

"可是，游戏规则，该由谁来制定呢？"我问道，"谁有权力决定谁该生，谁该死，谁该活？"

梅茛双手一摊，眨眨眼，一副不置可否的神色。

我的心头，充满了失望。都说这是个自由社会，但涉及政治理念时，人们要么选择随大流，要么三缄其口，避开祸端。

莱斯布里奇教授曾告诉我，加拿大警方对政治异见者的迫害，从未停止过。因为他们不能容忍人民对周遭的世界产生怀疑，害怕人民改变社会的努力。

四十年代初期，白求恩大夫牺牲后不久，政府就开始建造集中营了。从加拿大东部到西部的不同城市，建立了好几个。里面关押的人不仅有共产党员，也包括需要改造的印第安原住民。

"毁卵""套脚环"的改造工程，甚至从哺乳期就开始了。孩子们从婴儿期就被警方从家中带走，送到政府管辖的儿童教养机构，或者安排他人领养，以远离其父母的影响。

直到1983年，掌管情报工作的皇家骑警仍在制订秘密计划，妄图抓捕一千多名加拿大共产党员，将其关入集中营里。

这种严密监控，一直持续到九十年代。随着东欧各国社会主义集团纷纷解体，潜在的威胁似乎消除了，警方才开始放松了紧攥的魔爪。

谁想，旧潮方落新潮又起。恰恰是在1995年，印第安原住民们开始了猛烈的新抗争。

风波起因，要追溯到第二次世界大战期间。加拿大政府曾以每英亩十五元加币的价格，从安大略省北部印第安原住民部落里"借"了一块不小的地盘，修建了一个军营。可眨眼间，四十几年都过去了，却一直不见归还。

部落里的人们几次试图交涉，均无人理睬。

那年秋天，枫叶似火，染红了印第安原野时，部落里来了几十个人，赤手空拳，站在军营门口抗议示威。

僵持了数天后，全副武装的军警出现了。领头的印第安小伙子，年轻气盛，手中擎一根水火棍，似武松般挥舞着冲进了军营大门。警方连开三枪，小伙儿中弹后不治身亡。

有如义和团的大刀和棍棒，敌不过八国联军的洋枪洋炮，呼啸冲锋的印第安勇士们，终究挡不住装备精良的军警的子弹。

时任加拿大总理的保守党领袖麦克·哈里斯曾面对军警，颇不耐烦：“你们只要把这些狗日的印第安人给我轰出去就行！”

自那时起，星星之火，开始燎原。

66

2017 年的春天，的确是个多事之春。

近年来，在加拿大文坛初试啼声的印第安作家们，也开始卷入了抗争，捎带着给我的工作，也增添了一些麻烦。

春节过后不久，我便和同事们着手筹备一年一度的国际研讨会。我特意邀请了“加拿大作家协会”现任主席乔治·费瑟林。他的回信洋溢着对中华文化雾里看花式的憧憬和热情，欣然允诺将亲自组织一支加拿大作家代表队，盛夏时奔赴滑铁卢，与中国作家代表团交流畅谈。

岂料开春后风云骤变。

5 月初，我突然收到费瑟林的一封邮件。他显得紧张慌乱，匆匆请求我的原谅，表示会刊中一篇文章引发了剧烈争端，搞得作协几位负责人焦头烂额，疲于应付。他不得不全力以赴，处理这些麻烦，只能忍痛割爱，放弃前来参会的美好愿望，更无暇组织代表团了。

不久，邮箱里收到了费瑟林写给全体会员的公开信。肇事缘由，竟是会刊主编的“刊头语”。费瑟林代表作协，向整个加拿大社会诚恳道歉，并宣布：主编已引咎辞职。

究竟是一篇什么样的“刊头语”呢？

我虽入加拿大作协多年，但身为华裔，对其他族裔的文学动态，天然缺乏兴趣，甚少关注。即便是获得了诺贝尔文学奖的爱丽丝·门罗的作品，读了几篇，引不起共鸣，也便扔下了。

我找出加拿大作协的会刊，匆匆翻阅，便看到了主编撰写的《争赢文化盗用奖》一文。在政治正确风靡朝野的加拿大社会，这种题目，堪称别出心裁，标新立异，有哗众取宠之嫌。

文章不长，仅四五百字罢了。主编不赞同印第安作家们对"原住民文化被盗用"的指责，他鼓励各族裔作家均可放开手脚，大胆撰写自己所不了解的他者文化。

"我斗胆建议：设立一个'文化盗用奖'，也未尝不可。"他调侃说。

此文一出，便激怒了印第安作家们。加拿大媒体陷入了白热化争吵，焦点涉及文化盗用、言论自由，以及文学灵感的限制范围。

我理解原住民作家们的愤怒与苦衷。长期以来，悠久的口头文学传统，使他们忽略了文字的作用。在白人主流文化的"培养"下，印第安作家从单枪匹马，到整体亮相，不过是近年来出现的新鲜事。

但刚刚在文学舞台上崭露头角，寒潮便从天而降。他们从主编的那篇文章中感受到，文坛在白人掌控中，居高临下，对印第安作家含沙射影地进行了嘲弄。对此，他们当然不能忍气吞声。

人类站在各自的立场，出于不同利益的考量，各执一词，也难以企及公道。

我暗自企盼，这年夏天精心制定的国际会议主题——"文化间性与人类命运共同体"，能为各方人士提供一座平台，以掷下真知灼见。

费瑟林打了退堂鼓之后，我只能亲自出马，邀请加拿大不同族裔的著名作家。他们个个都是卓有建树的诗人、小说家。有趣的是，这些作家有的人是加拿大作协的忠实会员，直言不讳地支持"盗用他者文化"。也有的人，则对"作协""诗协"这类团体嗤之以鼻，拒绝加入任何"组织"，宁愿单枪匹马，独闯天下。

文笛校长也参加了研讨会并做了主旨发言。说来也巧，她的身体里，就流淌着原住民的血液。她的外祖母，是一位没有留下姓名的印第安部落女性。

文笛一来到世上，便失去了双亲，后来被六族镇上的"伤腿氏"家族领养了。酋长给她起的名字是"羽毛闪亮的渡鸦姑娘"。此后不久，她又转到了"星屋鳕鱼氏"家族名下。

文笛说：

"历史上对原住民造成的巨大伤害以及延续至今的恶果，使大家难以继续忍耐、吞咽。纠正这些殖民时代造成的错误并创建一个真正公道和包容的社会，至少还需二百年光景。我们这一代人虽然不可能看到那一天了，但未来的种子，已在今天播撒在大地上了。呵护这片土地，我们人人有责。要对得起历史赋予我们的良知、道德、责任和义务。

"我们不但要承认原住民所奉献的广袤的田野森林，也应当承认他们的故事、语言、文化。那些承载着这片土地丰厚历史的遗产，即便没有文字体现，也早已默默无言地编入我们生活中绚丽的挂毯，深入骨髓了。"

自从文笛这位原住民血统的女学者来此担任校长，她便致力于在全校推行"头顶同一片蓝天"的口号。这个口号，与国内如今提倡的"人类命运共同体"的理念，似乎相辅相成，却更加通俗易懂。

67

文笛的美好愿望，想设立一个"国际交流奖学金"，鼓励青年学子开阔视野，我从来没有忘记。

接下来的一年里，每次回国出差，我都会四处请教，虚心拜访业内行家。

曾顶着骄阳，来到京城被打造得古色古香的琉璃厂，在眼花缭乱的荣宝斋里，领受丹青高手的指点。

也曾冒着寒风，穿行于什刹海旁古老的胡同中，叩响名人故居的深宅，向大师后人讨教。

耽搁了很久，"张大千"的事情仍毫无进展。不得不承认，我生性愚钝，每每涉及生财之道，便不可救药地缺乏想象。

但我仍然固执地不肯相信，善良与真诚，会永远遭到轻视与嘲弄。只因这个世界里曾经存在过，也依旧存在着，与我同样，不肯放弃良知与尊严的人们。

在 2018 年那个夏天，偶然遇到了一个人，再度唤醒了埋藏我心头良久、本已逐渐淡化的那个直觉。

三伏天里，我步入德胜门城楼下的孔子学院总部，商谈合作项目。在挂着五颜六色万国旗的大厅里，迎头碰到了来自温哥华的"加中友好协会"代表团。

队伍中仅有一位华裔同胞，是个面目和善的中年男性。没想到，简短的寒暄后，我发现，这位男同胞的父亲，竟是一位我寻找了多年却无缘相见的老学者。

那位老学者，是加拿大西部某大学一位著名的中国历史学教授，祖籍山东，1949 年前夕去了台湾。

我在八十年代中期抵达加拿大，就读历史系研究生时，曾与这位相隔几千公里的老教授书信往还，向他求教一些问题。可惜路途遥远，二人从未谋面。

没想到，一晃三十年后，我却在故乡北京，与他的儿子不期而遇。

生活中充满了巧合。冥冥之中，是谁的大手在牵线搭桥？

"老教授如今还好吧？"我关切地打探。心里暗暗推算，如仍健在，怕已九十上下高龄了。

"父亲已过世多年了。"男同胞说。

接着，他告诉我，几十年前，老教授因为致力于推动中加两国建交、学术交流、友好往来，竟长期遭到海外反华势力的欺凌。他们的手段五花八门，卑鄙恶劣，包括死亡威胁、绑架恐吓、辱骂骚扰。

对此，我并未震惊。

在这个号称民主自由的世界里，老教授所遭遇的种种磨难，不但曾降临在麦吉尔大学的林达光教授身上，近年来，不是也屡屡纠缠着我吗？我岂能忘记那些卑鄙无耻的诬陷诽谤？我也永远不会原谅那个深夜打来、威胁孩子生命的恐吓电话。

"老教授是哪年离世的？"我沉住气，问道。

不难想象，那些流氓恶棍的下流手段，一定严重威胁了老人家的身心健康。真后悔，我怎么没有早点抽出时间，去西部看望他老人家呢！

"我父亲是在 1997 年访问台湾时，因车祸罹难去世的。"

"什么？车祸？"我浑身一震，再次追问。

"是的。车祸。"他声音沉重，但完全没察觉到，为何我在瞬间变了面色。

"父亲是在冰天雪地里的开荒拓土者。可惜，现在到了收获的季节，他却没能亲眼看到这一切了。"

我默然无语，却意识到了那一抹说不清、道不明的愁绪，它从未有一天真正地离开过我。

告别祖国，返回学校后，我再次翻出那本压在案头、许久未动的书，看着大红色封面上那对真诚善良的眼睛，陷入了惆怅。

这一页页泛黄的纸张里，埋藏着几多未解之谜？

"他的目标，不是为了哪一个人，也不是为了哪一个民族，而是为了整个人类，他必须奉献出自己的生命。"

何明华1961年秋天在"国殇日"的演讲，重重地敲击着我的胸膛。

作者佩灯牧师，早已离开了人世。当你在灯下苦思冥想，为后人留下这部沉重的传记时，可曾与我一样，脑中萦绕着重重疑云，挥之不去？

何明华主教的身后，是否也留下过警方秘密档案呢？假如留下了，解禁的日期，是否也是五十年后？

我怀疑，即便等到了解禁的那一天，他的档案里，恐怕也与白求恩大夫的秘密档案一样，呈现出一堆藏头盖脚的谜团。

第十五章　蓝莓城留痕

68

"白求恩村"进入我的视线，堪称偶然。

迎着初冬清冽的冷空气，我飞到加拿大西部，参加孔子学院的联席会议。

那天清晨，与萨省大学的几位学者结伴，从蓝莓城出发，驱车南下。空旷无人的大平原上，收割过的麦田里，荒草萋萋，满目苍凉。

百多年前，这里曾野牛出没，人迹罕见。自从举着标枪冲锋陷阵的印第安部落勇士们被皇家骑警的洋枪洋炮打败后，萨省就被垦荒者变成了加拿大人的"面包篮"。

忽然，路旁闪过一个标牌，"白求恩村"在瞬间攫获了我的视线。

三十年代，白求恩巡回讲演的足迹，曾经踏上过这个草原省。难道是这里的人们，用这不朽的名字，来缅怀昔日的荣耀？

尽管急于赶路，同伴们却理解萦绕在我心头的那份渴念。于是，车子拐下高速公路，绕道驰入了村庄。

村庄不大，仅有十几条棋盘式的街道，家家都是简朴的小平房。村西有条铁路，轨道上停了几节锈迹斑斑的运货车厢。草原省份的萧条，与东部地区的繁华，形成了鲜明对照。

凛冽的寒风中，我们开着汽车转来转去，竟然见不到一个人影。猫儿狗儿们，也都躲了起来。

苍穹下，闪现出孤零零的教堂尖顶。

登上台阶，却见高大的前门上悬着一把冰冷的铁锁。我不甘心，绕到了教堂后面，却也推不开那扇紧闭的小门。

星期天，做礼拜的日子，竟连牧师也不见踪影，可见宗教衰败的惨象。

裹紧身上的黑呢大衣，四下里张望，终于，发现了教堂斜对面那块小小的中文招牌——白求恩中华小厨，正迎着寒风颤抖。

跻身低矮狭小的餐馆内，只见四五个老年人，正围着壁炉中温暖的火苗，团团而坐。

"这个村庄，为什么叫白求恩呢?"我开门见山，端出了疑问。

一个老年妇女看着我，唇角绽出了会意的微笑:"这个白求恩，不是诺尔曼·白求恩医生。我知道，你们中国人，都对他很感兴趣。"

原来，老人是退休护士，曾在医疗系统工作，因此她明白，为何屡屡有中国人慕名而至，寻找"白求恩"。

她说，这个村庄建于一百多年前。当年铁路修到这里，便这样命名了。多少年过去了，却无人知晓，为何会采用了这个名字。

一百多年前? 显然，村庄的命名，与白求恩大夫无关。那么，牧师辈出的白求恩家族中，是否曾有一位先辈，在这个偏远的小村庄里担任过牧师呢?

退休老护士目光迷离，摇摇头:"没听说过。"

据她说，村庄的居民，传统上从事小麦的加工处理，从各处收上来的小麦，经过清洗烘干并分装后，便被送上火车，转运到世界各地。鼎盛时期，村里曾有过四家教堂。随着经济的凋敝，如今教堂也都倒闭了。唯一剩下的这家，最好的日子里，如圣诞节、复活节，也是门可罗雀，坐不满前排的椅子。

前几年招聘来的那位牧师，是白人女性。她心灰意冷，不久前辞职，转往大城市，寻找新的谋生饭碗去了。听说，她在东部的一所医院里担任了临终关怀辅导员。

"年轻人虽然都放弃了信仰，我们却仍然坚持着。眼下，我们正在四处寻找新牧师。当然，这个村庄位置偏僻，信徒稀少，因此很难招徕理想人选。在找到之前，暂时就靠大家凑合着，星期日聚在这里，轮流主持读《圣经》。"

我拐入厨房，和几个守在油锅旁炸春卷的同胞打招呼。此时方知，这户人家从吉林移民到加拿大，两年前盘下了这家倒闭的牛排馆，改为村民提供饺子、馄饨、蛋炒面。

这些中华菜肴，恐怕是村里唯一能与诺尔曼·白求恩勉强挂得上记忆的符号了。我暗暗感叹。

告别了火炉旁的几位老人，我们钻回车中，继续在千里荒原上行驶。

车内鸦雀无声。同伴们皆沉默不语。刚刚踏足的这个小村庄，在大家心中唤起的，是共同的青春记忆。

69

这次来蓝莓城，本来还有一个愿望，期盼参观传说中的那个"人民公社"。但因急于驱车赶路，南下参加会议，最终无奈地放弃了。

蓝莓城郊外的田野上，屹立着带有神秘色彩的"胡特莱德公社"，那是一座共产主义公社式的村庄。当然，此"公社"，有别于"巴黎公社"。

公社里的居民，是基督教胡特莱德派的后裔。二百多年前，该教派在欧洲遭受宗教迫害，无法立足，于是移民到北美，坚持按照《圣经》教诲，过着放弃了私有财产的集体所有制生活。

他们的座右铭"各尽所能，按需分配"，令我惊讶，也令我敬佩。我想起了何明华主教 1961 年时在复活节上悲愤满腔的布道演说：

> 萦绕在我心头，驱之不散的，还有那亘古未解之谜。
> 一株玉米枯萎了，死去了。但玉米粒中蕴含的生命，却免除了人类的死亡……

肉体，会枯萎，会消亡，但思想如种子，会生生不息，代代传扬。

如今，胡特莱德派从当初移民到北美的数十人，已发展为五万之众，一共五百多家公社，多数散布在加拿大西部原野上，少数在美国。

蓝莓城外的这家胡特莱德公社，像其他五百多个那样，聚集了大约一百人，至今沿袭着日出日落、分工劳作、一日三餐大锅饭的农耕生活。

扪心自问，我能做到吗？毫无疑问，做不到。

想到了人类自私、贪婪的本性，想到了祖国人民在上世纪五十年代末那场轰轰烈烈的试验。我深感奇怪，是什么，支撑着胡特莱德人的灵魂呢？

"信仰。真正虔诚的基督徒，至今仍在坚守着，等待弥赛亚的降临。"阿诺德牧师回答我。

为了筹备新的国际研讨会，纪念白求恩医生逝世八十周年，我联系上了白求恩家族里德高望重的掌门人阿诺德牧师，邀请他做主讲人。他住在滑铁卢附近的小城贵湖市，与我近在咫尺。

邮件往来中，对于我端出的那个久远的疑问，"每隔五十年，对财产需进行一次重新分配"的规定，阿诺德牧师给予了详尽的解答。

的确，在《旧约》中，早有清清楚楚的明文规定，每隔五十年，就应在全社会进行一次激进的经济调整。所有出租的土地都必须收回，所有的奴隶和劳工都必须获得人身自由。虽然这种做法会给金融与土地转让带来困境和麻烦，但其目的，却是为了保证在生产和分配过程中的平等。

据《新约》记载，欧洲早期的基督教会，在耶稣之后，确曾照章办事，践行财富集体所有制，并利用公积金，为不少信仰基督的奴隶赎买了人身自由。不言而喻，基督教得以在穷人中迅速发展，却难以被富贵阶层所接受。

阿诺德牧师不愧是业内高手。听他一席讲述，我心中豁然开朗，但随即便陷入了思索。

具有讽刺意味的是，上帝早就深知人性的"贪婪"，也为治理人类社会制定了规矩。可是，这种"五十年一次再分配"的圣旨，却未能延续到后世，仅经过短短一百多年，就无疾而终了。

面对人类的自私、贪婪，就连万能的上帝也束手无策。

有趣的是，"五十年一次再分配"所对应的那个英文词语，竟然是我曾无数次在加拿大新闻中看到过的"Jubilee"。

多少年来，常常听说某某社会贤达，其中也包括我熟识的朋友，荣获了总督颁发的 Jubilee 勋章。我只是在脑中按照音译，用"朱碧丽"记住这个词罢了，却从未有兴趣深究过它究竟意味着什么。

翻开英汉词典，此时才得知，这个词既可翻译为"五十年节"，也可翻译为"金婚纪念"。

呵呵，无论上帝的本意如何，都不可避免地被人类庸俗化了。或者说，上帝的良好愿望，被自私的人类刻意篡改、遮掩了。

难怪面对媒体记者的挑衅，白求恩医生会讥讽地回答说："如果基督徒算是赤色分子，那我就算是赤色的吧！"

难怪早在三十年代，何明华就一针见血地指出了："我们的欺骗性恰恰在于，既不肯放弃上帝，又不肯让上帝来引导我们的行为。"

难怪在 1949 年 8 月，何明华在布道时会激情澎湃地宣布说："上帝让中国准备了六千年，就是在等待着这一辉煌时刻的到来。我相信，在共产党的治理下，这粒种子必将成长为参天大树！"

难怪在 2015 年 9 月 24 日那天，教皇方济各在美国国会讲演时，谴责"万恶的大资本主义造成人类空前的贫富悬殊与社会不平等"，曾受到《纽约时报》质疑："教皇是马克思主义的鼓吹者吗？"

阿诺德牧师八十五岁高龄了。他的身上，流淌着白求恩家族的基因。襟怀坦荡，似乎是这个家族的特色。

也许是不愿看到我的失望，他安慰我说，虽然由于人性的自私贪婪，很难坚持上帝"五十年一次再分配"的教导，但后世的信徒，包括今天的人们，一直在摸索不同的方式，尝试着践行"公平"的理念。例如不断完善中的合理税收制度，还有竭力提倡的全社会义务奉献精神。

上个世纪七十年代初，阿诺德牧师曾前往美国芝加哥，在神学院里进修。时值美国政府陷入越战泥淖，疲于应付全国人民的反战热潮，因此，"白求恩"这个敏感的姓氏，便牵动了情报机构的神经。

当阿诺德牧师完成学业要返回加拿大时，美国警察在边境拦截住他，扣留了整整一夜，对他盘问审讯。

阿诺德牧师说，三十年代，由于白求恩选择了参加共产党，家族中的所有成员饱受来自各方的骚扰、恐吓，人人噤若寒蝉，生怕被贴上"共产党"的标签，导致家毁人亡。

从那时起，直到今天，白求恩家族的亲属们都学会了谨慎、低调，避免在公开场合抛头露面。

七十年代，中加两国建交后，亲属们看到了白求恩在华夏大地上留下的一帧帧遗照，他们沉默无语，心如刀绞。那种痛苦，是无法与外人言说的骨肉亲情的别离之痛。

2007 年，阿诺德牧师带领着新婚不久的儿子和儿媳，悄悄来到中国，进入太行山，在抗日烈士陵园凭吊了安葬于此的白求恩，随后又前往他弥留之际所在的那个小山村。

那天，尽管他们未惊动任何人，本想悄悄进村，可刚一踏入黄石口村，便有几位老年人目不转睛地打量着阿诺德牧师，追问他们是否来自加拿大。

原来，这些老年人在孩提时代曾亲眼见到过白求恩大夫。此刻，从阿诺德牧师的身上，他们看到了似曾相识的面容，因此深信不疑，来者定是白求恩家族的后人。

一大群村民簇拥着阿诺德牧师一行，来到了白求恩临终时住过的老乡家。

石墙瓦顶、木条窗棂的小屋，依旧保存着当年的模样，只是窗前那棵曾陪伴白求恩度过生命中最后两个夜晚的柿子树，早已枝繁叶茂，浓荫蔽地，覆盖了整个小院。

英雄离去后，村民们自发建起了一座小教堂，命名为"永恩堂"，与不远处那座巍峨的"白公山"遥遥相望。

告别时，全村的男女老幼都来了，无言地跟随在他们身后，默默相送。车子开出了很远，老乡们还站在路旁，挥手致意，恋恋不舍。

阿诺德牧师被深深地感动了。回到加拿大后，他老泪纵横，提笔写下了那封致中国人民的"公开信"。

阿诺德牧师不无骄傲地告诉我，他的儿媳，来自中国。

哦，那个不知姓名的中国女孩，你是否也与我一样，被心中难以割舍的情愫牵引着，走近了这个家族？

70

飞回东部时，天空飘起了鹅毛大雪，漫天皆白，银装素裹。

机场小巴送我到家中时，已是深夜。我浑身疲惫，立刻进入了梦乡。

蒙眬中，眼前掠过了一辆奔驰的马车，黑色的敞篷车厢里，分明是年轻帅气、潇洒不羁的白求恩。

正在英国医院做实习医生的他，西装革履，斜戴礼帽，紧搂着明眸皓齿、顾盼生辉的弗兰西丝。马蹄嗒嗒，一路笑语，在鲜花似锦的英伦大地上，尽享新婚蜜月的青春时光。

恍惚间，耳畔飘起一曲轻轻的音乐，温柔似水，婉转悠扬。我猛然醒了过来。

侧头望着窗外，风雪已停了。一片银白色的月光，投洒在窗玻璃上。

凝神细听，方才的乐曲分明那般真切、那般清晰，此时却已无处捕捉了。难道是幻听？

风一更，雪一更，
聒碎乡心梦不成，
故园无此声。

想到数年前卷入的调查，一桩接一桩，一环套一环，至今仍扑朔迷离，没有答案，我辗转枕上，再也无法入眠了。

晨曦初露，我爬起身来，一如既往地站到窗前，呆呆地朝后园眺望。

忽然，我看到那株早已落光了叶片的老枫树下，一只梅花鹿，孤零零地立于晶莹的白雪中，隔着铁栅栏，正翘首朝我张望。

我怀疑是自己看花了眼，一把推开了玻璃窗。新鲜的冷空气迎面扑来。

没错，是一只身姿娇小的梅花鹿，身上缀满了美丽的斑点，正纹丝不动地定睛凝视着我。

多少年来，在后园见过大大小小无数只鹿，却是头一次见到长满斑点的梅花鹿。我欣喜地跑下楼梯，推开后门，踏着绵绵积雪，站到了平台上。

几米之外，便是那对漆黑晶亮、纯洁无瑕的眸子，痴痴地与我对望。

我知道，左边那片密林的低洼处，住着鹿的家族。无风的傍晚，偶尔可见到它们三五成群，在湖畔露头，伸长了脖颈，寻找依旧青绿的松柏枝叶。

这个清晨，为何这只娇小的梅花鹿会独自出现在我家后园？

你是那个鹿群家族的一员吗？还是旷野里迷路的独行女侠？

你是冰天雪地、食物难觅吗？还是心有所系，却苦于难言？

......

想起感恩节时购买的南瓜还剩有一颗，我匆匆转回身，跑到车库里去拿。

待我怀抱着那颗暗绿色花纹的小南瓜，慌慌张张再次推开后门时，梅花鹿却已不见了踪影，空留下雪地里一行孤独的足印。

正暗自遗憾，空中传来了一串清亮的鸣叫。

侧头看去，落光了叶片的丁香树枝头，端立着那只红衣主教鸟。在皑皑白雪的映衬下，它浑身上下鲜红的羽毛，似一团火，绚丽明亮。

心爱的小红鸟，年复一年，你总是形单影只，独来独往，却从未忘记与我相伴。天寒地冻，草木枯萎，大雁们早已飞走了，你却依旧在枝头鸣唱，舍不得离开我的视线。你是靠着什么熬过了一个又一个严冬？

我情不自禁地伸出双臂，把怀中的南瓜捧到了小红鸟面前。

干枯的树枝颤动了，小红鸟展开双翅，飞往遥远的天际。洁白晶莹的雪花纷纷落下，在视野里漫天飘洒。

梅花鹿啊，小红鸟，你们是如何知晓，昨天夜深人静时，千里迢迢，我回到了家？

你们身上，附着谁的灵魂呢，才有那痴痴的凝视，才有那不甘寂寞的鸣唱？

......

正在遐想，身后传来了老王沉静的声音："外面冷，进来吧！不要总是想那么多。"

我无言地转身回屋，心神中却分外清醒。

小鹿啊小鹿，小鸟啊小鸟，我明白，你们是想提醒我，有些事情还必须得做。

第十六章　重启旧档案

71

"嗒嗒"两声，有人敲门，侧头一看，是图书馆馆长。只见他手中捧着什么，跨入了我的办公室。

"彦，我在整理档案室，发现了这盒东西，是前些年本城一位女性逝世后，她的家人交给学校的。"

他把一个相册大小的硬纸盒，放到了我的桌子上。"你研究中国历史，估计会对这些有兴趣吧！"

批改完学生的小测验，我静下心来，打开纸盒翻看。里面有不少零散纸张、照片，有英文的，也有中文的，均已陈旧发黄。

粗粗浏览之后初步判断，这些东西，应该属于一位白人女性。她大概在上世纪三四十年代时，曾去过中国，在南方某个城市一所医院里面工作。也许，小城里藏龙卧虎，像她这样与中国有渊源的女性，不止一个。

看着看着，我却猛然醒悟到，近在咫尺，还有一个被遗忘的角落！

我把纸盒放到一旁，站起身来，匆匆冲入了斜对面的图书馆。

图书馆馆长拎起钥匙，为我开启了档案室门上的锁。室内的金属架子上，一层一层地摆放着十几只纸箱，均为季琼夫人逝世后，亲属们送到学校的。

打开第一只纸箱，里面盛满了陈年旧物。

几个信封里，露出来几条纯金项链和戒指，是各地教会赠送给李添嫒牧师的八十大寿贺礼。

一尊半尺高的花瓶，黄铜胎，五彩花卉。不知是哪个朝代的古董。

一对三寸长的米黄色镂空圆筒，象牙精雕，小巧玲珑，内塞一张纸条，注明是装餐巾之用的餐桌用品。两个。大概是季琼夫人和李晏平伉俪在日内瓦时期的旧物。

我凝视着这对顶部已碎裂、残缺不全的牙雕，再次领悟到，人生之脆弱、短暂，岂非与这精巧的物件一样？它们还在时时提醒、告诫我们，季琼夫人所说过的：不贪。

接下来的三天，我翻阅了十几只箱子里的所有资料。

一摞子日记本，是李添嫒留下的，从1982年年底到1992年年初，记录了她人生最后的十年岁月，始于她定居加拿大，止于她告别人世前。

阅读了李添嫒与不同人士的往来信函，我才了解到，当年在七星岩下的那场封立女牧师仪式，原来竟是一次秘密行动。

何明华曾叮嘱一应相关到场人员，不要扩散封立女牧师的消息。可见他尽管殷切地向上帝祈祷求助，心底却依旧笼罩着不安的阴影。

在封立仪式秘密完成的第二天，何明华就收到了英国红衣大主教坦普尔那封迟来的信函。面对他的否定态度，何明华回复说，为了防范日本人的捣乱，这次封立仪式的人物、时间、地点，都没有对外公开，也许在战争结束后，这一消息再向外界透露，也为时不晚。

我却觉得，何明华真正担忧的，恐怕是封立女牧师的创举一旦泄露给外界，便会立即遭到教会保守势力的进攻，给李添嫒造成困局，使其无法在澳门教会继续工作下去。

当时的策略，只能是"拖"。

然而，纸里毕竟包不住火。

仅仅半年不到，远在南半球新西兰的一家教会儿童英文刊物，就在无意间泄露了这一消息，从而点燃了英国教会高层的怒火。

72

在一个薄薄的小本子里，我看到了李添嫒生前创作的十几首诗词。

其中下面这首《一剪梅》，标明"甲申除夕，于广州"。

屈指一算，1945 年年初，那一天恰是农历新年的除夕夜，她被封立为牧师一周年的纪念日。

此时回头细查，我才发现，一年之前李添嫒受封立的日子，1944 年 1 月 25 日，那个《圣经》上的"圣保罗殉难日"，竟然恰巧是中国农历的大年初一。

若探行踪未有踪，
来似飘蓬，去似飘蓬。
偶逆旅得相逢，
离也匆匆，聚也匆匆。
色相皮囊一倒空，

生又何从？死又何从？

猜疑端合问天公，

君想难通，我想难通。

晚风残月，孤灯剪影，灰暗的笔调，烦乱的心绪。

不难推测，在除夕之夜写下《一剪梅》、独自默默纪念受封一周年时的李添嫒，已经落入了舆论的陷阱。

离开七星岩后，在长达三年的时间里，这个女人承受了数不清的白眼、嘲笑，只得忍辱偷生。

何明华当然懂得，是自己的草率导致了这个无辜的女人备受痛苦与折磨。

1947 年年初，何明华毅然决定，让李添嫒离开她经营了七年之久的澳门教会，调往广西北海，在人地生疏的小城合浦工作，远避开熟人的耳目。

忽然，纸夹里的两张黑白照片，吸引了我的目光。

照片一，顶部题词"1945 年秋澳门中华圣公会马礼逊堂成立七周年纪念全体执事留影"，前后两排人，李添嫒如众星捧月，端坐中央，背景是高大气派的西式石拱门。

照片二，不见任何文字说明。但相似的背景，显示出是在澳门同一地点。李添嫒与何明华二人在前排并肩而坐，身穿白色长袍，颈垂红色饰带，二人面容严肃，目光凝重。他们身后，站了三排华人，身穿白袍，似乎是唱诗班的男女和教堂的执事们。这些人个个都面露笑容，与前排二人的神情，形成了鲜明的反差。

这张照片，是我迄今见到的李添嫒与何明华唯一一张并肩而坐的合影。它是何时拍摄的呢？

如此珍贵的合影，为什么没有收入李添嫒的回忆录《生命的雨点》之中呢？须知这帧照片的历史内涵，远胜于印入那本书中的几十张照片！

难道说，编辑出版那本书时，出于某种顾虑，才刻意没有收入何明华主教的任何一张照片？

"避嫌"。脑中滑过一个词。

捧着这张照片，仔细端详，便发现了一个疑点。

对比李添媛颈上垂下的那条饰带，与照片一上面她所系的饰带，系法上有明显的差别。这种差别，是否象征着身份地位的不同呢？也许，照片二是她当年放弃了牧师头衔之后，告别澳门之前的留念？难怪两人端坐前排，面容严肃，竟无一丝笑影。

我拿起这两张照片，到隔壁办公室里，向梅莨牧师请教。

果然，照片一上，那条从李添媛双肩垂下来的饰带，是教会规定中"牧师"的身份标志。照片二上，从她左肩头斜过胸前的那条饰带，则为"执事"的固定佩戴。

等级森严，不可逾越。

这条华丽的红色饰带，曾被李添媛珍藏在箱底，又在某个夏日的深夜，由她亲手操起剪刀，一片片，一条条，铰为碎片，投入熊熊燃烧的火焰中，化为灰烬。

"嘿，彦，你简直可以当个侦探了！"梅莨呵呵笑了。

73

从未有兴趣做什么"侦探"。但挖掘历史真相的过程，在不期间遇到的一个又一个神秘的人物，一本又一本奇异的书，竟引领着我，一步一步，陷入扑朔迷离的隧道之中，欲罢不能。

清明节时，草木返青，天空却依然飘着雪花，细细碎碎的，落入湖水中。阶前那丛兰草，也从去冬枯黄的腐叶里，露出了纤细嫩绿的脖颈。

我们一大早便匆匆驱车，赶往多伦多。到了城东，找到那家面包店，我和老王各自要了杯咖啡后，便在简陋的桌椅旁坐下，打量着空荡荡的店堂。

这是一家年代久远、陈设寒酸的百年老店，墙上的镜框中，贴满了黑白照片、剪报，展示出早期欧洲移民的生活特色。

已超过约定时间十分钟，艾瑞特医生才匆匆推门而入，连声道歉，途中堵车。

与他的相识，纯系偶然。两个星期前，我应中国驻加拿大使馆卢沙野大使之邀，飞抵渥太华，以嘉宾身份，出席第一届"大使奖"的颁奖典礼。

中国大使馆的前身，是渥太华一座年代久远的女修道院。大厅的落地窗，临着宽阔的丽都河。春寒料峭的天气里，冰层刚刚开化，浪头中夹杂着巨大的冰块，磅礴而下。

获奖者艾瑞特医生，约莫七十岁上下，是多伦多大学医学院著名的心血管外科专家。身为白求恩的崇拜者，他组织了来自全国的医护人员，利用假期，轮流去中国和非洲缺医少药的偏远角落，为患者义务施行手术，培训当地的外科医生。二十年下来，这支队伍迅速发展，套句京剧《沙家浜》里的台词，已从初始的"十几个人、七八条枪"，发展成三四百人的壮观阵容了。

仔细聆听艾瑞特医生的获奖致辞，在不长的发言中，他突然提到了那个坊间流传了很久的神秘故事，并信誓旦旦地声称，"白求恩曾在自己的画作中，预言了自己的死亡方式，将会是血液感染，后来果真应验了"。他的话，在大厅里引起了哗然。

民间传说中带有"宿命论"色彩，不难理解。然而，一位德高望重的医生，在如此庄重严肃的场合描述此事，似乎欠妥。我下定决心，要彻底解开这个流传了许久的谜团。

"那些传说中的画作呢？究竟在何方？"

回到滑铁卢后，我给艾瑞特医生发去了邮件。招待会上，我们同席而坐，面对面畅谈，因此不算冒昧。

他的回信很快来了。

"彦，你好！我很高兴能帮助你追踪并澄清这批画作的下落。这批画作颇为神秘。人们迄今一直在争论不休。有人说，画作被美国联邦调查局没收了。也有人说，画作至今藏匿在蒙特利尔某个地方。我最早看到这批画作的照片，是在我的导师那里。他是麦吉尔大学医学院的外科医生，年轻时曾与白求恩相识。但我的导师在十年前近百岁之龄，溘然长逝了。你若是想要澄清这段重要历史，那可实在是太棒了！我很高兴与你会面，进一步详谈。"

于是，便有了这次老面包店里的约会。

74

艾瑞特医生说，华裔总督伍冰枝女士在 2009 年出版的书——《诺尔曼·白求恩》中，也曾提到这批丢失的画作。

女总督生于香港，两三岁时，便跟随父母逃离被日军占领的港岛，移民加拿大了。这个家庭笃信基督教。细细查询下，我发现，她的伯父，曾为何明华主教手下的一名牧师。

真是无巧不成书。

何明华主教，你那双温暖的大手，可曾为这个接受洗礼的女婴摩顶祝福，并把你对人类美好理想的期盼，注入女婴天真无邪的眸子？

2015 年，在女总督坚持不懈的努力下，多伦多大学医学院的门口，终于竖起了第一座白求恩雕像。毕业于多伦多大学的女总督把她这位杰出校友在太行山留下的最后一个镜头，永远地嵌入了路人的眼眸。

艾瑞特医生从皮包里掏出来几幅复印的彩色图片，摆在了小餐桌上。

我细细审视着这些据说是白求恩亲手绘制的画作。其中一幅，是暗红色基调的，只见两个赤裸着身躯的男人坐在土坑里面。艾瑞特说，那象征着鲜血与死亡。

另外一幅上，有几个人影站立在崎岖不平的山坡上。他们身穿灰军装、戴军帽、裹着绑腿，酷似影视作品中常见的八路军战士。

还有一幅，画面上有多位医护人员，其中最突出的那位，形神皆似白求恩。艾瑞特解释说，这幅画暗示了动手术的那位医生，将因血液感染，不治身亡。

我追问："您是如何从这幅画面上，看出来血液感染的？"

艾瑞特伸出手，指着画面上手术台旁那个奇怪的三角状器皿，对我说："瞧，这是一个装煤油的喷罐。早年间，做外科手术时，没有消炎药，为防止伤口感染，会使用煤油喷洒在伤口上。正是画面上出现的这个器皿，被解读为白求恩早已预见到，他自己将会死于血液感染。"

煤油？脑中忽闪出何明华的身影。

他在西花厅参加完周总理的晚宴，在南下的火车上，给弟弟写了一封长信，信中便论述了中国需要进口煤油的迫切性。没想到，那种东西除了点灯照明，竟然也能用于防止伤口感染。我算是又长了见识。

"您知道这些画作是白求恩哪年创作的吗？"我问。

艾瑞特医生想了一下，回答说："应该是 1927 年前后，他患肺结核住院期间。"

我早已知道，白求恩医生在 1927 年曾在疗养院里创作过一批壁画。但在我看到过的那些图片中，没有今天这几幅。难道说，面前的这几幅，是被遗漏的新发现？

"不过，"我的声音中难掩强烈的怀疑，"假如这些画作是真的，那么是谁给了白求恩灵感，导致 1927 年尚未抵达中国的白求恩，创作出这样几幅画来呢？尤其是酷似八路军战士形象的那幅画？"

"这，就是神秘之所在了！"艾瑞特医生长叹一声，目光迷离，仰身靠在了椅背上。

显然，他甚至从未怀疑过，这些画作是否真的出自白求恩笔下。

"那么，是谁首先议论起，白求恩的画作中蕴含有'宿命论'色彩的？"我不肯轻易放过他。

"我初次听到这种说法，是来自我的导师，就是曾经与白求恩在医院里共事过的那个医学院教授。那时我还很年轻。他和另一位外科医生在一起议论此事时，我恰巧听到了。很遗憾，如今他们均已作古，无法当面核实了。"

至于那些画作的下落，艾瑞特说，据传，当初，这批画作被美国联邦调查局没收了。但是，1972 年尼克松访华时，它们又被当作礼物，赠送给中国政府了。

我无声地笑了。心里明白，此种说法，在很大程度上可能是误传。

1935 年 11 月，也就是白求恩正式加入共产党的那个时候，曾经绘制过一幅自画像，送给了他当时的精神恋人——画家玛丽安·斯科特。这位左翼女画家不仅姿容美丽，才华横溢，还精通马克思主义理论，在思想上对白求恩有过重大影响。

白求恩牺牲后，这幅他的自画像，就一直挂在那个女画家家里的墙上，伴随她度过了没有白求恩的无数个日夜。

直到1971年，中加两国建交之后，女画家才把这幅画像摘下来，捐赠给了白求恩工作过的麦吉尔大学医学院。而麦吉尔大学又把它作为礼品，转赠给了中国。

也许，上述故事经众口传说，衍生出了从一根鹅毛变成一只鹅的新版本，亦未可知。

艾瑞特医生不知我心绪连绵，仍然兴致勃勃，侃侃而谈："女总督伍冰枝在她的书里，也提到了这批失踪的画作，为此，我还与她当面核对过细节。"

"哪些细节？"

"时间上不符啊！你想想，白求恩1927年在纽约疗养院里创作这批画的时候，还不是共产党员呢，他怎么可能被美国联邦调查局追踪并被没收他的画作呢？女总督辩解说，那大概就是三十年代白求恩成为共产党之后，联邦调查局才顺藤摸瓜，找到了那批画，没收了吧！"他笑了，为自己的逻辑分析，颇为得意。

艾瑞特说，他有个朋友，叫穆尔德，在麦基尔大学医学院工作，也知道此事，他那里还保存着一张白求恩留下的画作真迹呢！

"我可以联系穆尔德医生，介绍你去采访他。"艾瑞特热心地建议。

握手告别时，看着鹤发童颜、目光炯炯的艾瑞特医生，我忽然注意到，他眸子里洋溢着的，分明是天真的憧憬、诗意的浪漫。

在西方社会里，医生们备受尊敬，不仅因为在录取医学院的学生时，人们特别重视其道德品质，也因为经过严格的科学思维训练后，医生们必须时刻保持冷静清醒的头脑，不敢信口雌黄、哗众取宠。

然而，弃医从文的著名作家，世上还少吗？且不说侦探小说家柯南·道尔了，纯文学大师中，洋人有福楼拜、毛姆、席勒、左拉、契诃夫，国人中有泰斗级别的鲁迅、郭沫若，外加数不清的文坛新秀。

我不禁遐想，是什么因素，导致了医生中涌现出大批的文学家呢？

也许，早年选择投身医学研究的人们，受成长环境影响，早在从医前的幼年便具备了悲天悯人、救死扶伤的情怀。

也许，西医这个行当，让一颗颗年轻敏感的心灵过早地直面生命的脆弱与残酷，血淋淋的现实无形中激发了他们文学思考的潜能。

当同龄人还在阳光和鲜花的簇拥下沉浸于美好的遐想时，他们已透过现实的阴影，以文字为武器，向死神宣战了。

一堂解剖课上完，或是一场手术失败，或许便会把一位优秀的年轻医生，锻造成看破红尘的诗人，抑或是愤世嫉俗的小说家。谁知道呢？

1917 年，多伦多大学的年鉴上，医学院毕业生白求恩的照片下面，留下了这样的解说："死亡是必然的，但日期未定，或许会迎来重生。"这含有宿命论色彩的口吻，是师友们善意的调侃呢？还是白求恩领悟到的冥冥中的召唤？

几十年后，这神秘的预言，竟得到了验证。

75

入夏之后，屋檐下的丁香突然间盛开，一簇簇淡紫色的花团，沉甸甸的，缀满了枝头。馨香潜入窗扉，沁人心脾。

多想停下匆匆的脚步，捧本闲书，坐在树荫下，伴着枝头的小红鸟，慢慢品味岁月的静好。但生来就是无福享受的命。脑中好似总有一面战鼓，咚咚咚敲击着，催促我出征。

老王蹲在地毯上，一面为我收拾旅行箱，一面语重心长："很多搞科研的，折腾了一辈子，也出不来什么成果。放松心情，享受过程，就可以了。"

"开弓没有回头箭。做事总得善始善终。"我回道。

"唉，其实，你所拥有的一切，早已超过你的能力了。要戒贪啊！"

我深知他用心良苦，因而不在乎他戏谑的口吻。

拎着旅行箱出门，在阶前的兰草丛旁，赫然瞥见了小花蛇。数年过去，它的身躯已粗了几圈，该叫老花蛇了。见到人，也不躲藏。低头细瞧，竟纹丝不动。难道它寿数已尽？心中生出一丝怜悯。如何处置呢？

老王催我上车。"别管它了！大千世界里，总会有东西对它感兴趣的。用不着你瞎操心。"

登上国际航班，在白云中浑浑噩噩了十三个小时，抵达了被热浪包裹着的北京。

第二天早晨，我顾不上倒时差，便在西单那片拥挤狭窄却亲切熟悉的老胡同里，找到了那个老门牌。

屈指一算，上次踏入这条胡同，已是三十三年前了。

阳光透过头顶的老槐树枝叶，斑斑点点，洒在脚下。恍惚间，眼前闪过了那个年轻的身影，乌黑的长发飘在脑后，骑一辆红色"燕"牌自行车，穿行于胡同里，寻找"中央马列编译局"。

当年那一排排低矮、整洁的灰砖平房，早已不见了。那位曾帮助过我的老翻译家，更不知身在何方。

在宽敞明亮的办公大楼里，我见到了对外合作交流局的杨明伟局长。这位周恩来研究专家十分肯定地回答了我：1972年美国总统尼克松访华时捐赠白求恩画作一事，纯系美好的传说。

回到母亲家中，迫不及待地翻阅杨局长赠送给我的厚厚三大卷《周恩来年谱》。

1956年夏季，年谱中有两处，记录过港澳背景人士抵京访问，却没有发现何明华主教的任何字眼。

难道是他的身份不够显要，不值得载入史册吗？还是因其宗教背景，身份敏感，不便记录？

显然都不是。

那个夏天，记录中不但频繁出现了周总理会见中外政界、外交界、宗教界、文化界的各种人物，也记录了他在日理万机的繁忙日程中，礼贤下士，招待黎民百姓，待之以家宴。

那么，究竟是何原因，中南海西花厅里那个令何明华无比骄傲的夜晚，会从官方史料中消失得无影无踪呢？

临睡前，手机中跳出来一条微信，读罢困意全无。

内幕：终于承认戴妃是被谋杀！杀手临终前忏悔！

一名英国情报特工，现年80岁的约翰·霍普金斯，在医生告诉他生命只剩下几周的时间时，他决定做出一系列令人震惊的供认，包括谋杀戴安娜王妃的任务在内。

这名退休的军情五处特工，曾为英国政府效命，执行过 23 次暗杀行动。他说，他的任务经常会涉及秘密暗杀那些"对国家安全构成威胁的人"。

他说，他的许多受害者是政客、记者、活动家和工会领导人等。

霍普金斯声称，戴安娜王妃是他所暗杀的唯一女性。

我盯着屏幕发愣，脑中再次浮现出一对眸子来，那么清亮，那么纯净。

何明华主教，您该归为哪一类呢？是政客、活动家，还是工会领导人？

为什么，佩灯牧师在他的书中，会留下那么几句莫名其妙的话？

五十年代，当何明华开始步入老龄，精力不再像以前那样旺盛时，却依然要面对香港政府对"红色主教"和"扶贫措施"所持的强硬反对态度。

若非娜拉慈母般的悉心照料，他往往会茶饭不思、衣冠不整，久久地陷入沉默孤独的沮丧中。

乔克在 1955 年的死亡，加深了他这种境况。

76

乔克的车祸，发生在 1955 年，那个原野上开满鲜花的春天。

隔壁传来老母亲的鼾声。

我无法再入眠。轻轻爬起身来，扭亮台灯，重新打开《周恩来年谱》，翻到了 1955 年。

那段时间里，可曾发生过哪些特殊事件？

4月9日

周恩来打电话，要工作人员迅速告诉外交部，在中国代表团乘坐"克什米尔公主号"飞机抵达香港启德机场之前，立即将我情报部门获知国民党特务准备在飞机上放置爆炸物的情况，通报英国驻华代办处。

4月10日

外交部负责人约见英国代办处参赞，通报了有关情况。

4月11日

台湾国民党驻香港特务机关为了谋害以周恩来为首的中国代表团人员，收买启德机场地勤人员周驹在"克什米尔公主号"飞机上放置了定时炸弹。飞机飞离香港前往印度尼西亚途中五个小时后爆炸。中外记者11人全部遇难。因周恩来事先应约去缅甸访问，国民党特务谋害周恩来的阴谋未能得逞。

4月15日

致电中共中央并告外交部，要求英国政府迅速追究破坏分子，以明责任。同尼赫鲁讨论"克什米尔公主号"飞机失事事件，指出：我们对特务的阴谋早有所闻，并在事前通知英国代办转告了香港当局。但我们不知是何人、用何种方式进行破坏的。

4 月 19 日

中国代表团收到一名国民党暗杀队队员写给中国驻
印尼大使馆的告密信。内称，三月初，国民党驻雅加达
支部奉国民党总统府之命，组织了 28 人的敢死暗杀队。

5 月 9 日

接见英国代办杜维廉，谈到"克什米尔公主号"事
件，请他转告英国首相，希望英国政府能够指示香港当
局，同我们密切合作。如果把我们现有的材料提供给香
港当局，是能够破案的。并提出了五点保密要求，防止
涉嫌人员逃跑。

尽管中方"要求保密"，消息还是走漏了。

周恩来派遣的情报局官员熊向晖抵达香港的当天，头号罪犯
周驹已经乘坐美国退役军官陈纳德创办的"陈纳德航空公司"的
飞机，逃离香港，躲往了台湾。

前后相距，仅差一个小时。

港英当局虽然根据中国提供的情报，抓捕了几十个隐藏在香
港的台湾特务，却在美国和台湾施加的双重压力下，最后以"驱
逐出境"的轻判，在那年秋季，将这些嫌犯全部放虎归山。

根据《周恩来年谱》所述，这次事件异常复杂，牵涉到中国
台湾、英国、美国几个方面。香港小岛虽为弹丸之地，却刀光剑
影，谍影重重。

乔克的车祸，发生在 5 月 6 日那一天。这起"车祸"，恰好在
对"克什米尔公主号事件"展开调查期间，诡异非常。

二者之间，是否有某种说不清、道不明的关联？

"除了杀人，他们还能再做些什么！"我的耳畔，再度响起了何明华悲愤的呼喊。

……

月移西天，更深人静。丝瓜棚下，窸窸窣窣，一阵颤动。房檐上传来凄厉的叫声。纱窗外，掠过野猫诡秘的身影。

时针已指向零点。犹豫了一下，还是拿起手机，给熊向晖的女儿、我的师姐熊蕾发去了一条微信。

"您父亲是否曾透露过，当年'克什米尔公主号'的暗杀阴谋，中共是通过何种渠道，获知这一重要情报的？潜伏在香港的几十名国民党特务名单，是如何得到的？您父亲1955年去香港调查时，是否曾与香港主教何明华私下会过面？"

熊蕾的回复即刻来了：

"很遗憾。我也不知道。这些都属于国家机密。父亲在世时，从未提到过。"

77

天亮之后，一捧冷水浇去浑身疲惫，我又匆匆赶往城东。

在一座高大的白色楼房里，见到了"中国白求恩精神研究会检验分会"的刘杰会长。他从书橱里拿出来一本珍贵的藏书。那是1949年在中国出版的，里面收录了白求恩在五台山的佛寺里为晋察冀军分区医院编写的培训手册。

轻轻翻看那一幅幅出自白求恩笔下的解剖插图，精巧逼真、细致入微，不得不赞叹他的艺术天分。

煤油呢？在缺乏抗生素的三十年代，煤油是否曾被用于防止手术时的伤口感染？白求恩在太行山上施行手术时，使用过煤油吗？

刘杰会长逐字逐行翻阅了该书，却未发现任何记录。显然，到了1938年白求恩赴华时，煤油消毒罐已从外科手术中彻底消失了。

可是，艾瑞特医生给我看的那幅传说是白求恩亲绘的画面上，为什么会有那个形状奇特的煤油喷罐呢？

离华前最后一天了。清晨乘坐高铁，我匆匆赶赴石家庄。

在"白求恩国际和平医院"的博物馆里，闫玉凯馆长陪我参观了馆藏的白求恩遗物。

虽是头回谋面，我却早就知道闫馆长大名了。因为一年之前，我在试图澄清白求恩遗嘱的真伪时，与拉瑞·汉纳特教授展开了争辩，不同意他所代表的一批加拿大学者对遗嘱所持的怀疑和否定态度。

后来，通过"中国白求恩精神研究会"领导栗龙池政委的努力，我从闫馆长这里获得了最早刊登在晋察冀边区油印小报上的白求恩遗嘱的图片。

小报上，一个个手刻的英文名字，夹杂在中文的字里行间，清晰可见，证明了白求恩留给加拿大战友们的遗物与叮咛。

"中国人怎么可能知道这些加拿大人的英文名字？"我问拉瑞·汉纳特，"那是编造不出来的！"

"你的观点非常雄辩！"拉瑞·汉纳特教授心悦诚服，终于接受了我的判断。

一个来自万里之外的无私的帮助，澄清了中国革命历史中一团长达八十年之久的迷雾。

深感欣慰，今天的祖国大地上，还有人与我一样，不肯熄灭心中的那盏明灯。

此刻，我不但在陈列柜里看到了那张 1940 年 1 月 4 日出刊的褪色发黄的《抗敌三日刊》原件，也看到了那曾经抵御过太行山风雪的老羊皮袄，那"嗒嗒嗒"鸣响着诞生出一篇篇优美散文的老式打字机，还有那一枚枚依旧银光闪闪的手术刀。

我的目光，停留在了英雄使用过的酒精灯上。那盏小巧的酒精灯，是用于手术刀消毒的。但四下里遍寻，却没有看到神秘画作上的那个"煤油喷罐"。

闫馆长提到，最近在太行山深处的一个小村庄里，发现了一盏美式洋油灯。他很兴奋，因为知道白求恩动身来华之前，曾在纽约购买了一盏煤油灯，携带在身旁。而且，白求恩的足迹，确曾踏入过那个叫"花木村"的小山村。当然，油灯是否真为英雄遗物，还有待考证。

"加拿大还能找到白求恩留下的遗物吗？"闫馆长的眼中，含着殷切的期望。

"当然有，"我告诉他，"不过，都散落在不为人知的角落里了。"

78

翻阅白求恩留下的书信，可以看到他在 1937 年夏天写给前妻弗兰西丝的一封短笺里，提到姐姐一家的字眼。寥寥数语，充满了对亲情的眷恋。

前几天，我来到姐姐家。她在附近的风景区买了一座小度假别墅，会邀请你去那里玩。她的几个女儿，如今都快长成大姑娘了，出落得十分可爱。你肯定会喜欢她们的。

说来有缘，白求恩姐姐一家三十年代居住过的那座小城，恰是如今我栖身了几十年的地方。

一个雪花纷飞的日子里，在阿诺德牧师的儿子和中国儿媳的陪伴下，我终于在一家设施讲究的养老院里，见到了白求恩的外甥女裘安。

"诺尔曼舅舅英俊潇洒、幽默健谈、服饰讲究、风度翩翩，非常吸引人。"裘安说。她身材高大，腰身挺拔，满头白发打理得纹丝不乱，覆在宽阔的额前。那双灰蓝色的大眼睛，挺直的鼻梁，匀称的五官，恍惚可见似曾相识的影子。

"当然了，我的外公外婆，还有我母亲和她的两个弟弟，外貌都很出众。"裘安的语气里，难掩自豪。

"最后一次见到他时，您多大了？"我问。

"让我想想看……嗯，是在他去中国的前夕，最后一次来家里，与我父母告别。我母亲是护士，她很爱自己的弟弟，两人感情一直非常好。我父亲在公司里做销售，收入不错。他很喜欢和舅舅聊天。两个人一边喝啤酒，一边争论时事。"裘安的记忆与谈吐十分清晰，根本不像九十岁高龄的老人。

"那年我八岁了，是三姐妹中最小的一个。舅舅坐在沙发上，让我坐在他的腿上，搂着我聊天。那种温暖和亲情，至今难忘！"裘安的眼睛里，泛出泪光。

从血缘上讲，白求恩最近的亲属，就是一奶同胞的姐弟三人。下一代人里，如今仍然健在的，仅剩下裘安一人了。历史的真相，必须及时打捞。

最近几年，不断冒出来一些加拿大人，有男有女，有老有少，纷纷声称自己是白求恩家族的后人，与英雄有血缘关系或者姻亲关系。

有些人跑到中国，轻而易举便获得了种种荣誉和利益，结果带动了更多的人前赴后继，试图走捷径。

由于我在白求恩研究方面的浓厚兴趣，近年来常常会收到各种各样求助的信息，自然而然便接触到了这类人中的一些人物，并逐步发现了其中存在的一些问题。

简而言之，便是真真假假，良莠不齐。有些人颇为自尊，一旦排除了家族血缘关系，便绝不愿厚着脸皮沾光获利；而有些人呢，尽管经不住稍微严谨一点的查证，却早已登堂入室，被奉为座上宾了。

如何辨别"真假美猴王"呢？

裘安从提包里拿出来一张折叠起来的纸，递到我手中。这是她事先为我准备好的。

展开这张大纸，原来竟是白求恩家族的详细族谱。这真是我收到的最佳礼物！

此前，莱斯布里奇和拉瑞·汉纳特这两位学者朋友都曾提醒过我，白求恩活着时，他的亲属们均不赞成他的共产主义信仰，对他十分冷漠。

我忍不住，还是端出了疑问："据说，白求恩大夫当年曾寄给您母亲很多封信，却都被她烧毁了，一封也没留下，是真的吗？"

"不错，舅舅的来信，我们一封都没有保留。"触到了心事，裘安的面色显得有些激动，"谁不害怕呢！那个时候，共产党是违法的。美国的共产党员，不少被送上了绞刑架。加拿大虽然没有处死谁，却也逮捕了不少人，关进了监牢。"

我点点头，表示理解。

"自从舅舅的共产党员身份暴露后，我们全家人都如惊弓之鸟一样，整天提心吊胆，活在惶恐之中。"裘安望着我，继续回忆道，"我上小学之后，我妈妈隔三岔五地就要提醒我：'哎，你没对人说过你舅舅是谁吧？肯定没说过吗？那就好。一定要牢牢记住，千万不能说啊！'"

我看到了老人内心的波澜，怕她过于激动，便转移了话题："除了信函，还有没有其他东西，属于白求恩大夫遗物的，被保存了下来？"

"舅舅使用过的物品，我们都捐赠给格雷文赫斯特市的白求恩故居纪念馆了。"裘安的情绪渐渐平复了下来，"当然，还有几样东西，我们保存在了身边，打算传给后代，为这个家族，留下一点念想。"

夕阳斜照时，在养老院的大厅里，众人相拥，依依告别。

裘安忽然凑近我耳边，轻声说："彦，我有一个项链，保存八十多年了。上面系着一个袖珍的小银盒，里面珍藏着我父亲和舅舅两人的照片。那是我的骨肉亲人啊，我怎么可能会遗忘呢？"

79

其实，很多不该被遗忘的东西，都正在被迅速地遗忘。

我家后院那汪湖水，涓涓细流，通往宽阔清澈的泓河。沿着曲折蜿蜒的河水，北上数十里，便可进入一片起伏不平的原野。在这片覆盖着茂密的森林而人烟稀少的地方，发生过一桩值得历史铭记的往事。

说来也巧。加拿大共产党的诞生，与中国共产党的诞生，正好在同一年，只是早了一个多月罢了。

1921 年 5 月 22 日，曾有十八位年轻人，其中包括一名来自多伦多的女教师，踏入了这片原野。他们是来自全国不同省份地区的共产党员代表，经长途跋涉，从凌晨到深夜，分头悄悄抵达了一座农庄。

接下来的三天三夜里，这十八位年轻人躲藏在农庄上一座漆成深红色的大谷仓中，伴着两头奶牛、一群鸡鸭，在铺着干草的地板上同吃同睡，讨论了关于帝国主义侵略扩张的本质、辩论了无产阶级专政和群众运动的必要性、起草了加拿大共产党组织的章程、投票通过了一系列决议、宣告了加拿大共产党的诞生，从此把历史的重担，挑在了自己的肩上。

鉴于 1919 年以来，加拿大警方将一些进步社团宣布为非法组织，并逮捕了一批相关领导人，大家不得不格外小心谨慎，选择秘密的开会地点。

加共创始人蒂姆·巴克与农庄主人法雷是好朋友。法雷是贵湖市自来水厂的工人。当初，蒂姆·巴克来贵湖市搞秘密活动时，曾被人抓住，扔进宽阔的大河，幸亏法雷跳入湍急的水流中，才救出了他。

二人商议后，最终选择了法雷的家。这座远离都市、人迹罕至、环绕着原始森林、田里生长着茂密玉米的农庄，可避人耳目。

他们精心策划，采取了各种措施，严防消息走漏而遭到警察突袭。

他们乘坐火车、汽车、步行、绕道，刻意在两天中的不同时段，分散抵达了这座谷仓。

他们全部采用了化名、假名，并设置了秘密的接头暗号。

他们用牛皮纸罩住了谷仓里的灯泡，刻意压低了声音，以至在奶牛哗哗撒尿时，不得不暂停发言和辩论。

他们安排了一名代表装作修烟囱的泥瓦匠，站在谷仓顶上，朝田野里四处瞭望。

他们安排了一名代表担任警戒，打扮成农场工人模样，腰中藏着手枪，把食物盛在小水桶里，装作喂牛，分批送入谷仓。

他们安排了大家分段就餐、分头如厕，夜深时在草堆里和衣而卧。

田野里没有出现过警车。村道上也未见行踪可疑的路人。

一切，似乎都神不知，鬼不觉，天衣无缝，圆满顺畅。

天真的年轻人啊，却万万没料到，警方的卧底，早已混入了代表中间，不仅煞有介事地参与了讨论、表决，装模作样欢呼了加拿大共产党的诞生，也暗中记录下了每一个人的真名、化名，以及各自的身份。

当这些年轻人踌躇满志地离开谷仓之后，一切都被迅速呈报到多伦多，在加拿大联邦警察局备了案，从此展开了对他们的监视、跟踪、逮捕、审判。

我手中捧着警方解禁后公布的那十八个人的名单，苦苦猜测，他们中的哪一个，是蒂姆·巴克的化名呢？

如我们所知，他后来成为加拿大共产党总书记，险些在牢房中死于警方密谋策划的枪弹扫射之下。出狱之后，他流亡到纽约。正是在那里，他收到过白求恩从太行山上写给他的无数封信函，急切地请求支援。

想到1921年谷仓里这十几个年轻人后来的下场，我不由自主地联想到了几乎是同一时期出现在地球另一面的十几个年轻人。

2017年春天，利用停课考试的间隙，我首次带领加拿大教育家访华团回国交流。

黄浦江畔停留数日，其繁华迷人，自不待言。在酒吧区"新天地"游览时，众人都被洋味十足的爵士乐、咖啡座，衣冠楚楚的"高等"华人吸引住了目光，唯有一位人过中年的教育局局长自告奋勇，默默尾随着我，去参观隐在闹市小巷里的中共一大会址。

本不期望老外能理解什么，没想到，吃惊的却是我。

"想当年，古巴共产党成立之初，也是中途转移到船上完成的，和中共的经历十分相似呢！想一想，那时的毛泽东，年仅二十八岁啊！这十几个年轻人，都是有志于改造社会的理想主义者。"身后传来教育局局长的轻声慨叹。

我回过头来，睁大眼睛，打量着这位金发碧眼的加拿大人。一路上沉默寡言的他，在我眼里已然变了模样。

他，或是他的父辈，可曾听说过原野上那座红谷仓？

对传说中近在咫尺的那座谷仓，我充满了好奇。它，究竟在哪里呢？

别说是我了，即便当事人活到了今天，脑中也会是一片迷茫。试想，在惊恐中躲避追杀的日子里，人们连具体的会议日期都记不准确了，何况那一片茫茫无边的原野呢？

一番寻找，留在我心中的，唯有深深的叹息。

河水依然在静静地流淌。河畔那片原野上，却早已盖满了一排又一排连绵不绝的别墅。当年矗立着红色谷仓的玉米田里，如今是一座鲜花环绕的养老院。谷仓，已无处可觅。

好在历史似乎总是眨着神秘的眼睛，在暗中眷顾着，为那些不该消失的东西，留下它们的痕迹。

1972年，农庄的主人法雷，早已离世多年。此时，有人从他的孙辈手里买下了这片土地。在翻修那座老房子时，人们从门廊的柱子里，赫然发现了一张藏匿着的纸条。

纸条早已发霉，边缘残缺不全，但用黑色墨水书写的字迹，却仍旧依稀可辨。

敬告后世发现这张纸条的人们：

此门廊于 1920 年夏天为阿尔伯特·法雷亲手建造。

目前看来，我们正在迅速接近资本主义制度的巅峰
阶段。

衷心希望全人类携手合作的大同世界即将来临！

纸条的末端，留下了十个人郑重其事的签名，除了农庄主人
法雷和他的妻子儿女，还有两位建筑工人。

人们用这种方式，保存了加拿大共产党诞生地的证明。

80

光阴荏苒，转眼已是百年。

当初那个乔装打扮、成功混入党代表名单的警方卧底，究竟
是十八位青年中的哪一个呢？

建党时期的代表们，均已离世。这一点，至今仍是未解之谜。

我反复琢磨着那一串化名，以及他们各自所代表的省份和地
区，试图为加拿大共产党解开当年的谜团。

但转念一想，我却释然了。也许，解开这种悬疑的努力，根
本就是多余。

悠悠岁月里，谁能保证，那个曾经混入谷仓的警方卧底，在
扮演间谍密探的生涯中，不会受到理想主义的感召，从而卷入改
造社会的滚滚洪流，最终转变为白求恩们真正的战友？

还有，那个在蒙特利尔偷偷潜入白求恩家中，盗走他案头书

信草稿的人呢？

那个在温哥华集会上故意拆穿白求恩的党员身份，因而受到纪律处分的人呢？

那个在白求恩追悼会上试图歪曲他的共产主义理想追求的人呢？

无论人们曾经扮演过什么角色，在历史长河的冲刷下，谁能保证他们的身份就永远不会改变？

也许，他们会像何明华主教一样，由雪白转变为粉红、大红。也许，他们会随着时代的浪潮，在红色与白色间上下浮沉，随波逐流。

翻阅《周恩来年谱》，在第三卷里，读到了周总理在1971年3月的一段论述：

> 今天是左派，明天思想落后了，变成了右派，原来
> 是右的，随着时代潮流的前进，也可能变成左的。人的
> 思想也是要转化的。

是的，即便是一奶同胞的至亲手足，像白求恩的姐姐，也难免在白色恐怖的压力下，亲手焚毁了来自弟弟的每一封家书，给她自己以及后人，都留下了无尽的遗憾。

是的，曾经参与迫害林达光教授一家的那位加拿大警官，也终于为自己当年的可耻行径忏悔道歉。

在《周恩来年谱》里，我看到，林达光夫妇曾在其儿子车祸去世后，于1970年和1972年两次应邀回国，参加国庆典礼，并受到周恩来总理的亲切接见。

多么希望，在祖国亲人的怀抱里，他们心头滴血的伤口，终

于慢慢地痊愈了。

81

拉瑞·汉纳特教授透露给我的一个信息，曾令我十分震惊。

2018 年春天，当我飞抵温哥华，为英文新书《重读白求恩》举办新书发布会时，拉瑞·汉纳特亲口告诉我，当年向加拿大共产党组织打小报告、秘密指控白求恩的那个人，就是他的亲密战友泰德·阿兰。

多少年来，人们都知道，由于某些稀奇古怪且毫无根据的流言蜚语，白求恩被党组织从西班牙战场上突然召回，委派他在加拿大四处讲演，为西班牙募捐，但在他成功募集到大笔资金之后，党组织却拒绝了他重返西班牙参加战斗的要求。

白求恩从一个万人景仰的英雄，一落千丈。受到身边同志们的孤立与排斥，他不明就里，悲愤沮丧，甚至开始怀疑人生、怀疑信仰……

白求恩离去，已经八十年了。在他活着时，却从来不知道，那些杀人不见血的谗言来自何方？是谁在他背后捅刀、诬陷、告状？

我曾就白求恩在西班牙战场上的那些流言蜚语，和一位加拿大军事史领域的学者详细交流过。

泰勒·温特泽尔是加拿大军队的一名律师。他近期出版的一部著作，专门研究了加拿大志愿军赴西班牙战场作战的历史。这位正直的年轻人与我一样，坚决不相信那些谣传。

"那种恶毒的流言，不仅从无可靠的证据支持，还明显包藏着祸心，带有个人企图。"他说，"您懂得，战争年代，尤其是在男性之间，出于嫉妒，造谣中伤，诋毁他人，是常用手段！"

温特泽尔这几句话，似黑暗中点燃的一支蜡烛，呼的一下，照亮了早已深埋我脑海中的那个疑问。

X，我又想起了加拿大警方秘档中出现过的那个神秘人物。

1937年8月，当白求恩在温哥华募捐讲演时，X突然开口提问，暴露了白求恩的"共产党员"身份，因此受到了加共组织的纪律处分。

警方秘档中，记录了这样一个细节：白求恩讲演之后，大批年轻人报名参军，由加拿大共产党安排，坐上了火车，奔赴西班牙战场。X，也在其中。

为什么警方会刻意留下这样的记录呢？这个X，究竟是什么身份？

难道说，这个混入加共内的X，自始至终，都肩负着破坏捣乱的使命？

难道说，那些西班牙战场上的流言蜚语，是与X一样负有相同使命的人所编造传播的？

假如是，造谣的目的，当然就不会是温特泽尔所认为的那样，仅仅是男性之间的"嫉妒"那么简单了。

犹记得警方秘档中那份奇怪的情报。

1936年11月6日的那页情报，呈现出大片空白，仅仅留下了中间一行字："5.据可靠情报确认，白求恩已经加入了共产党。"上下文，则全部都被遮盖了。

被遮盖起来的地方，肯定是最见不得人的东西。

尽管在此前三天，白求恩已经远离加拿大，抵达了西班牙战场，但对于这个逃离了警方魔掌监控的共产党，恐怕，还是需要"做上点儿什么"的。

那页纸上被遮蔽的地方，是否也包括"用谣言抹黑其形象"这条锦囊妙计呢？

我向温特泽尔提出了一个请求："既然你掌握了有关加拿大赴西班牙志愿军历史的翔实资料，你能否设法澄清针对白求恩的那些流言，还给他清白呢？"

"这一点，我很难做到，"温特泽尔说，"流言的可恶，就在于它虽无根无据，却也无法通过实证来彻底否定它。何况当初围绕在白求恩身旁的那些人，早已纷纷作古了。"

遗憾的是，听信了流言蜚语并参与了伤害白求恩名誉的人里，竟然也有泰德·阿兰。

上世纪八十年代，我刚刚抵达加拿大不久，就阅读了泰德·阿兰于 1952 年出版的名著《手术刀就是利剑》。

那是一部感人至深的书，读时令我热泪盈眶，掩卷之后，难以忘怀。因此我深深理解，远在新西兰的凯瑟琳，为什么会在读到那本书时悲伤痛哭了。

泰德·阿兰出生于蒙特利尔，年仅十几岁就加入了共青团，成年后又加入了共产党。这个初露写作才华的青年人，不仅担任了共产党报纸的记者，还结识了同在蒙特利尔、声名显赫的白求恩医生。

泰德·阿兰曾沾沾自喜地撰写过文章，炫耀他与白求恩医生之间的忘年交。在西班牙战场上，二人也曾并肩奋斗，一个在输血队抢救伤员，一个在前线担任战地记者。

白求恩牺牲之后，泰德·阿兰受加拿大共产党中央委员会之托，亲自执笔，撰写了那部脍炙人口、畅销不衰的著作《手术刀就是利剑》，让烈士的英雄事迹，在加拿大民间广为传颂。

在泰德·阿兰的晚年，由他担任编剧的纪录片《白求恩：一个英雄的成长》，经过九年的漫长等待，也终于上映了，且在国际上获得了广泛好评。

写秘信？打小报告？怎么会呢？这一切，岂能发生在同一个人身上？

细细思索，我似乎明白了。也许，当白求恩牺牲的消息传到了他的祖国后，当人们读到了那一封封发自太行山上的信、从八路军战友们口中得知了那一个个感人的故事后，泰德·阿兰就陷入了深深的自责，在悔恨的心态中，开始构思他那迟来的道歉。

1995 年，泰德·阿兰在告别人世的最后时刻，终于把那个不光彩的秘密告诉了他的儿子，把真相留在了人间。

是的，假如他带着那个秘密离开了，将有何颜面与白求恩在天堂里相见？

人，也许都会随着岁月的流逝而改变。

不是吗？一晃数年过去了，那个曾四处散发匿名信、试图戳穿李添嫒"魔鬼"嘴脸的隐身人，竟再也没有露面。

也许，在北美大地上停留期间，接触了形形色色的男女，见识了异国他乡的冷暖，他／她，也终于醒悟过来了，认识到人性的脆弱与卑微，理解了包括李添嫒，也包括他／她自己在内的可悲、可恨、可怜。

第十七章　顺潮流而生

82

李添媛摘掉了光鲜耀眼的"牧师"头衔后，从澳门调往遥远的广西北海，躲在人地生疏的小城合浦，一晃，又是两年了。

何明华主教并未忘记她。1949年年初，他曾风尘仆仆，赶到小城，探望在穷乡僻壤里默默耕耘的李添媛。

由于失去了"牧师"的头衔，在教堂做礼拜时，她没有资格为教徒们分发圣餐，只能谦卑地为主持活动的男牧师打下手，传递杯盘。

她的屈辱和隐忍，何明华一目了然。

于是，当着全体教徒的面，主教大人毫不犹豫地称她为"李添媛牧师"，并激动地宣布："她是属于上帝管辖之下的教会里的牧师！在上帝的眼中，她就应该是牧师的模样！"

"挹君去，长相思，云游雨散从此辞。"

主教的一颦一笑，一举一动，都刻印在李添媛脑中了。在她的人生暮年，仍能默诵如初。

1983年，当李添媛住在多伦多，过着寄人篱下、凄清冷落的生活时，她曾在一个灰色封皮的薄薄的小本子里，抄录过一首李清照的词，《武陵春》。

风住尘香花已尽，
日晚倦梳头。
物是人非事事休，
欲语泪先流。
闻说双溪春尚好，
也拟泛轻舟。
只恐双溪舴艋舟，
载不动，许多愁。

不知这"许多愁"中，是否也包括那篇令她追悔莫及的文章《何明华主教》呢？

何明华没能亲眼看到李添嫒平反昭雪的那一天。但我从档案室那些纸盒子中，看到了他临死前不久在病榻上口述，却来不及完成，也因此未能发表的一段回忆。

下面这段话，读来颇受触动：

李添嫒是华人，可以穿越日本人的封锁线。而我却不能。所以我特意安排了我们两人在新兴县城会面。

她从澳门出发，估计需要两三天的路程，而我从重庆出发，则需要五天，除了乘船，还要步行。但令人惊讶的是，就在我抵达新兴县的那所教堂后，还不到二十分钟，李添嫒就跨进了大门！

也许，把这一迹象看作是上帝的赞许，是我的错误吧。可在那个时刻，我又怎能克制住自己，不做如此遐想呢！

暗自庆幸，何明华活着时，没有看到李添嫒揭发他的那篇文章，得以怀着纯洁无瑕的感情，告别这个令他眷恋不舍的世界。

但是，在李添嫒的心目中，主教的迷人形象，究竟是何时开始由红变白、从明转暗的呢？

83

我从图书馆档案室储存的那些纸盒子里，翻找出几页泛黄的信纸。

薄如蝉翼的纸面上，正反两面，都写满了娟秀的钢笔字。那是在新旧更替的岁月里，李添嫒寄给远在日内瓦的妹妹季琼夫人的信函。

在 1950 年 4 月 17 日的信中，李添嫒写道：

亲爱的琼妹：

今晨九点半要上英文课，故早些起来，给您一点消息。前几天何明华主教亲笔来信，请我暑期返港一行。这个意外假期，使我由心头深处充满喜乐。

他告诉我，港方朋友多数人要我担任教区妇女巡行干事，可是他希望我做堂主任。我认为他所讲是对的。不过他要求我留任此地，直至 1951 年或 1952 年。我以为这也许是合我意思的。

……以我之年龄，亦无特殊要求，与其处都市之繁华，不若居僻静地方，做彻底之贡献还实际。而且解放后，交通行将迅速恢复改善，农村工作已进行计划，过简朴生活，灵程似有进益，待至迟几年返大都市，也不成问题了。

您能找长久的职位在瑞士吗？返国工作就要吃苦了，刻苦劳作、过简朴生活，是新政策。养尊处优，则不合时宜了。

在 1950 年 6 月 30 日的信中，李添嫒写道：

亲爱的琼妹：

……海南解放后，散军四处劫抢，小乡村老百姓晚上上山躲避，市面物价平稳，可是有些奸商操纵"白银元"，令人民券低折……

我返港一行问题，尚无从决定……接替我的牧师若能早来，我或可赴穗。现在交通尚未方便，没有船，陆路匪多。

我为来年计，很想请假一两年，赴北京燕大宗教研究院深造……何明华主教能答复照常发薪，可请假一年亦妙。

北京文化高，可深识一点国家政治，并且研究宗教教育，准备将来在学校及教会多点贡献。何明华主教劝我留合浦至 1952 年。我恐太久了，不过还是见机而行，不敢强调……

在六神无主、忐忑不安中度过了数月之后，合浦解放了。李添嫒在 1950 年 11 月底的信中写道：

琼妹：

……本城自 11 月 3 日晚上 11 时解放，经过情形十分平安，秩序良好，并没有真空，也没有炮火，只日间有对方空袭，可是并无意外。

解放军常常住在本幼儿园校舍。我的楼下也被长官住了几批。我常住楼上。本堂范围似军部重地，日夜守卫，一批来一批去，可是也习惯了……

礼拜也有三十人以上教友赴会，现在忙于筹备圣诞，盼望一切可如期举行。

寄香港邮费等于寄外国，可是普通生活也不太昂贵，我们也足食，请勿念。家里的消息足有一个月以上得不着了。

我们都平安快乐，天天与军人为伍似的，一切工作进行如常，只是市面经一度荒凉，现在渐渐恢复起来了……

在《生命的雨点》中，李添嫒提到了新中国成立后合浦开始进行土地改革。她栖身了四年之久的那所教堂，在 1951 年 1 月 25 日，"圣徒保罗殉难日"那一天，做完了最后一个礼拜祈祷后，正式关闭了。

这一天，恰是七年前她在七星岩下被封立为牧师的纪念日。又是一次巧合。

李添嫒是如何解读这来自上天的旨意的呢？

我的思想难免有所抵触，一时不能站在人民那边理解问题，精神负担沉重。在不断灵修查经，从圣保罗致罗马人书中得到了启发："凡掌权的都是上帝所命的。所以抗拒掌权的，就是抗拒上帝的命，抗拒的，必自取刑罚。"

有了圣灵在我心中作工，应当顺应潮流而迈步前进。

有了"圣灵"做心理支柱，李添媛卸下重负，轻松北上，迈入了燕京神学院的大门。

她最后的一封亲笔信，洋洋洒洒，颇为冗长，写于1953年"三八妇女节"那一天。此时的李添媛，已在风景如画的未名湖畔停留了一年之久，也早已走出了"反帝爱国运动"初起时罩在她头顶的那片阴霾。

亲爱的琼妹：

谢谢寄来照片，欢喜看见你的健康猛进，精神愉快，身心平安。你真是一个个人自由享乐主义者了，以新中国人民的标准批评，恐怕思想不够前进了。我是说得过分吗？

……新春节本来有两星期假，可是学期结束后考试，各科均写总结、论文，既有春节故宫参观、游园、看电影及其他集体活动，还在女生宿舍举行歌诗晚会，我作主席及短讲歌诗在教会生活中，后来布置一个"×××统治集团罪行展览会"于本院，以有限的劳动力，是以我们繁忙至极，转瞬已开课一星期了。

……前天上神学科，教授要把我的试卷念给同学们听，因这科我的成绩是全体同学最优秀的，得了九分，获好评，说我文字通顺，发挥透彻，看书多，融会贯通，属进步思想，常有哲学神学意味，配合新社会的观点立场。我用了很多心血写的。××借了卷去看。

××人不错，但是……在建设祖国时期，要为大众来设想，为人民谋幸福，不应以自我为中心的落后思想了，你说对吗？

我打算八月中旬南返工作。前途怎样，我也不管了。祖国有前途，我亦有前途。至于婚姻问题，我考虑过，不轻易谈的。年龄太大了，过三年就五十岁了。终身献出，为新中国建立纯洁的教会，作主要的目的，也值得的。前途、个人问题，我想是次要的。继续先哲前言，发扬主道，这个道路是正当的。前途在神手中，也断不会走错的。

……只求深入学习，使思想更进步，以配合新时代里的重要思想进步。宗教三自革新，干部人才处处也缺乏的。

前天来一个惊人的消息，全世界人民的伟大导师斯大林同志已逝世。昨天我们已配上孝纱，明天参加集体致哀追悼典礼。"生荣死哀"，威力极大。

北京天气暖和，室中已停止炉子了。晚上念书比以前方便些。

我们住的房子不错。两女生住一幢屋，两卧室一客一厕，有卫生设备，空气清新，环境很幽静。在城内有这么好环境，人民政府照顾相当周到，生活也算极其享受。祖国开展第一年的五年建设计划，祖国愈来愈可爱了。

　　我的营养也不错，每天半磅鲜奶，有牛油和面包，每星期六自已加肉汤，中间又吃水果……

　　我在广播中学俄文，可惜以前学习三个月，温习机会太少，忘掉很多了。

　　……

　　读完这些从未出现在《生命的雨点》中的私人信函，我似乎触摸到了一个知识女性卑微的心理，跳跃的脉搏。

　　在时代潮流的冲刷下，李添媛从初始的举棋不定，患得患失，到逐步踏上了顺应新风、主动改造的新旅程。

　　何明华主教的身影，似乎已渐行渐远，一步一步，淡出了李添媛对未来的憧憬。

　　我忽然有所悟，当初乍一读到那封匿名者的揭发信时，贸然间便断定，李添媛在六十年代撰写那篇《何明华主教》时，完全是受形势所迫，不得已而为之，也许有主观臆断之嫌了。

　　试想，在大力提倡男女平等、反帝爱国的新风气下，回忆到峥嵘岁月里傲慢无礼的洋大人们加诸她身上的种种屈辱与不公，李添媛的内心，岂能不产生强烈的共鸣？

　　在一场又一场改造社会的疾风骤雨的洗礼下，谁能确定她就不想通过洗心革面、痛改前非的决绝方式，跻身为社会主义大家庭中光荣的一员呢？

　　"猜疑端合问天公，君想难通，我想难通。"

　　如她在除夕夜留下的那首词中所叩问的，李添媛也无法预见到，何时天公发怒，雷鸣电闪；何时天公作美，风平浪静。

　　当年在未名湖畔的燕京神学院，痛定思痛、坦白交代之后，院领导曾紧握着她的臂膀高兴地说：人民对你了解了。

　　顿时，像一块大石似的重担从我身上抛到远方，精神为之一振，心情愉快无以复加。于是快笔疾书一篇《从黑暗进入光明》的短文，以抒己怀。

　　同学们马上将短文张贴在黑板上发表。初次取得人们信任的喜乐平安，真是没有人夺得去的。

　　无论是心甘情愿，还是忍辱偷生，她的乖巧，她的顺服，都使她活到了云开日出的那一天。

84

　　1987年2月，在"三自爱国运动委员会"南京办事处写给国务院宗教事务局的一封公函中，那个早已被她摒弃多年、避之唯恐不及的名字，再次堂而皇之地出现了：

李添嫒牧师将陪同加拿大圣公会大主教来访

　　李添嫒牧师"文革"后在广州恢复工作，因年迈去加拿大定居，现已八十高龄。她是何明华主教（英国人，较开明，周总理曾接见过他）于1944年按立的女牧师，是圣公会第一个被按立的女牧师……

　　那次大江南北故地重游，不但有大名鼎鼎的丁光训主教亲自邀请，也得到了何明华之子何基道牧师的慷慨赞助，并录制了音像带，可说是李添嫒的衣锦还乡之旅。

返回加拿大之后，她写了一封英文信，寄给了远在英国的何基道牧师。

在中国时，我们曾到访十个城市，包括上海、北京、天津、西安、桂林、广州、新兴（那里是 1944 年何明华主教封立我为牧师之地）……所到之处，人们无不满怀深情地谈起何明华主教，美好的记忆，历久弥新。

在香港时，我们也踏上了麻风岛。岛上的一些老年患者，依旧记得何明华主教当年多次上岛看望他们的情景。1949 年的一天，何明华主教曾带我一同登上那座小岛。我至今清楚地记得，他在教堂里与麻风病教徒们亲切握手的感人场面……

麻风岛？那不正是凯瑟琳曾停留过一年多，日思夜盼，期待着跨越罗湖桥，重返太行山的那座小岛吗？

看到这一细节，我忽然意识到，无论是在李添嫒写于 1964 年的那篇"揭发"文章中，还是在她临死前完成的那部回忆录中，她都丝毫没有提及，自己曾于 1949 年跟随何明华前往麻风岛这件事。

显然，何明华曾先后携带李添嫒与凯瑟琳这两位女基督徒前往麻风岛。她们都是忠于职守且终身未嫁的单身女性。

何明华为什么要带李添嫒去麻风岛呢？难道说，他曾希望，她会像当年勇赴澳门拯救苦难众生一样，自愿留在麻风岛上，为那个被上帝遗忘的角落，洒上几滴关爱、怜悯的露珠？

我们只知道，李添嫒选择了北上京城，进入燕京神学院，攻读研究生课程。

何明华主教的身影，是否从麻风岛之行后，便逐步淡出了李添媛的视线呢？她知而不言、默默携走的，还有几多风雨人生？

我理解李添媛。她的一生，都在努力裁剪自己，孜孜实践"我必遵行"的誓言，无论是遵行父亲的旨意，还是权力与神明。

在李添媛辞世前不久，她获得了加拿大多伦多神学院授予她的荣誉神学博士头衔。这是继美国神学院之后，落在她头上的第二个荣誉博士头衔了。

有圣徒保罗在天之灵的佑护，曾经失去的，都得到了加倍的偿还。

从她写给何基道牧师的信中，我看到，四十年代刻在她心头的那道伤痕，终于痊愈了。

> 我永远也忘不了当年，在英国教会高层，一群红衣大主教强烈反对封立女牧师时的那种态度。何明华主教遭到了残酷的攻击，被称为"野蛮人"，犯下了"严重错误"，仅仅因为他封立了李添媛担任牧师！
>
> 今天，我感到由衷地喜悦，何明华主教不仅仅得到了"平反昭雪"，并将作为英雄、先驱、女牧师之父，而永载基督教会史册。

李添媛去世之后，妹妹季琼夫人依然二十几年如一日，不遗余力地奔走呼唤，在全球的各个角落里，为其亡姐树碑立传。

假如真像梅葭牧师所说，人的一生，终会有那么一天，你将不再在意自己在他人眼中的形象，那么，又如何解释季琼夫人在风烛残年却仍难以割舍的"在意"呢？

只求名，不求利，算不算"贪"呢？

季琼夫人矮小瘦弱的身躯里，蕴含着巨大的能量。在她的不懈努力下，那些令匿名信指控者义愤填膺的创举，接二连三地诞生了，且花样繁多，包括以李添嫒名字命名的会议室、讲堂、基金会、奖学金，绘制在欧美不同教堂彩色玻璃窗上的画像、跻身于以罗斯福夫人为代表的女圣徒之列，不一而足。

此外，英国广播公司还通过电台投票竞选的方式，将英伦岛新培育出来的大丽花的变种"天竺牡丹"，命名为"李添嫒牧师之花"。

图片上这朵"天竺牡丹"，娇艳欲滴，绚丽夺目，红得铺天盖地，无遮无拦，红得好似那燃烧的火，象征着纯洁的友谊和……爱情？

凯瑟琳谢绝了宋庆龄让她撰写回忆录的邀请，选择了沉默。何明华亲手焚毁了书信、日记，是非功过，留待世人评说。

李添嫒若是在天有灵，是否会陷入惶惑？

第十八章　壁画的下落

85

忙碌了一个夏天，秋季的国际研讨会，终于确定下来活动方案了。

2019年的重头戏，是纪念白求恩大夫逝世八十周年，活动主题被确定为"白求恩精神于今意义何在？"。

中国代表的名单，皆为与白求恩研究相关的学者。加拿大代表的选择，却横生波折。

莱斯布里奇教授说，加共早期曾历经多次激烈的路线斗争，包括围绕着不同派别的分裂活动。然而，最严峻的考验，发生在1991年。面临苏联解体带来的塌方式效应，人心涣散。加共党内一些掌权者丧失了信念，试图解散该党。在这千钧一发之际，坚守信念的党员们团结一致，共同斗争，最终击溃了解散的企图。

1992年，加共浴火重生，不仅从低谷中走了出来，并开始逐年增长。如今的加拿大，全国仍有一千多名共产党员，但基本上属于散兵游勇，各自为战，难以联络。

我真诚地期望，莱斯布里奇教授能够代表加拿大共产党，参加秋天的国际研讨会。但由于身体原因，他无法长途飞行，与远道而来的中国学者们相聚畅谈。但他传来了自己的论文，嘱咐我，他将委托拉瑞·汉纳特教授代为宣读。

莱斯布里奇在他的论文中强调，白求恩牺牲之后，世间越来越多的人，为了调和阶级矛盾的需要，采用了"人道主义精神"来解读白求恩崇高的理想世界。这种做法矮化、亵渎了英雄的初衷，必须予以纠正，方不枉白求恩的奉献与牺牲。

唉，真是一个在和平年代里几乎绝迹的老布尔什维克！连饮食都无法从口中进入，只能依赖注射器输入身体维持生命了，却初衷未改，赤诚执着。

是的，他说得不错，这么多年过去了，试图把白求恩解释为人道主义者而非共产党员的声音，像个幽灵，一直在游荡。

1939 年 11 月 26 日，在白求恩牺牲两个星期之后，加拿大警方秘档里，收录了《渥太华晨报》上刊载的一则消息。

一位医生离去了

诺尔曼·白求恩医生在中国逝世了。他是为拯救在战火中负伤的中国人而献身的。有人说，白求恩是个共产党。但是，这又有什么关系呢？

为了人类的幸福，他放弃了所拥有的一切，包括舒适奢侈的生活、专业领域里的成就，而用自己的生命去冒险，并最终牺牲了。难道说，这还不足以证明他的高尚品格，并值得人们怀念吗？

在他为西班牙内战付出了全部身心的奉献之后，白求恩又转赴中国。在年仅四十九岁时，便因做手术时血液感染，长眠于那块土地上了。

我们无须质疑，他奉献出生命，是否因为他是个共产党员。我们只需知晓，他是一个勇士，一个拥有高尚的灵魂、充满慈爱与同情怜悯之心的基督徒，便足矣。而这一切，都是超越了信条、教义、意识形态的东西。

时至今日，不少学者和白求恩研究专家，仍然秉持着上述观点。

我能够理解他们的苦衷。

自从上个世纪五十年代以来，麦卡锡主义的白色恐怖便席卷北美大地。为了生存、自保，不少白求恩当年的战友，都纷纷退出了共产党组织。也有的人，甚至故意放出风声，把自己打扮成曾与白求恩进行过斗争的"英雄"。人性的懦弱，实在可怜。

污名化的硝烟，弥漫了全球，早已混淆了是非界限。

也许是出于夹缝求生的需要，也许是不甘心一位伟大的英雄形象被淹没在反共思维的浪潮下，于是，善良的人们，如拉瑞·汉纳特教授，为白求恩罩上了"披着红色斗篷的人道主义者"这样一道光环，以此淡化他的政治色彩。

这种努力，和当初西方阵营中的反共势力，出于偏见或者手腕，硬要朝何明华主教的头顶涂抹上"粉红色""大红色"的心态，如出一辙。

我深感无奈。人们似乎都陷入了画地为牢、作茧自缚的误区之中，无法跳出非此即彼的思维局限。

假如白求恩在天有灵，他会怎样看待人们在他身后的争执？

假如人们能够看到，在红色和白色之间，存在着大片交相融合的地带；假如人们肯于承认，这两种信仰并非截然对立，而是源于一体，那么，这种争执便毫无意义。

假如人们能够睁开眼，敞开心，承认"朱碧丽"的原意，看清"五十年一次再分配"的内涵，他们便不愧为货真价实的基督徒。

遗憾的是，利欲熏心的政客们，岂肯放下早已玩得烂熟的双标利器？

86

我收回纷乱的思绪。谜团在一个个解开。难以放下的，除了对白求恩与何明华之间可能存在某种关联的揣测，还有白求恩大夫那批失踪的画作。

那些传说中预言了他自己死亡方式的画作，究竟流落到了何方？抑或它们根本就不存在，只是爱他的人们，不肯忘怀那远去的身影，而杜撰了那个神秘的传说？

9月初的一个清晨，我顶着星光起身，飞往蒙特利尔，满心希望着，能在开学之前，再努一把力，解开画作之谜。

麦吉尔大学的附属医院，依着郁郁葱葱的皇家山而建。老旧的楼房，历经修补增盖，显得拥挤凌乱。

我迈着急切的脚步，在迷宫般的楼层间钻来绕去，终于准时在十一点整，敲响了穆尔德医生办公室的门。

在艾瑞特医生的介绍下，我和穆尔德医生已经通过好几封信了。但与真人相见，还是略感惊讶。这位加拿大医学界大名鼎鼎的外科专家已年届八十了，面颊清癯，目光沉静。

他这间主任办公室并不宽敞。身后的墙上，挂着几幅黑白和彩色的旧照片，是这座医院建院以来，曾在这间办公室里工作过的所有胸外科医生。一个接一个，他们都已离去了。我能认出的面孔，只有白求恩。

狭窄的桌椅和柜子之间，曾经晃动过白求恩年轻矫健的身影。走廊里，似乎传来了他急促的脚步声。

白求恩牺牲那年，穆尔德刚刚降临人世。

"当我还是个年轻人，迈入神圣的医学殿堂时，就从我的导师口中听说了许多有关白求恩的感人事迹。我也读过人们撰写的各种回忆录。"穆尔德语气平和，神情庄重，"从那时起，我就成了白求恩的崇拜者，决心像他一样，救死扶伤，把一生献给为人类服务的事业。"

我知道，加拿大不少白求恩研究专家都采访过穆尔德。"您是否还了解哪些尚不为人知的白求恩故事呢？那些没有在任何书中叙述过的？"

"当然！"他轻轻牵动唇角，绽出一丝矜持的微笑。

"我年轻时，遇到过一位患者，他叫弗莱德瑞克·泰勒。你听说过他吧？他是加拿大享有盛誉的画家，曾经是白求恩的好友。两人都爱好艺术，也同属左翼阵营，信奉社会主义。那时，白求恩在我们医院里，是胸外科的第一把刀。他们俩经常在街头小酒吧里聊天，谈艺术，谈理想。有天晚上，两人都喝多了，争执不休，最后竟然大打出手。"

"谁打赢了？"我很好奇。

"据说，白求恩吃了亏，因为泰勒是练过拳脚的。"穆尔德侃侃而谈，不动声色，"晚年时，泰勒疾病缠身，来我这里看病，颇为自豪地说，他年轻时，曾经打败过大英雄白求恩呢！"

我报以无言的微笑。脑中涌现出来的，却是曾经读过的一篇小说——《遭遇》。作者：白求恩。

87

我觉得，一开始他对我没什么怀疑。他真的认为，我就是他第一眼看到的那个样子，所以他毫无戒备，十分自负地向我走来。

虽然当时天色已晚，夜幕低垂，但即便如此，他也不该犯这个错误啊！不管怎样，事情发生了。

结束了激烈的、没完没了的关于共产主义的争论后，我于深夜一点钟左右离开了堂兄家。仅仅看到这些自鸣得意的资本家们，就让我气不打一处来，更别提和他们聊天了。与往常一样，我们无法沟通，就像一个盲人和一个聋子争论音乐的好坏，谈论管弦乐队那样。整个晚上，我们都在挥舞大棒，用粗笨的语言互相攻讦。

当然，有各种酒水供大家饮用。但那玩意儿并没使气氛好转，实际上变得更糟。因为时间越长，我们每个人就越表现得像独行侠那样，决心要捍卫各自真理的堡垒。有上帝为我们撑腰，击败对方的反基督意识，成了世界头等大事。

我舔了舔伤口离开了，深感气愤、烦恼。清冷的空气迎面扑来，抚慰了我的头脑。街道安静、偏僻，空无一人，通往夜色笼罩的山坡上。

……当他朝我走来时，态度像老朋友一样友善。我现在也搞不清楚，当时我为什么会那样做。也许只是我心情的延续，余怒未休罢了。我想要让他明白过来，别总是摆出一副自以为是的架势。我这样做，并非因为不喜欢他。实际上，正是因为我喜爱他，才这样做的。

当他离我十英尺的时候，我突然蹲伏下来，怒目相视，手脚着地，凶狠地叫了一声："哇！"

他停了下来。我本来也希望自己能停下来。但他用一种迟疑不决的紧张口吻，重复了我的打招呼方式。他这种紧张，刺激着我向他进攻。我慢慢朝他爬去，地上的雪冰，像细碎的小钻石粒儿硌着我赤裸的巴掌。

他被吓了一跳。他转过身去，退到马路对面，站在那里盯着我，试图调整自己。显而易见，他的内心在挣扎，我差点笑出声来。我能够理解他复杂的情绪。你懂吧？毕竟天色已晚，马路上只剩下了他和我二人。

……他转过半个身，倒退着走到马路对面，困惑不解地打量着我。假如我刚才没采取进攻性姿势，也不在虎视眈眈的沉默中朝他爬去的话，也许接下来的事情就不会发生了。

但是，我的态度令他如此恐惧，他终于丢掉了勇气，转身就跑，确切地说是逃，躲起来冲着我嚎叫，没错，是嚎叫。

……他发出惊恐而哀求的喊声，仓促地沿着马路逃走了。我带着冷笑，看着他离开。"傻瓜！"我冲他喊了一句，转过身走了。

……是的，我想，现在他的怀疑已经消失了。那个年轻、轻信的硬毛杂种狗崽子最终相信了，他遇到了那个神话传说中的人犬。

……

这篇小说从未发表过。它究竟是何时创作出来的呢？也无人知晓。迄今人们仅仅知道，1936年年初，白求恩把这个短篇小说送给了他倾心爱慕的女画家玛丽安·斯科特。

上述片段，可供读者一窥白求恩的文学才华。他在故事中逼真、细腻地描写了一个醉汉与一只野狗在深夜街头的相逢、对峙、挑战、决斗。

读过白求恩作品的人无不承认，假如他弃医从文，可以是一位出色的散文家、小说家、诗人。

拉瑞·汉纳特教授曾点评说："这篇小说把白求恩的好斗、幽默、处乱不惊和喜欢说教的性格特点轮番展现出来，然而，又经常使用一些与常规背道而驰的讽刺手法。"

他还告诉我："在我看来，这篇作品展现了白求恩在全身心拥抱共产主义理想之后，却不被周围的社会环境所理解，因此常常陷入与他人的争执之中。"

此刻，我突发奇想，不知拉瑞·汉纳特教授是否听说过这篇小说灵感的源头？如此生动的细节，难以凭空捏造。灵感，与阅历息息相关。

有趣的是，吹牛打败了对手的，究竟是谁呢？是白求恩，还是泰勒？反正参与斗殴的双方均已离去，且事发时没有裁判在场，死无对证了。

当然，这也绝非我千里迢迢飞到这里来的目的。

88

我收回遐想，言归正传。

"您是否听说过，白求恩在他所绘制的画作中，早已预见到，自己最终将死于血液感染？这种传闻，是否有什么证据？"

"的确，我听到过很多次，人们都这样说。我也听说，中美关系解冻后，尼克松为了取悦中国人，把美国人扣留的白求恩画作，全部赠送给来访的中国代表团了。谁知道呢，那批画中也许真的留下过他的死亡预言，很难说。"穆尔德缓缓地说着，目光盯着空中。已经混浊的眸子里，星星点点，溢着怀旧的惆怅。

办公桌上，早已摆好了一沓文件，电脑里，也调出了他收藏的所有与白求恩相关的图片。他仔细查看了我所带来的传言中那几幅"白求恩画作"，也让我查看了他所保留的一幅照片，上面是白求恩三十年代在这所医院工作时留下的亲笔绘画，展示了几名医生围着手术台操作的场景。那幅画作的真迹，就悬挂在医院大楼入口处的一角，配有说明。

听我询问起"煤油"的作用，穆尔德解释说，的确，早年曾把煤油用于手术中，喷洒在伤口上，防止感染。后来有了酒精，就不再使用煤油了。至于停止使用的时间，大约在上世纪二十年代末期。

我站在老医生身后，伸长脖颈，与他一起，浏览电脑中储存的白求恩资料。

那么多熟悉的和不熟悉的画面，排山倒海，迎面涌来。看到老人毕生的向往与追求，我内心一阵冲动，努力克制住自己，才没去拥抱面前这瘦削的肩头。

看着看着，忽然间，屏幕上滑过一幅似曾相识的照片。

"请停一下。"我伸出手来，点着屏幕。我的视线，停留在那张图片上。

在 2014 年的夏天，当我第一次采访毛泽东与白求恩合影照片的拥有者比尔·塞西尔·史密斯时，曾在那位加共老党员众多的收藏品中，看到过一张黑白照片的原件。那是白求恩在西班牙战场上做手术时，别人为他拍摄的。那幅照片，曾在我脑中留下过惊鸿一瞥的印象。此刻，我在穆尔德医生的电脑中，再次看到了它。

我转过身，拿出艾瑞特医生给我的那幅据传为白求恩亲手绘制的画作，仔细对比了电脑上的那张照片。

两相比较，我才猛然间意识到，这幅传说中的白求恩画作，其实是有人以西班牙战场上的那张摄影照片为蓝本绘制出来的。二者的构图，几乎如出一辙，唯一的不同是，不知什么人在这幅绘制的画面上添加了一个煤油喷罐，而这个煤油喷罐，在西班牙战场上拍摄的那张原始照片中，并不存在。

我不动声色地舒了口气，直起身来。

穆尔德医生很敏感，显然也猜到了我内心的失望。道别时，他依旧用平静的语气说："其实，关于死亡方式的预言，并不重要。我更关心的，是寻找到那批遗失画作的下落。"

狭窄的老式走廊里，已坐满了等候就诊的患者。他们身后的墙上，悬挂着一排曾经在这里救死扶伤的医生肖像。

顶头的那幅，便是那张最熟悉的面庞。颈上垂着听诊器，一手托腮，凝视着远方。

89

坐在机场候机大厅里，在午后斜阳的照耀下，我翻阅着穆尔德医生给我的那几篇文章。

最近的一篇，于 2017 年 9 月发表在加拿大一家医学期刊上。作者是蓝莓城萨省大学医学院的教授。文章的题目是《九场痛苦的独幕剧——白求恩医生壁画的离奇失踪》。仅看这标题，就不像出自握着手术刀的医生之手，再次印证了我对医生容易变身为文学家的揣测。

虽然文章里存在着几个时间点上的疏忽错误，却生动回顾了白求恩创作那批画作的背景。

1926年至1927年，白求恩罹患了当时死亡率极高的肺结核，住进了位于纽约州的肺结核疗养院。在那段等待死神降临的悲观日子里，他得以冷静地反思了生命的意义，并将他丰富的创造力，通过艺术的渠道宣泄出来。

在他与几位病友同住的那间木头房子的四面墙上，他贴上牛皮纸，绘制出五英尺高、总长六十英尺的九幅壁画。这批配有诗歌、图文并茂的壁画，描绘了白求恩从躁动于母腹中的胎儿到最终死于天使怀抱的心路历程，阐述了在人生不同阶段，他所面对的疾病、艰辛、金钱、美色等种种人生的考验和诱惑。

在最后一幅上，他绘制了七座墓碑，根据同室病友们各自患病的深浅程度，预测了大家的死亡日期。在诺尔曼·白求恩的那座墓碑上，写着1932年，配有一首语气悲观的短诗：

> 在天使仁慈的怀抱里，
> 死亡也堪称甜蜜。
> 可叹你温柔的臂膀，
> 终究会将我放弃。
> 夜幕点缀着星光，
> 太阳也早已燃尽。
> 短剧终于要谢幕了，
> 我结束了疲惫的表演，
> 悄然离去。

七座墓碑针对的病友中，有两位不幸应验了白求恩为他们预言的死亡日期。

而白求恩自己呢？经过与死神顽强不屈的抗争，他于1927年年底痊愈出院了。临走前，他嘱托同室病友巴恩韦尔，妥善保管好他这批画作。

1931年，巴恩韦尔也痊愈出院了。他从墙上摘下来这批画作，带到了他工作的地方——美国密执安大学。从那时起，这些画作就一直被贴在该大学的研究室里，供人观赏。

然而，1960年，不知因何缘故，这批画作被人从墙上取下来送往纽约州，赠给了当年的肺结核疗养院附近的一所公共图书馆。

再后来呢？这批画作便神秘地失踪了。

有人说，1967年，白求恩的画作被人从这座图书馆拿走，送到了美国的军事基地——位于北卡罗来纳州的布莱格堡。

据说，那里的美国军事专家们认为，这些画作将"有益于我们的对华战略研究专家们"，用以分析研究共产党人的性格和心理究竟是如何锻造而成的。

有人猜测，那批画作，很可能就在布莱格堡的军事基地里，遭到了被销毁的下场，以彻底杜绝美国军事专家们所恐惧的"红色基因"，继续在人间传播。

90

飞机缓缓地升入了云端。我侧向舷窗，望着脚下圣劳伦斯河宽阔的水面，整理着思绪。

白求恩对自己死亡方式的神秘预言，显然是杜撰。

这个流传多年的神话，最终被戳穿了，我难掩心中的失望。

令我不解的是，身为医务人员，应该比常人更能感悟生老病死的过程，也更能冷静理性地看待生命，包括众口纷纭的各路鬼怪神明。

可是，为什么偏偏是在这群人之中，出现了这种带有浓厚"宿命论"色彩的传说呢？尽管这种传说可谓无稽之谈，经不起推敲，却回荡经年，久久地不肯消散。

难道说，这恰恰反映出一种现象：无论周遭的世界如何贪婪、如何堕落，医学界一代又一代的传人们，却孜孜不肯忘怀那个远去的英灵，那个早已预见到死神在前方招手，却毅然踏上不归之路的身影。

人们固执地呵护着那个神秘浪漫的传说，借以激励自己，陷污泥而不染，于生死考验前，依旧恪守高贵的人生信念。

这九幅画作的创作过程，体现了白求恩濒临死亡时对生命的透彻思考。病愈之后，他也完成了精神的升华。

自从告别了森林里那所疗养院，他便抛弃了脚踩两只船的矛盾生活方式：一面受着外界的诱惑，追求财富和声望；一面又被儿时所受教育鞭策着，尽其所能地为穷人免费治疗。

"医生，绝不应该是一种赚钱盈利的职业。"从此，白求恩走上了全心全意治病救人的生活之路。

这九幅画的象征，对医学界人士来说，意义深远。

既然如此，不若就让这批失踪的画卷永远作为美好的传说，长留人们心间吧，又何必去求证其真伪、寻找其下落？

拉瑞·汉纳特教授曾忧心忡忡地提醒过我："白求恩不应该只是作为中国人所念念不忘的英雄，而应该有更多的加拿大人，加入缅怀纪念他的队伍中来，这个世界才会有希望。"

对双方世界所呈现出的这种巨大反差，其实我早已想开了。

白求恩是一个国际主义战士。他不仅仅属于出生成长的加拿大，也不仅仅属于他所奉献牺牲的中华大地。与何明华、布朗、凯瑟琳，还有众多无名英雄一样，之所以可敬可爱，皆因他们是真诚的信仰者。而他们所代表的理想主义精神，本就属于全人类共同拥有的宝贵财富。

八十年前，那个深秋的凌晨，在太行山那个小村庄里，白求恩留下了感人至深的遗嘱后，含着微笑，吐出了他生命中最后的一句话："努力吧，向着伟大的路，开辟前面的事业……"

白求恩离开人世的 11 月 12 日凌晨，恰恰是西半球的 11 月 11 日。而那一天，早在"一战"结束后，就被英联邦国家确定为"国殇日"了。

从此，年复一年，当秋风扫过阡陌田野、山川河流，成千上万的加拿大人民就会在这一天同时佩戴上血染的罂粟花，举国哀悼。

而每当我与众人低头默哀的那个时刻，脑中浮现的，却永远是躺在太行山小屋土炕上那形销骨立、奄奄一息的英雄。

哦，有这么多人都记着你离去的那一刻呢，安息吧，你的在天之灵。

……

踏入家门时，已近黄昏。沉沉暮色中，我正在卧室里收拾行装，忽然听到老王在楼下叫我，声音急切，有些异样。

我放下手中的东西，匆匆下楼来，迎面看到的，首先是老王的目光，里面晃动着的，是此前从未见过的迷茫。

顺着老王的手臂，我朝窗外望去，只见池塘上空，飞来了一大群白鹤，是七只呢，还是八只？抑或更多？

它们与几年前出现过的那只白色大鸟，似乎同属一个家族，像一群白衣天使，悄无声息地奔忙。只见它们绕着池塘上空盘旋，盘旋，又静静地，一起落在对岸高高的松树权上，在晚霞余晖的映照下，白刷刷一片，蔚为奇观。

哦，那可是白衣天使们远去的英灵，在向我传递着未泯的心愿？

是白求恩，还是布朗？是凯瑟琳，还是更多被岁月掩埋了的无名英雄？

我站在窗前，对着缓缓低垂的夜幕，在心中默念：放心吧，亲爱的，请再给我一些时间。

第十九章　揭开的谜底

91

红枫遍野的日子里，"白求恩精神于今意义何在？"国际研讨会，沿着滑铁卢、多伦多、格雷文赫斯特、渥太华、蒙特利尔，一路举办，终于圆满地谢幕了。

送走中外来宾，返回滑铁卢小城，已是万圣节的夜晚。

天色黑透了。家家户户的大门外，点燃了一盏盏金黄色的南瓜灯。荧荧的火光，在夜风中忽闪着，为那些寻找归家路途的灵魂，照亮了脚下的每一步。

在这个混杂着温馨与惆怅的节日里，何明华主教身后留下的那个谜，曾经"派遣外国籍的医生和护士""深入革命圣地"，也终于为我开启了一道门缝，透出了惊喜的光亮。

我购到一本美国出版的英文新书，《二战期间赴华国际医疗救援队 1937—1945》，放下行李后，刻不容缓，连夜开始了阅读。

此书缺乏文学魅力，其结构之凌乱、叙事之枯燥极大地考验了读者的耐心。但作者为历史存真的可贵努力，却令我由衷地钦佩。

作者罗伯特·孟洛克，又是一位医生。推动他投身写作的，显然不是对文学的追求向往，而是对父辈崇高理想的缅怀祭奠。他，与温哥华那位女医生一样，尽管没有步上弃医从文之路，却在晚年时，终于完成了舞文的心愿。

为了阅读的方便，我只能把这段异常曲折烦琐的历史，简化为清晰易懂的线条，以飨读者。

1936 年，西班牙内战初期，总部位于莫斯科的"共产国际"，曾号召全世界各地的共产党组织，派遣医护人员前往西班牙，支援反法西斯战争。

卢沟桥事变爆发之后，"共产国际"又号召各国共产党，组织医护人员前往东方，支援中国人民的抗日战争。

于是，1938 年到 1939 年之间，约有四五十位外国医护人员，响应"共产国际"的号召，纷纷从世界各地出发，在不同时段抵达了中国。

白求恩所率领的加拿大医疗队首先奔赴了延安。

德国共产党员汉斯·米勒（Hans Müller）随后也去了陕北。

柯棣华（Dwarkanath Shantaram Kotnis）、巴苏华（Bejoy Kumar Basu）等印度共产党组成的医疗队去了太行山。

奥地利共产党员罗生特（Jakob Rosenfeld）、傅莱（Richard Stein Frey），则分别加入了新四军和八路军。

他们的名字，均已铭刻在中国革命史册上，留下了不朽的印记。

可是，还有另外几十人呢？他们都是谁？他们去了何方？

余下的那些人，除了少数几个来自欧美不同国家，大部分是直接从刚刚停战的西班牙战后集中营里转道而来的。"共产国际"承担了所有人的旅行经费。

这支队伍中的医护人员来自十几个国家，绝大多数是共产党员，基本上都是二三十岁的年轻人，个个学有所长，精力充沛。

大家是积极响应"共产国际"的号召，抱着帮助共产党的热情奔赴中国大地的。可是，历尽周折终于抵达香港之后，他们却陷入了两难的境地。是北上延安？还是西去重庆？

根据"中国红十字会"的要求，这批外国医生应该摆脱与中国共产党的联系，一律到国统区，为国军医疗机构服务。

看到印在"中国红十字会"信笺上的那一串名字：名誉会长蒋中正，名誉副会长孔祥熙、宋子文，副会长杜月笙……，自然不会奇怪。

令这批外国医生备感困惑的是，当大家表达了希望奔赴陕北、帮助共产党八路军的强烈愿望之后，在香港接待他们的宋庆龄女士却说，前往陕北的路途难以通行，他们根本过不去，因此劝说大家服从"中国红十字会"的安排，去国统区服务。

这一结果，恰似朝这些血气方刚的年轻人头上泼了一盆冷水。

早在西班牙战场上，大家就争相传阅了刚刚问世的《红星照耀中国》，对斯诺笔下描述的那支爬雪山、过草地、北上抗日的革命队伍充满了景仰。

能争取到前往中国的这个机会，谈何容易！彼时西班牙内战已结束，主动报名的各国共产党员多达五十人。"共产国际"对所有报名者进行了严格审查，最终才筛选出这二十几位品德优秀、专业适宜的医生。

尽管大家难掩内心深处的失望，但最终还是服从了调遣，离开香港，分头奔赴广西、贵州、湖南、湖北、江西、浙江，到国统区医疗机构服务。

92

年轻的医生们万万没想到，在抵达国统区之后，他们不但没有受到当初抵达西班牙时所受到的热烈欢迎，反而处处遭到怀疑、蔑视、防范的目光。

尽管那是在国共统一战线的合作时期，这些外国医生却因其共产党员的身份，遭到了军统特务的暗中盯梢和非法搜查。

不止一人发现，他们的钱夹莫名其妙地丢失了。找到之后，里面的钞票分文未少，但是身份证明等重要文件却不翼而飞了。

在压力面前，大家商量了对策。

一位担任这支外国医生队伍临时党支部的负责人，曾通过他们在"共产国际"的"联络人"，与中国共产党驻重庆办事处负责人周恩来取得了联系，随即向他提出了迫切要求，希望离开"反动派"，北上延安，帮助共产党八路军，方不辱"打倒法西斯、打倒帝国主义"的初衷与使命。

读到此，我心生疑惑，那个"共产国际"的"联络人"，究竟是谁？为什么书中不肯明言？

接下来，出乎我意料的是，恰恰是周恩来，阻拦并说服了这批外国医生，劝他们继续留在国统区工作！

周恩来说："你们应该服从分配。在哪里工作，都是为抗战服务。留下来救治国军伤兵吧，大家都是中国人嘛！"

劝说的理由，无疑是胸怀宽阔、顾全大局的。

我心存不解："宋庆龄和周恩来为什么要劝说这批外国医生留在国统区？难道说，只是为了展示在国共合作的统一战线中，共产党人的高风亮节？"

老王想了想，说："也有一种可能是，八路军的生活条件，实在是太艰苦了。白求恩在那里时，过的是什么日子？宋庆龄和周恩来恐怕都担忧，这些来自欧美国家习惯了优越生活的医生们，会受不了窑洞土炕、小米饭山药蛋吧！肯定是出于关怀体贴他们的好意，才劝他们留在国统区的。"

老王的看法，也不无道理。白求恩在初抵陕北时所写的信中，曾惊讶地感叹：

> 这里的医疗条件，比起西班牙战场来，不知要糟糕多少倍！
>
> 尽管有虱子、饥饿、无知、贫穷和孤独，我得承认，奉献精神比我所知道的任何东西都要坚强。我甚至为此感到荣幸。

也许，我们都低估了理想主义者的高尚情操。

在那战火纷飞的岁月里，美国女记者史沫特莱的身影，似乎无处不在。离开陕北后，她曾亲临华南一带，采访国军的医疗机构。

屈指一算，正如李添嫒在她的文章中所"揭发"的那样，史沫特莱在结束采访之后，于1940年抵达香港，住在何明华主教的"灵隐台"家中，一面养病，一面完成了她那部讴歌中国人民抗战的新作。

史沫特莱曾如此介绍她在贵州看到的这批外国医生：

> 这些人与我在中国其他地方所看到的外国医生截然不同。他们齐心协力，坚定不移地反对法西斯主义。他们与中国人民同甘共苦，衣食住行完全相同，自觉自愿

地承受巨大的风险。

不过，读到更多细节后，我才意识到，事情也许远比我和老王所猜想的更为复杂。

这些分散在华南、华东和华中不同医疗机构里的外国医生，在他们的日记和书信中描述了超乎想象的艰苦生活，例如蛇鼠出没、透风漏雨的居住环境，极度缺乏营养的简陋伙食，外加热带气候中猖獗肆虐的传染病，霍乱、疟疾、鼠疫、结核、伤寒等轮番进攻。

他们也记叙了屡见不鲜的腐败现象，例如国民党医务人员无视伤兵死活，毫无愧色地在黑市上倒卖医药物资，行贿受贿，中饱私囊。

外国医生们甚至猜想："也许，当初竭力动员我们来这里工作，是希望我们这些在西班牙战场上受过锤炼的共产党人，能够以身作则，影响和带动他们，改造其腐败环境吧！"

无论这良好的愿望究竟来自何方，都显得过于天真了。

改造人性之贪婪，难于上青天。

当这些外国医生实在忍无可忍，公开批评了国民党医疗系统的腐败并拒绝同流合污时，他们便遭到了攻击污蔑，被扣上"共产党渗透""匪谍奸细"的帽子，甚至多次收到匿名信，威胁让他们早点"滚蛋"，否则将送他们"上西天"。

置身如此恶劣的政治和生活环境中，若非出于对中国人民深厚朴实的热爱，这支队伍的医生们是很难坚持下来的。

在这些外国医生中，有几位性格倔强的布尔什维克，自始至终不愿委曲求全、与狼共舞，从未放弃过北上延安的初衷。

93

来自捷克的纪瑞德医生（Bedrich Kisch）是老共产党员，几年前在西班牙战场上，曾与白求恩大夫同属"共产国际"所组织的"国际医疗救援队"。二人一同在输血队里救死扶伤，算是反法西斯阵营里并肩作战的老战友。

1939年夏天，纪瑞德与另外两名来自西班牙战场、秉性耿直的年轻共产党员，一同离开了贵州的国民党医院，前往重庆，面见周恩来，希望他能帮助大家转到抗日前线的八路军部队工作。

周恩来说，前线的情况没那么简单。他苦口婆心地劝告这三位医生继续留在国统区，安心服务。

两位年轻的医生听了周恩来的劝说，闷闷不乐地返回贵州去了。但资历较深的外科医生纪瑞德，却在那年9月，亲自带领"中国红十字会"里的几个医护人员，试图奔赴太行山。

《二战期间赴华国际医疗救援队1937—1945》中提道：

> 纪瑞德医生在此之前已经接受了派遣，去协助在八路军连续工作了一年多的白求恩大夫。也许，连白求恩自己也不知道，当年他在西班牙战场上医疗队里的老上级，正在抓紧赶路，前来助他一臂之力。

没想到，一行人好不容易抵达了波涛汹涌的黄河畔，却受到了国民党军队的阻拦，无论如何也不允许他们渡河北上。

纪瑞德医生万般无奈，只好转道西安，在那里继续等待了一段时间。他一面在当地的医院里工作，一面寻找各种契机，试图再次闯关。

那年秋天，纪瑞德医生被再次紧急派遣，去接替白求恩大夫。然而，国民党军队继续阻挠，破坏了他第二次企图渡过黄河的努力。

纪瑞德医生没能抵达八路军部队，无论是对八路军医院，还是对这批来自西班牙战场的外国医生们，都是一个沉重的打击。因为很难再找到一位像他那样拥有丰富的战地急救手术经验的医生，来代替白求恩大夫了。

读到此，我心中一片凄然。

如我们所知，正是在那年的深秋，白求恩大夫永远地合上了他的双眼。

假如在那年9月，年富力强的纪瑞德医生能在第一次就顺利渡过黄河、及时赶到太行山，像布朗医生那样，与白求恩携手、减轻他肩头重负的话，也许，中国革命的历史上就不会诞生《纪念白求恩》这一不朽的名篇了。

书中使用的几个字眼，瞬间拨动了我紧绷的心弦和神经。

那年9月，纪瑞德医生便已经受到了"派遣"，前往"协助"白求恩。

那年秋天，纪瑞德医生却被"再次紧急派遣"，前往"接替"白求恩。

这"派遣"和"再次紧急派遣"所涉及的一切，是否真实发生过？为什么在白求恩研究的中外著述中，我从未看到过？

假如这是真的，那么前后两次"派遣"纪瑞德医生的这个人物，会是谁？谁有这种权力？远在欧洲的"共产国际"吗？似鞭长莫及。

那么，熟知太行山八路军的情况、能够及时调整决策并且有权力指挥这批外国医生行动的人，会是谁呢？

不知何故，书中提到这批医生刚刚从国外抵达香港时，特意借当事人之口强调说，这支"国际医疗救援队"，与宋庆龄女士领导的"保卫中国同盟"没有任何关系。

为什么要特意强调这一点呢？难道是为了避嫌？

书中涉及针对这批医生中的某些共产党员的采访，在回顾往事时，他们要么闪烁其词、语焉不详，要么干脆直截了当，拒绝透露具体细节。例如从西班牙抵达香港之后的某些活动，见了谁，做了什么，就这些提问，他们竟避而不谈。

想到该书作者孟洛克医生的父亲，是这支队伍中仅有的几个非共产党员医生之一，我推测，他在联络父亲当年的战友们，全力以赴搜集资料时，也许仍然无法接触到某些需要终生保密的核心内容吧。

睁大眼睛，仔细搜寻，我在密密麻麻的文字里，终于捕捉到了一个至关重要的字眼："领导"。

> 领导这支"国际医疗救援队"的人，是香港主教何明华。他对共产党的同情，人人皆知，因此被称作"粉红色主教"。

既然是由他"领导"，那么，何明华是否就是那个有权决定前后两次"派遣"纪瑞德医生奔赴太行山、先是"协助"继而"接替"白求恩工作的神秘人物呢？

回过头来思索，忽然记起，凯瑟琳在1939年夏天抵达香港后，见到何明华与宋庆龄，哭诉白求恩在太行山上缺医少药、孤立无援时，宋庆龄与何明华曾大吃一惊，意识到他们运送给八路军的医疗物资，均遭到了拦截！

被谁拦截了呢？

这本书中透露，几位来自西班牙战场的外国共产党医生曾经携带着医药试图前往陕北，但在三原县遭到了国民党拦截，不但堵住了他们，还没收了所有的医药。可是，当他们返回西安不久，就在黑市上发现了那些从他们手中被没收走的医药！

我明白了，"派遣"和"协助"白求恩，以及数月之后"再次紧急派遣"和"接替"白求恩，无疑都是何明华主教的决定。

94

我给远在北京的"中国白求恩精神研究会"领导马国庆大校发信询问。他是国内首屈一指的白求恩研究学者、专家，博览群书，满腹经纶。

"您是否了解，白求恩大夫牺牲前后，有关部门是否曾经派遣过什么人，前往八路军接替他的工作？"

几天之后，收到了马国庆大校的回复。他告诉我，遍查他所搜集的所有中外资料，仅仅在宋庆龄于新中国成立初期撰写的一篇文章中，发现了下面这句话：

> 白求恩死后，曾和他在西班牙共同工作的吉西大夫奉派继任，却被蒋介石的封锁阻止，而未能到任。

吉西大夫，显然是纪瑞德的英文姓氏 Kisch 的不同翻译。"奉派继任"，证实了此一细节的真实性。但派遣他的人或者机构，却只字未加提及。

《二战期间赴华国际医疗救援队 1937—1945》的最后一章，交代了留在国统区的几十位外国医护人员的下落。

有的，因罹患传染病病逝或参加滇缅战役牺牲，永远长眠于云贵高原的荒山野岭之中了。

有的，在战争结束后返回了自己的祖国，却不幸沦为政治牺牲品，被投入监牢。

也有的，如来自奥地利的共产党员严斐德医生（Dr. Fritz Jensen）（当年曾跟随纪瑞德医生一起，执拗地要求奔赴太行山，帮助八路军），新中国成立后，他留在中国，弃医从文，改行成为一名记者，却在 1955 年的"克什米尔公主号"事件中，与中共代表团成员一起，奉献出了宝贵的生命。

……

读到此，心情颇为沉重。

恰在这时，"中国白求恩精神研究会"领导栗龙池政委传来了一个信息。

经可靠来源核实，白求恩医疗队当年抵达香港时，宋庆龄女士的确并未露面，但她委托他人出面，宴请了医疗队一行。因为她"共产国际"代表的身份，在当时的复杂环境下，尚属不能透露的秘密。

刹那间，我突然明白了，为什么何明华如此敬仰毛泽东，却没有亲自给他复信，而要假他人之手代笔。

那个当年代替何明华给毛泽东复信、有个奇怪的名字"列浦祜"的人，我也终于查找到了。他是英国来华传教士，在何明华手下担任助理，原名 Ralph Lapwood。

据蒲爱德女士的传记所叙，列浦祜在担任"工合"的审计工作时，掌握了第一手资料，证明在"工合"中占据要职的国民党某高官，曾多次以"借用"名义私自挪用资金，并屡屡在"工合"的机构中任人唯亲，安插蒋氏家族成员及亲信。

毋庸置疑，派遣一批外籍医护人员深入革命圣地的那个人，如李添媛所"揭发"的，应当就是何明华了。那段时间，她尚未去澳门赴任，恰在香港教会服务，围绕在何明华身旁，目睹了一切。

而在毛泽东写给何明华的那封感谢信里，之所以没有提及"派遣"之事，恐怕是因为何明华所派遣的外国医疗队屡屡在黄河畔遭到拦截，一直未能顺利抵达延安之故吧！

至此，李添媛在她"揭发"何明华的那篇文章里所列出的功过是非，桩桩件件，均被证实所言不虚了。

而我初始的那个莫名其妙的直觉——何明华与白求恩有那么多相同之处，他们二人之间，是否存在着某种关联——也终于有了答案。

我深信不疑，自白求恩医生的双脚踏上中国大地的那一刻起，何明华主教的目光，就一直在暗中关注着他，追随着他，急他所急，想他所想，直到在遥远的"灵隐台"上，眼含热泪为他祷告，目送他的英灵升入天堂。

草蛇灰线，马迹蛛丝，隐于不言，细入无间。

两条各自奔腾的河水，至此，终于合流，汇入了浩瀚的海洋。

哦，何明华，你身上披着的那件大红色主教外衣下，掩护着的，可是某种无法明言的身份？你是否也与宋庆龄、史沫特莱一样，曾在"共产国际"中，扮演过无名英雄的角色？"为了完成那个神秘的使命"，你清楚，你"必须牺牲"。

那个神秘的身份，曾一直萦绕在宋庆龄心头，直到她临终的那一刻，在病榻上得知终于被批准成为"中国共产党党员"时，她才安然地合上了双眼。

我深信不疑，无论是宋庆龄，还是何明华，至死都坚守着"朱碧丽"。

也许，你们曾经是同一条秘密战线上的"战友"。但你们所共享的一切秘密，都随着你们先后的离去，而彻底消失了。

假如我的直觉和推理不错的话，那么，何明华大概是从何时开始，投身于这一神圣事业之中的呢？

1932年初冬，当年轻的何明华主教离开英国，乘坐火车赴华，途经莫斯科时，他曾逗留了几天。在那段日子里，他给英国教会高层寄出过一封信，里面有几句话，耐人寻味。

> 上帝神圣的光辉，如今将要与我们的生命同在了。
>
> 我们将不再像幼稚无知的说教所灌输的那样，仅仅是只爱自己的那个人了。
>
> 我们将会像上帝那样去爱、去生活，正如我主所树立的榜样。

盯着这几行意蕴深厚的文字，我突然醒悟到，何明华从莫斯科写给父亲的那封家书中所提到的"蜂巢"，其隐喻的大概是什么了。

> 有两点，我会永远难忘。
>
> 其一，我在这里看到了一座蜂巢。斯大林犹如一只蜂王，坐在克里姆林宫里，指挥着无数工蜂奔忙。
>
> 其二，我看到了这里的教堂。我希望今后我们在教

堂里的服务，也与俄国人的一样。

掩卷沉思，心绪茫茫。

无论何明华在他的一生中扮演过什么角色，究竟是粉红，还是大红，抑或深红，随着"共产国际"因形势所迫，在1943年6月10日那天正式宣告解散，何明华亲自领导过的这支"赴华国际医疗救援队"也就变成了孤儿。有关这支神秘队伍的前因后果，从此也在人间悄悄地蒸发了。

也许，随着时光飞逝而去，一切，都将化为永恒之谜。

恍惚中，窗外的丁香树枝头上，再次传来了红衣主教鸟孤独的鸣唱。

95

圣诞前夕，喜讯传来，两幅张大千的画，已在香港苏富比拍卖行顺利售出，给学校带来了数十万美元的进项。

文笛校长兴奋地告诉我，学校将设立"季琼夫人国际交流奖学金"，鼓励青年学子到世界各地研修不同文化，拓宽视野。

一晃数年，这批画作，总算有了交代，可以告慰李添媛牧师和季琼夫人这对姐妹的在天之灵了。

我轻轻地舒了口气，似乎悟出了两位老人在临终时无法言说的苦衷。

她们身后留下的那些笔墨，白纸黑字，无论是"背叛"，还是"澄清"，抑或是"忏悔"，均可任凭世人去解读了，相信公道自在人心。

2020年，元旦刚过就开学了。这一年的开端，步履维艰。时钟的每一声滴答，都伴随着不堪承受的沉重。

大洋彼岸的祖国，笼罩在病毒引起的惶恐中，失却了往昔的繁华热闹。

难道是人类的贪婪，使大自然忍无可忍，再次降下了新的考验？

面对"封城"带来的恐慌、迅速飙升的死亡数字，这里的人们，似乎觉得一切都很遥远。于是，在文笛校长的鼓励下，一年一度的春节茶话会，如期在校园里举行了。

玻璃大厅里，挂起了一盏盏玲珑剔透的红灯笼。扩音器中，播放着优美婉转的中国民乐。几位校领导主动抽空前来帮忙，把驴打滚、炸春卷、清真饺子、芝麻球一一分发到排队等候的来宾手中。

不同族裔的学生们一面品尝着美食，一面小心翼翼地拿起毛笔，蘸了墨汁，试着在红纸上临摹下那个充满异国情调的"福"字。

想起在远方与病魔日夜鏖战的父老乡亲，想起那一条条在瞬间离去的鲜活的生命，我只能在心底默念，愿上帝之手，早日把福祉降临人间。

见我面含忧色却强作欢颜，文笛体贴地安慰我，探问我远在京城的母亲是否平安。

谈到西方媒体上五花八门的传言，她表示了对中国人民由衷的钦佩："很难想象，武汉的'封城'，令上千万人足不出户，在北美能够做得到！"

的确，危机面前，大多数中国人会选择个人服从集体利益和国家利益的需要。而多数西方人首先考虑的，是如何使个人自由不受到侵犯。

"也许，这就是大自然给我们的启示吧！"文笛说，"人类在同一片蓝天下生活，必须学会消除误解，互相扶持。"

红灯笼照亮了她清澈的双眼。一瞬间，我又联想起她那个颇难翻译的印第安名字，"羽毛闪亮的渡鸦姑娘"。

所谓渡鸦，乃乌鸦家族的一种。我曾疑惑，为何不叫"大雁"呢？转念一想，还是先入为主了。天下鸟儿，本都无辜，不过是受了不同文化的牵累罢了。

文笛的血液中，静静地流淌着印第安原住民的基因。白求恩的血液里，也悄悄地流淌过。他的外甥女裘安曾指着"族谱"中的一个名字告诉我，她是白求恩的曾祖母，原是安大略北部森林"奇葩伟颜"部落里的女孩，嫁给了白求恩的曾祖父。

难怪，他们的目光里都闪烁着勇敢、坦荡、执着。

九十年代在印第安部落里燃起的那把火，已愈烧愈烈。眼下，虽然从东到西，皆是冰天雪地，原住民们却倾巢而出，为保卫家园而奋战。他们分头堵截了铁道、公路，造成交通瘫痪，以此为手段，阻止在印第安保留地上铺设天然气管道的现代化进程。

梅莨牧师也来了，帮忙分发春卷。"听说，中国要在十天之内平地而起，建一座医院，简直是天方夜谭啊！彦，这是真的吗？"她好奇地打探。

我点头："真的，中国人，能做到。"

从梅莨口中得知，一周前，六族镇上的老导游去世了。梅莨专门赶去参加了他的葬礼。

我心中黯然，但没有打听葬礼的细节。

记得那年在六族镇上，针对我提出的"原住民部落为何没有文字"的疑问，老导游曾回答说："我们信奉万物有灵，人与各种动物、植物皆应和谐相处，互为依存，不分高低贵贱。没有创造出文字来，并不奇怪，因为没有感到专门为人类单独树碑立传的必要。"

谈到生死观时，老导游说，部落里的人死后，亲属们会哀悼七天，将其埋葬在墓地里，做个记号。翌年忌日时，亲人们会在墓地聚首，再次缅怀祭奠。

"但请记住，仅仅是第一年要这样做，"他特意强调说，"此后，大家便需彻底放开一切，不再悲伤，不再回来了。"

"那么，如何让后代铭记住祖先的历史呢？"我曾不甘地追问。

"大雁需要吗？小鹿需要吗？还有水獭、浣熊、乌龟、小鸟，数都数不清啊，世界还不是照常运转？一切都有大地之母看顾着呢，我们要做的，只是尊重大自然罢了！"

是的，在大自然面前，人人平等。谁又比谁更高贵些呢？

尾 声

转眼间，便是元宵节的夜晚了。我站在卧室窗前，久久地发愣。

网络上，一如既往地嘈杂纷乱。有募捐筹款、支援"抗疫"鏖战的；也有煽风点火、唯恐天下不乱的。

捐赠者的队伍里，我看到了以阿诺德牧师为首的白求恩家族的亲友们，也看到了曾荣获"大使奖"的艾瑞特医生和他的团队，深感欣慰。

荧光屏上，蔚蓝色的海洋消逝了，卧室陷入了黑暗。外面的世界，却在黑暗中逐渐清晰起来。

今晚的月亮，分外明净，照亮了冰封的湖面，伴着满天璀璨的星星。在皑皑白雪的映衬下，对岸幽深的林子愈显得神秘莫测。

屈指一算，时光竟过去五六年了。一封从天而降的英文匿名信，引发了我的调查。本以为仅需数千字的随笔，便可将所牵涉的几个人物的关系交代清楚，进而描述出一桩历史事件的脉络。没想到，我被冥冥之中的一只大手牵引着，不由自主地坠入了时光的隧道，愈走愈远，竟无法回头。

好像挖掘一棵根深叶茂的大树那样，调查愈深入，盘根错节的人物关系便愈广泛，且他们皆为在中国现代史上留下了不可磨灭印迹的人物，无论丢弃掉哪个，都会心疼。

我第一次陷入了创作上的困境，踌躇良久，不知如何下笔。蹉跎之中，几年的光阴就逝去了。

此刻，身旁的世界一如既往地安宁。黑暗中，许久不见的鹿群再次悄悄地出现了。

我的目光追随着它们灵巧的身影，走过窗前的雪地，踏入冰封的湖面，在雪野上跳跃，旋转，奔腾。

我暗暗奇怪，在这寒冷的冬夜里，它们为何要离开栖身的密林来到这里，在雪野中留下一串串神秘的图案呢？难道说，它们也与我一样，无法纾解缠绕在心头的烦乱？它们是在寻找祖先的灵魂呢，还是在叩问生命的真谛？

过不了多久，大地便将回暖。待春阳融化掉湖面上厚厚的冰雪后，鹿们留下的那些神秘印记，都将会消逝得无影无踪。

一瞬间，我恍然悟出，唉，何必让自己陷于苦苦寻找不到答案的烦恼之中呢？该消失的，不会在大千世界留下丝毫痕迹，而能够留存下来的，故有其应当留存的因缘。

倘若我能用有限的笔触，为朦胧月色下那神秘的舞步，赶在冰雪融化前留下一星半点痕迹，便也对得起那些远去的英灵了。他们在人生旅途中曾留下的艰辛的步履，倘有价值，终将会化为永恒。

（2020 年 4 月初稿，2021 年 1 月二稿，2021 年 12 月三稿。）

后　记

2014 年，我所任教的大学突然收到了一封匿名信，指控一位早已去世多年的华裔女性。这件事勾起了我的好奇心。从那时起，在长达六年多的时间里，我被数不清的悬念以及难以摆脱的使命感牵引着，试图为中外交流史上遗留下来的几个谜团，寻找出答案。

调研的过程，好似挖掘一棵盘根错节的大树，又像是侦破案件，充满了乐趣。假若没有众多熟识的和陌生的朋友在我需要的时候慷慨地施以援手，仅凭我微薄的力量，是无法完成这部囊括了浩瀚历史、厚重复杂的纪实文学的。

我愿借此一隅，衷心感谢所有的中外学者、作家、同事、友人（以姓氏字母为序）：阿诺德·白求恩，丹纽·兰斯·布莱顿，陈慕华，梅茛·柯林斯－摩尔，易安·伊斯特布鲁克，利·艾瑞特，丰云，文笛·琳·弗莱彻，何基道，拉瑞·汉纳特，黄友义，大卫·莱斯布里奇，栗龙池，裴安·林德利，刘桂兰，刘杰，马国庆，戴维·穆尔德，裴伟涛，沈威，田德华，茉莉亚·威廉姆斯，泰勒·温特泽尔，吴青，熊蕾，闫玉凯，杨明伟，易淑琼，袁永林，特别是作家出版社的路英勇董事长及本书责编向萍女士，感谢你们真诚的鼓励和信任，感谢你们奉献出宝贵的时间与知识，感谢你们高尚的品德与无私的帮助。

凡事都有两面。疫情给全球带来了巨大冲击，我却得以卸下烦琐的重担，足不出户，伴着窗外变幻莫测的世界，一面学习网络授课新技术，一面沉溺于这部在我创作生涯中最具挑战的作品。

在《兰台遗卷》中，我叙述了对人与人、人与动物，以及动物与动物之间绵延不绝的鏖战的观察和思考。

六十年前的秋天，何明华曾在香港的教堂大厅里疾呼："由于恐惧，总统们、总理们、特使们满世界乱窜；恐惧从南到北，占据了地球。他们害怕与自己不同的种族，害怕敌对的信仰，害怕不同的国度，害怕人家夺走我们的市场，害怕人家剥夺我们的自由。当今之世的混乱，何日才是尽头？"

他的话，于今意义何在？

但愿我的努力能够告慰那些为了世间万物在同一片蓝天下和谐共存的理念而前赴后继、牺牲奉献的人们。

2021年年初，书稿完成后，我便开始了漫长的等待。

春去秋来，一个前所未有的奇特现象突然出现了。那只多年来在我家后园某个角落里栖身的红衣主教鸟，莫名其妙地开始朝餐厅东面的窗扉频频冲刺。

在明亮阳光的照耀下，它从丁香树的枝头飞过来，咚咚，咚咚，敲击着玻璃，不屈不挠，接连数日。最高的一次纪录，它竟一鼓作气，连续敲击了126下。那种奋不顾身的执着，令我想起了精卫填海的古老传说。二十多年来，红衣主教鸟还是头一次以这种奇特的方式引我关注、与我交流，唤起了我的惊愕。

数日之后，微信里传来了责编向萍女士的通知。《兰台遗卷》通过了出版审批。

蓦地，我似乎明白了什么。

眼下，严冬再次降临了小城。窗外白雪皑皑。冰封的后园，万籁俱寂。

红衣主教鸟美丽的身影，许久没有出现了。也许，它已经完成了自己的使命。

李　彦

2021 年 12 月 18 日于加拿大滑铁卢

参考资料

1. David M.Paton, *R.O.The Life and Times of Bishop Ronald Hall of Hong Kong*, Hong Kong: The Diocese of Hong Kong and Macao and The Hong Kong Diocesan Association, 1985. （［英］大伟·佩灯：香港主教何明华的生平与时代，港澳主教管区及香港主教管区协会，1985 年。）

2.［加］李添嫒：生命的雨点——李添嫒牧师回忆录，宗教教育中心（香港），1993 年。

3. Moira M. W. Chan-Yeung, *The Practical Prophet: Bishop Ronald O. Hall of Hong Kong and His Legacies*, Hong Kong University Press, 2015. （［加］陈慕华：务实的先知，香港主教罗纳德·霍尔和他留下的遗产，香港大学出版社，2015 年。）

4. Collection from "Florence Li Tim-Oi Memorial Archives", Renison University College, University of Waterloo. （滑铁卢大学瑞纳森学院"李添嫒纪念档案室"所存资料。）

5. David Lethbridge, *Bethune, The Secret Police File*, Undercurrent

Press, 2003.（［加］大卫·莱斯布里奇：白求恩的警方秘密档案，加拿大暗流出版社，2003 年。）

6. Larry Hannant, *The Politics of Passion: Norman Bethune's Writing and Art*, University of Toronto Press, 1998.（［加］拉瑞·汉纳特：激情政治：白求恩的写作和绘画，多伦多大学出版社，1998 年。）

7. Robert Mamlok, *The International Medical Relief Corps in Wartime China, 1937-1945*, McFarland & Company, Inc., Publishers, 2018.（［美］罗伯特·孟洛克：二战期间赴华国际医疗救援队 1937—1945，麦克法兰出版公司，2018 年。）

8. Tom Newnham, *He Mingqing, The Life of Kathleen Hall*, New World Press, 1992.（［新西兰］汤姆·纽恩汉：凯瑟琳·霍尔（何明清）传，新世界出版社，1992 年英文版。）

9. Tom Newnham, *New Zealand Women in China*, Graphic Publications, 1995.（［新西兰］汤姆·纽恩汉：新西兰赴华女性，图像出版社，1995 年。）

10. 杨明伟、陈扬勇：周恩来外交风云，解放军出版社，1995 年。

11. 中共中央文献研究室：周恩来年谱 1949—1976，中央文献出版社，1998 年。

12. ［加］林达光、［加］陈恕：走入中国暴风眼，天地图书，2013 年。

13. Sheng Ping Guo, *Ideology, Identity, and a New Role in World War Two: A Case Study of the Canadian Missionary Dr. Richard Brown in China, 1938-1939*, Canadian Society of Church History, 2015.（［加］郭胜平（音译）：主义、身份以及在二次大战中的新角色——加拿大传教士理查德·布朗医生 1938—1939 在华活动个案研究，加拿大教会历史学会，2015 年。）

14. Adrienne Clarkson, *Norman Bethune*, Penguin Group, 2009. （［加］伍冰枝：诺尔曼·白求恩，企鹅出版集团，2009 年。）

15. Ivar Mendez, *A Drama in One Act and Nine Painful Scene—The murals of Dr. Norman Bethune and Their Mysterious Disappearance"*, *Journal of the Surgical Humanities*, Department of Surgery/University of Saskatchewan, Spring/Summer, 2017.（［加］伊瓦尔·曼德兹：九场痛苦的独幕剧——白求恩医生壁画的离奇失踪，萨斯凯彻温大学医学院外科部《外科人文学期刊》，2017 年春夏季版。）

16. Jean Ewen, *China Nurse 1932-1939*, McClellan and Stewart, 1981.（［加］珍妮·尤恩：赴华护士 1932—1939，麦克莱伦·斯图尔特出版社，1981 年。）

17. Roderick Stewart and Sharon Stewart, *Phoenix: The Life of Norman Bethune*, McGill–Queen's University Press, 2011.（［加］罗德里克·斯图尔特及莎伦·斯图尔特：不死鸟：白求恩的一生，麦吉尔 – 女王大学出版社，2011 年。）

18. Ian Easterbrook, *A Very Good Barn in Guelph—The Founding of the Communist Party of Canada in 1921*, Wellington County History, 1995.（［加］易安·伊斯特布鲁克：圭尔夫那座美丽的谷仓——1921 年加拿大共产党的成立，《惠灵顿县历史》，1995 年。）

19. Rae McGregor, *Shrewd Sanctity—The Story of Kathleen Hall, Missionary Nurse in China, 1896-1970*, Polygraphia Ltd., 2006.（［新西兰］瑞娥·麦克葛里高尔：夹缝求生的神圣：赴华护士凯瑟琳·霍尔的故事，珀丽格拉菲亚公司（新西兰），2006 年。）

20. Munroe Scott, *McClure:The China Years*, CANEC Publishing and Supply House, 1977.（［加］门罗·斯科特：麦克卢尔的中国岁月，加拿大联合教会出版社，1977 年。）

21. Marjorie King, *China's American Daughter, Ida Pruitt (1888-1985)*, The Chinese University of Hong Kong, 2006.（［美］玛玖瑞·金：中国的美国女儿蒲爱德，香港中文大学出版社，2006 年。）

22. Yossi Katz & John Lehr, *Inside the Ark: The Hutterites in Canada and the United States*, University of Regina Press, second edition, 2014.［［加］尤西·凯兹、约翰·理尔：方舟——加拿大及美国的胡特莱德公社（第二版），里贾纳大学出版社，2014 年。］

23.［新西兰］路易·艾黎：艾黎自传，外文出版社，2003 年。

24. 马国庆：白求恩援华抗战的 674 个日夜，人民文学出版社，2015 年。

25. 马保茹：跨越赤道的桥，河北人民出版社，2016 年。

26. 宋庆龄：我们时代的英雄，《纪念白求恩》，人民出版社，1979 年。

27. 熊蕾：评说克什米尔公主号案件，《凤凰周刊》，2011 年第 9 期。

28. 程广、叶思：宋氏家族全传，中国文史出版社，2001 年。

29. 吴青：圣公会何明华会督按立澳门女牧李添嫒事件之探析，论文草稿，2016 年。

30. Tyler Wentzell, *Not for King or Country: Edward Cecil-Smith, The Communist Party of Canada, and the Spanish Civil War*, University of Toronto Press, Toronto, 2020.（［加］泰勒·温特泽尔：不为帝王不为国——爱德华·塞西尔·史密斯，加拿大共产党及西班牙内战，多伦多大学出版社，2020 年。）

31. 陈廷一：宋氏三姐妹，台海出版社，2013 年。

32. 王诔信：道济会堂史，基督教文艺出版社，1986 年。

Acknowledgments

For six years I have been trying to solve certain historical riddles from complex sources that threatened to overwhelm me. I would never have been able to complete this heavily loaded book, were it not for the generous support from all my friends in Canada, China, and England, including those I have not yet met.

I would like to express my sincere thanks to Dr. and Rev. Arnold Bethune, Dr. Daniel Lance Bratton, Dr. Moira M.W.Chan-Yeung, Rev. Megan Collings-Moore, Mr. Ian Easterbrook, Dr. Lee Errett, Dr. Yun Feng, Dr. Wendy Lynn Fletcher, Rev. Christopher Hall, Prof. Larry Hannant, Mr. Youyi Huang, Dr. David Lethbridge, Mr. Longchi Li, Ms. Joan Lindley, Dr. Jie Liu, Ms. Guilan Liu, Mr. Guoqing Ma, Dr. David Mulder, Ms. Weitao Pei, Ms. Wei Shen, Mr. Tony Tin, Ms. Julia Williams, Mr. Tyler Wentzell, Dr. Qing Wu, Ms. Lei Xiong, Mr. Yukai Yan, Mr. Mingwei Yang, Dr. Shuqiong Yi, Mr. Yonglin Yuan, and in particular, Mr. Yingyong Lu, the President of Writers Publishing House, and Ms. Ping Xiang, the editor of this book, for sharing your precious time and knowledge, for your noble-mindedness and genuine care, and for your trust and confidence in me during the unprecedented global fighting against the pandemic starting in 2020 and lasting till today.

In this book, literally translated as The Missing Archives, I tried to express my observations and reflections on the endless wars among human being, among animals, and between human being and animals. I would like to dedicate this book to those who have fought and sacrificed for the common goal of living peacefully together under one sky.

Yan Li

December 18, 2021

Waterloo, Ontario, Canada

图书在版编目（CIP）数据

兰台遗卷 / 李彦著 .—北京：作家出版社，2022.5
ISBN 978-7-5212-1783-4

Ⅰ.①兰…　Ⅱ.①李…　Ⅲ.①纪实文学－中国－当代
Ⅳ.① I25

中国版本图书馆 CIP 数据核字（2022）第 013623 号

兰台遗卷

作　　者：李　彦
责任编辑：向　萍
装帧设计：孙　初
出版发行：作家出版社有限公司
社　　址：北京农展馆南里 10 号　　邮　　编：100125
电话传真：86-10-65067186（发行中心及邮购部）
　　　　　86-10-65004079（总编室）
E-mail:zuojia @ zuojia.net.cn
http://www.zuojiachubanshe.com
印　　刷：河北京平诚乾印刷有限公司
成品尺寸：150 × 220
字　　数：236 千
印　　张：20.75
版　　次：2022 年 5 月第 1 版
印　　次：2022 年 5 月第 1 次印刷
ISBN 978-7-5212-1783-4
定　　价：68.00 元